篮球化为流星，
路灯作你眼睛，
落满黄花风铃木的巷口，
跨越千里的初雪，逐渐
吻合的身高线，压在枕
下的校服，进球后的
对视，都变成了那年的
十七岁——
“我长大了，就永远比你
高了五厘米。永远罩着你，
也永远保护着你。”

差劲

罗再说——著

长江出版社
CHANGJIANG PRESS

路上风景还是那些，身边的人依旧没变。
好像时光只是偷走了摞成小山的试卷，而不是偷走了两个璀璨如星辰的少年。

今天的我们，
是逆流而上的鱼。

宁玺打球、跑步，成绩优异，“德智体美劳”全面发展，成绩要拿第一名，打球要打成 MVP，是觉得爸爸把未完的生命交到了他手上，岁月不容许他浑浑噩噩，更不容许他原地踏步，他只能选择拼命地跑，去踏江河千山，去全力拥抱他的人生。

Flowers

头枕群山，面朝星河，远处是一望无际的花海，哪怕在夜里，也透着股沁人心脾的芬芳。

“以后就多跟我出去走走。”

“等明年梨花开了，我们再来一次。”

目录 Contents

目录 Contents

第一章 夏天

“球拿稳！行骋！截他！”

离第四节结束还有十五秒，球场上双方在一次战术指导后，再一次陷入僵局。

这里是石中的校园操场。

站在球场外围观的同学挤成一排，能看到六个男生正在场上摩拳擦掌，比试球技，身高都在一米八左右。

个子最高的那个男生站在场中间，刚接稳球，将手指屈起，微微内凹，飞速带球绕过场中对方的两个防守，直逼对方“虎穴狼巢”。

这是行骋，校篮球队里上天入地、球技一流，在大多数人眼中风光无限的行骋。

战斗中的他正在与敌队的进攻人员对峙着，稳扎马步，上半身前倾，喘着粗气，整个人带着十分凌厉的攻击性。

篮球不断在行骋的左右手之间转换着，周围的加油叫好声不绝于耳，容不得他有半点含糊。

转身，他忽然看到了坐在他要投球的单臂篮球架下的宁玺。

住在他家楼下，从小让他跟在屁股后面追的宁玺。

大他三岁的宁玺。

宁玺一身篮球战袍未脱，手上拿着小卖部买的冰棒，敷着刚刚被球的巨大冲击力砸到的手臂，表情镇定，观察着场上的情况。

他的头发剪得短，汗湿了贴不上脑门，天太热，便将衣摆撩了点起来扇风。

宁玺缓了口气，像是忍耐着什么疼痛，又把冰棒敷在手臂上了。

他看着行骋在场上连连得分，每一个动作都是自己教的，忽然觉得身边凉风习习，满眼都是自己爱的夏天。

“突进三秒区！盖他的帽！”

这里是石中，坐标市中心一环边上，交通方便，周围吃的很多，学校也特别美，只有高中部在这里，上下学并不拥挤。

行骋今年刚升高二，长得帅，人又高，是学校校队里的小前锋，正一门心思扑在篮球上，球技在整个区已经打出名堂，球风更是一等一的，又狠又利索。

小时候，院子里的小孩三三两两，吃过晚饭就凑一堆聊天，讲鬼故事。当时特别流行那个楼上玻璃弹珠的故事，传说那些弹珠的声音其实是滚落的眼珠子所发出的……

小宁玺表面故作镇静表示并不害怕。只有旁边偷瞄他的小行骋知道，他真害怕。

两个人一个楼上一个楼下，等回家之后，小行骋天天一到晚上就在楼上弹弹珠。

弹了两三天，觉得自己做错了，小行骋又拿绳子往他卧室窗户外面吊漫画书给小宁玺，吊光碟、吊玩具。虽然小宁玺总是不要，索性把窗帘关了，眼不见心不烦。

一来一去，时间长了，小行骋也不吊东西了。

后来，两个孩子都在长大，小行骋天天跑下楼敲小宁玺家的门：“宁玺哥哥，能一起玩吗？玩什么都行！”

而已经比他高了一大截的小宁玺把门打开，一个篮球砸到地上：“来玩啊。”

行骋被吓得不敢动，抱着篮球想用脚来踢。

小行骋被大他三岁的小宁玺用一颗篮球逗得丢盔弃甲，甘拜下风，两个人算是从此结交，但一直单方面八字不合。

小宁玺在小区院子里练个球，都要把球袋往场中间一放，当“三八线”，看着球场外站着的行骋弟弟。

“你敢过来，我就揍你。”宁玺当时这么说。

行骋从小玩篮球那么努力，玩到最后成了校队的顶梁柱，无非想打败一次宁玺，然而，这个梦想只在高一的一次球赛中完成过，可他当时并没多大的满足感。

只要这球是跟宁玺打，就算赢了，在行骋心里那也是输了。

而宁玺，也一直是行骋父母口中“别人家的小孩”，成绩好，长得好，虽然对谁都一脸冷冰冰的样子，但是心是真的热乎。

除了家庭不太完美、去年没考好复读了，宁玺身上没有什么令人操心的问题，可他真正的性格，身边的人都摸不清楚。

行骋发誓，这是他这周最后一次上球场，本来是代替校队英勇出征，对战外校的踢馆选手，结果碰上宁玺觉得复读压力太大，要下球场来玩玩球。

行骋这么一走神，就跟回不来了似的。

突然，行骋耳边炸开一声歇斯底里的大吼：“行骋！断他！”

队里守饮水机的一哥们激情呐喊，喊得行骋想笑，这都说出来了还怎么闪电断球？

宁玺一乐，也跟着笑了一下，嘴角上扬。

这时，防守时间快到了，跟他对峙的人率先出击，过来抢断他手中的篮球，场上形势不容得行骋耽误半分，他愣归愣，又立刻回过神来，侧身一让！

行骋以极快的速度把球换了只手带着，一鼓作气，冲进进攻三秒区，拔地而起，勾手暴扣……

两秒压哨，球进了！

那颗橙色的球“唰”的一声，穿过篮网，平手瞬间打成胜局！

全场围观的人员齐齐欢呼，口哨都有人吹起来了：“我的天！今天行骋超神啊！”

行骋站稳了脚，第一个反应就是扭头去看宁玺。

宁玺也正坐在原地，手里的冰棒都快焐化了。他眉眼俊秀，半天都不会说一句话，给大部分人的印象就是喜静，经常一个人坐在那儿不知道在想什么。

旁边蹲着的队友都冲进场内，看着神采飞扬的行骋，宁玺为他高兴。

行骋被一群人簇拥在场中间，都快被抬起来扔了，奈何他确实比不少同龄人高，体格也壮，大家还真不敢随便扔他。

行骋又转头看了一眼宁玺，而后者的视线正看向别处，顺手把冰棒拆了，叼在嘴里。

宁玺垂着眼，刚刚被冰棒和手遮住的伤口露了出来，是一道有些发胀的擦伤，不严重，但远看就是一片绯红。

这队里的人都打得激烈，都在气头上，之前伤到宁玺的那球员，一个不善的眼神朝宁玺扫过去，行骋立刻抄起队友手里的矿泉水瓶，举起来往那人额前一指，瓶底都快贴上对方的脑门了。

行骋的目光像是要把眼前的人紧锁在原地不得动弹："再多看他一眼，你试试。"

两方都有后面几个朋友劝着拉着，谁也不敢动。

行骋碰上这就冷静不了："去给我哥道歉，或者一对一单挑斗牛……"

宁玺在旁边没去拂行骋的面子，倒是冷着脸对给他下黑手的那几个男生说："篮球场上讲究技术和战术，都不如人还玩阴的，你挑衅谁？"

行骋的眉心紧皱着，明显感觉宁玺把手背在身后，在悄悄地拉他的短袖的衣摆。

行骋一瞬间冷静不少，暴躁的情绪本在内心涌起，又被宁玺的一只手悄然抚平。

行骋看着宁玺走到单臂篮球架下，拿起校服外套和换下来的短袖，站定，再转过身来。

他甩了甩手，高挑的身形在夏日阳光的照耀下，拖曳出一道细长的影子。

“没意思，”宁玺打了个哈欠，用校服遮住手臂的伤，对着行骋说，“走，回家了。”

说完，宁玺转过身去，也不等他，扭头就走。行骋把手一松，后退一步，周围的队友全部散开了，都看着他的动作，有点紧张他下一步要做什么。

只见行骋没吭声，将手里的矿泉水瓶狠狠一甩，砸到地上。

他大步走到篮球架下，把这一次汗湿的护腕脱下来扔到垃圾桶里，默默地跟着前面那个背影走了。

一场夏日午后在校园里的球赛，就这么结束。

这天的球赛，行骋本可以不参加。他早就打算要好好学习了。

高一下学期分文理，他也选的文科，跟宁玺一样，哪怕文综对他来说特别难啃。

行骋为了学习，把住校变走读，每天提前半小时起床。

当年行骋一年级，宁玺四年级，好不容易行骋往上升了，宁玺又读了初中，高中终于到了一个学校，上学放学能挨着走了，在楼道里碰到的时间也变得差不多。

高一的小学弟行骋，破格被招进校队，明明有实力打首发，但是他非要坐在板凳席上，给高三的学长宁玺当替补。

等行骋都高一下学期了，打替补也打得风生水起，一时风头无两，宁玺也已退了篮球队，专心学习。

跟着宁玺升入这所高中之后，行骋在篮球场上看到了涂在墙上的标语，很大的几个字，几乎一个字占一小面墙——每天运动一小时，健康生活一辈子。

行骋抱着篮球站在球场里，头发被阳光晒得暖暖的，目光锁住在场上飒爽矫健的宁玺。

行骋感觉宁玺是忽然从七八岁变成十七八岁的，时间快得让人措手不及。

那会儿，他就觉得在自己高中毕业之前，一定要跟宁玺在“健康生活一辈子”的标语墙下面照一张相。

行骋打完球回去的晚上，头一次那么认真地写作业，历史试卷翻来覆去地看，时间轴背得一团糟，差点儿把书撕掉。

行骋正靠在椅背上琢磨怎么背文综，手机就响了，是一条短信。

宁玺发的，就三个字，还十分高冷："扔绳子。"

行骋接下来的动作那叫一个迅速，把窗户一开绳子往下一扔，没一会儿就觉得绳子变重了。

他一点一点小心翼翼地提上来，发现是个笔记本。笔记本已经比较旧，翻开来看全是密密麻麻的字迹，还有勾画的重点，看样子应该是宁玺高考那一年的文综笔记本。他翻到第一页，"宁"字被宁玺自己拿钢笔画掉了。

旁边写了个笔迹遒劲的"行骋"，又画了一只螃蟹。

"横行霸道"的螃蟹。

石中，高二（3）班教室。

"老大！"是同桌任眉在叫他。

行骋一回头，手上写字的笔还没停，"唰唰"地写，再一转头过来，字都写到草稿纸外了。

"应与臣说他现在运球厉害得能一只手转两个，能跟你打配合！走，去看看？"

任眉腰上挎着校服晃荡进来，说完这句话，行骋就把笔搁下了。

行骋拿了张空白的草稿纸出来，往桌面上一铺，再转了一下笔，端坐着，腿放久了都有点麻："不是说大课间可以不用下去训练吗？让他放学再来找我。"

任眉手上还握着雪碧，拿手肘碰他一下："你哥也在。"

行骋的椅子猛地往后退，"哗"的一声，他站起身来，在教室里就把校服外套脱了，里面穿了件纯黑 NBA 短袖，上面一团白日焰火的图案烧到了衣摆，看着超帅。

行骋把外套搭在肩上，取出抽屉里的护腕戴好，蹲下身系紧鞋带，手里攥着校服袖子，说："走！"

任眉在一边想笑，但是跟行骋同桌坐了两年，都习惯了行骋这态度，调侃他："要不去照个镜子？"

"不用，"行骋自信得很，也不是觉得自己有多帅，但年轻小伙精气神还是有的，迈步往外一走，"下去看看应与臣有多能吹。"

像行骋这种正卡在青春期巅峰的少男，根本不需要解释，头发一抹球鞋一穿，往那儿一站，跟柱子似的，还是刻了雄狮图腾的那种，穿拖鞋去球场过人，姿势都是最帅的。

上午大课间的球场真是人挤人，全校做完广播体操的人都凑在操场边看热闹。

学校操场跟球场是连着的，篮球场一共是六个场子，有一个就是校队专门训练用的。

以前行骋还没进校队的时候，就天天放学跑第一，冲下教学楼去抢校队训练场旁边的场子，身后还有专门帮他拿球袋的哥们，就为了挨着宁玺打。

宁玺经常看到行骋提个篮球袋子晃悠过来，他很清楚，行骋有着最宝贵的稚气。

宁玺把球扔到地上拍了拍，带在臂弯里，朝远处看去，行骋果然又趁着大课间跑下来了，后面跟着几个高二的小男生，都追不上他。

校园篮球，六个人就能凑一块儿打个全场，眼下的情况也一样，校队只来了六个人，加上行骋是第七个。宁玺、行骋、宁玺的队内好友应与臣、校队教练，以及三个校队队友。

应与臣手里拿着球，站在宁玺旁边眯着眼笑。

这人看着乖得很，眼睛圆圆的，爱笑又开朗，其实一肚子坏水，每次出去比赛，先挑刺的不是行骋就是他。

行骋自己个子高，宁玺比他大还比他矮一截。

行骋太久没跟宁玺打球了，这么突然一对上，特别紧张，行骋根本无法无视宁玺的攻击性。

宁玺被盯得不自在，心底犯坏，开始盯行骋，眼神充满挑衅意味。

准备接球的宁玺就像一头蓄势待发的豹子，眼神凌厉，挺翘的鼻尖会滴下汗来，顺着精致的下巴流淌进背心里。

球打了半场，结束的时候，行骋在宁玺面前耍了一个非常漂亮的空接，把球扔到篮板上砸回来反弹到空中，行骋起跳，直接从空中将篮球投进篮网之内！

他动作极为迅速，爆发力惊人，砸得篮球架都震了震。

宁玺这一拨三个人，又输给行骋他们。

这已经是这年第多少次了？

宁玺不记得。

宁玺面无表情地盯着围观的人群，在心中叹了一口气，暗想自己还真是球技不如当初。这会儿行骋确实长大了，当年还在院里被他用一颗球逗得号啕大哭，报仇一样追着自己，虽然到最后还是眼巴巴地跟着，问他要不要一块儿去自己家里看看才养的鸟。

好像后来，那只小鸟被小行骋手贱给放走了。他还满院子找了好久，忍着没掉眼泪。

比赛结束，宁玺伸手跟应与臣来了个击掌，接着他看到行骋被队友喊到篮球架下了，一个女生递过去一瓶脉动。

行骋处理这方面的事情非常礼貌，摇了摇头，跟那女生说了句谢，拒绝那瓶饮料，只是接过纸巾擦了擦满是汗渍的手，又说了声谢谢。

紧接着行骋转身走过来，宁玺把头转回来，四处看风景，看球场，看围观着打闹的学生们。

下一秒，行骋拿擦干净的手，轻轻往前带了一下宁玺的肩膀，提醒了一句："哥，你的鞋带散了。"

场上这么多人，全部盯着场内，篮球架上的篮网都被夏风轻柔地抚摸着，接近午间的阳光也刺眼，撒网般从天际铺泻而下，在行骋身上笼了一层金光，显得他如此耀眼，是属于球场的瑰宝。

宁玺下意识地往后退了半步，一低头，看了看自己的球鞋，接着把散落鞋带系好。他抹了一把汗水，撩起球衣的边角扇了扇风。

行骋从兜里掏了块独立包装的湿纸巾出来，他就剩这一块了。

他把包装拆了，又觉得自己的手有点脏，右手拈着边角，把湿纸巾放在手背上，下面垫着包装，凑到宁玺眼前："把汗擦了。"

宁玺接过来，又听到旁边队里的学弟也管行骋要，要不就是在喊："有哥哥了不起啊！"

"怎么着？"行骋咧嘴一笑，"我有哥哥就是了不起。"

校队的人开始在场地上收拾衣物，宁玺也迅速收好了自己的东西，后面跟着应与臣，两人一前一后地钻进了球场旁边的小卖部。

宁玺抽了张二十元的钞票出来摊在收银台上，想了一下帮着翻比分牌的人，对着小卖部阿姨说："阿姨，麻烦您给我拿十瓶矿泉水，谢谢。"

旁边的应与臣一瞪眼："宁玺，你今天请客啊？"

宁玺没吭声，拿了五瓶让应与臣抱着，自己抱了五瓶在怀里，转身出了小卖部，往球场走去。

到了球场，校队剩下的五个人和前来帮着翻比分牌的人都蹲在地上反省这次的问题，以及讨论明天的训练。

行骋背对宁玺坐着，宽肩窄腰，上半身微微前倾，专心听着教练讲话，短袖的布料在手膀子上被肌肉凸出了形状，线条特别好看。

"今天宁玺请客啊，大家伙甭客气！该喝的喝，该拿的拿，还不快谢谢你们玺哥？！"应与臣说完，把水摆了一地，宁玺也跟着放下。

听应与臣一阵吆喝，其他人都笑起来，这口音听着还真不习惯。

行骋一回头，就看着地上被抢得还剩两三瓶的水，直接抓了一瓶过来，拧开灌了几口，跟得了肥料的秧苗似的，瞬间恢复体力，气势特豪爽，朝着全队哥们乐道："走，明天我请喝可乐！"

宁玺走了十多米远，回头看到行骋把一瓶矿泉水都喝光了，正以投篮的弧线往垃圾桶里扔，"咣"的一声，还扔中了。

宁玺放心了，转过头继续走。

操场边飘落的叶被夏风拂过，叶片擦着地面在耳畔"哗啦啦"地响。

中午放学，行骋被班上一群男生簇拥着往校门口吃饭的地方走去。

五六个人里面就他最高，都冲到一米八五的个子了，让他的兄弟们不得不想，这人到底是不是吃南方的米长大的？

行骋这么高的个子特别扎眼，站人群中跟探照灯似的。

他慢下了步子，望着高三的教室，灯也已经关完了，怎么就没看到宁玺？

宁玺是高考失利复读，应与臣是北京降级转学，两个本来该读大一的人现在还在读高三，一个文科一个理科，隔壁班，关系还挺不错，但是应与臣有个哥哥，经常要来接他出去吃饭，这就导致到了饭点，宁玺还是常常一个人吃。

刚来学校的时候，行骋问过他几次，能一起吃饭吗？

宁玺冷着脸，差点一饭盆扣他的脑门上。

那会儿高三比高一中午早放半小时，下午提前一小时上课，两人怎么吃？

于是行骋有一次翘课早退，去等宁玺吃饭，宁玺一出教室门就看到行骋穿了一身校服背个包站在那儿，班上有几个同学都在喊："宁玺！你弟来了！"

宁玺都要崩溃了，这人能不能别瞎闹了？

整整一周，宁玺都没再搭理行骋，行骋也不知道怎么办，自己写了五百字检讨，给宁玺从楼上吊下去。

当时宁玺正挑灯夜读，窗帘半掩着，抬头就看到一块木板上夹着张纸，顿时气血上涌，起身给扯下来。

以前家家户户窗外面都爱养一种叫三角梅的常绿攀缘状灌木，宁玺这一扯，还落了两三片花瓣躺到掌心里。

行骋的字写得歪歪扭扭，宁玺硬是一个一个挨着看了好久才把这五百字看懂。

宁玺从抽屉里掏了张草稿纸出来，"哗啦哗啦"地撕了，把碎纸屑摊在桌子上，把手机掏出来给行骋拍了一张发过去。

那会儿还流行用 QQ，宁玺的头像是一片纯白，网名就两个字：勿扰。

行骋正忐忑着，琢磨他哥这次看了会不会有点感动，结果手机就亮起来了，因是特别关心，宁玺的消息直接弹到屏幕上。

勿扰："再写，这就是你的下场。"

行骋那会儿才十五六岁，还有点脆弱。

行骋想了好久，又觉得宁玺发过来的那张被撕掉的纸，颜色跟自己写的那张不太一样。他甚至拿着对比，又觉得以宁玺的性格，百分之八十的可能性是把自己的检讨书给撕了。

从那以后，行骋中午就没翘课等过宁玺了。

学生时代就是这样的，明明大家都穿着一样的校服，个头高高矮矮也差不太多，但是行骋总能从大批大批拥出校门的学生之中，一眼看到宁玺。

学校实行一卡通，出入校门有门禁，一张卡一个人，管理特别严格，高三复读班要提前一小时入校。行骋中午吃饭，就领着一群兄弟在校门口对着的那家面馆将就着吃了。

行骋这正吃得高兴，觉得燃面混点醋真绝了，想再加一点，拎着醋瓶子往面里混醋，只听他的同桌任眉在旁边吼了一声："行骋，那是不是你哥啊？"

闻言，行骋拎瓶子的手都抖了一下，他盯着被拦在校外的宁玺，皱眉道："怎么被拦下来了？"

任眉也伸着脖子张望："校卡掉了？兜里好像没摸出来……"

五六个男生就坐在面馆门口的位置，齐刷刷地往校门口看。

校门口的马路挺窄，那边的保安正拦着人，处于高度警惕状态，自然也看到他们几个探头探脑地往那边看。

宁玺也回头，几乎是同一时间，行骋连忙摁住任眉的头，两个人的脸都要埋到面碗里去了，另外几个兄弟也给力，迅速继续装模作样地吃饭。

"不认识宁玺？不可能啊。"有一个男孩开口了。

"那可不一定，"任眉夹了颗花生米往嘴里扔，面色严肃，用膝盖碰了碰行骋的腿，"行骋，我们上个月才换的保安啊，记得吗？我猜他估计不认识你哥。"

行骋偷瞄了一眼校门口，暗自琢磨这再拖就要迟到了，便扯了纸巾把嘴一擦，拿起可乐瓶子跟喝酒似的灌了几口壮胆，一拍桌子道：

“我先走一步，去去就回。”

有个男生急了：“那你等会儿怎么进去啊？”

行骋脱了校服就去摸兜里的校卡，把卡拿出来往桌上一放，站起身来，说：“翻墙！”

接着，行骋就拿着校卡过马路，也没看着有没有车，跑着就冲了过去。

他一鼓作气地跑到宁玺跟前，掏了校卡出来，喘口气，把校卡塞给宁玺：“哥，你的校卡掉我这儿了……”

旁边的保安脸上阴一阵晴一阵的，他也不确定刚刚有没有在那堆男生中间看到坐着的行骋，但这个天天玩的小子，他分明就认识，这都是平时敢刷脸卡进的！

宁玺面瘫的脸稍微有了点松动，那弟弟怎么办？

还没等宁玺问，行骋就推着他往刷卡的地方走：“你再不进去要迟到了！”

宁玺被推着把卡刷了，一过了刷卡的门禁处，有些慌乱地回头，就看到行骋转身往街对面的小面馆走了。

宁玺忽然觉得，这背影看着比小时候看着靠谱多了。

从校门口到教室的这段距离好像特别漫长，宁玺一边走一边低头去看手里的校卡。

证件照上的少年面庞不再如曾经那般稚嫩，硬朗的五官已棱角分明，剑眉星目，嘴角带笑，看着还有几分傲气，眼神锋利至极。

照片旁边端端正正印着两个字。

行骋。

第二章 宁玺

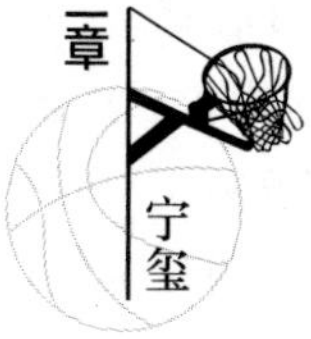

行骋个子高，来势汹汹，是推着宁玺把门禁卡刷了走的，门卫叔叔就那么看着，硬是没敢拦下来。他们的职责也就是看着学生刷卡进去，一人一卡，有卡就行。

宁玺盯着“行骋”两个字看了好一会儿，眼睛有点酸。

他把校卡揣进裤兜，又怕掉，揣衣兜里，觉得还是容易掉，干脆把书包取了，塞在外层里。

他自己的卡估计拿来当直尺的时候搁在书本里夹上了，等会儿抽时间去找一下，然后还行骋的卡，不然放学行骋真出不去。

宁玺来得晚，同班同学们基本上都开始自习了，他翻开作业本，上面花花绿绿画着地理地图，批注写得特别详细，原本潦草的字迹变得方方正正，还挺小，跟印刷体似的。

宁玺总是下意识地觉得这些本子要留给行骋用，每个字都写得清清楚楚，甚至还会带上几句批注，画个表情，再拿笔涂掉。

与此同时，行骋正被一群男生推上学校的围墙，嘴里咬着校服袖子，纵身一跃，双手撑着，爬上了一个平台，踩稳了脚下的砖，小心翼翼地避开墙上的砾石碎渣。

他吊着墙沿翻下去，踩着哥们搬过来落脚的课桌，落了地。

他这个年纪的男生，为了重视的一切，把这双腿摔断都认了。

翻墙这种事，行骋没少干，只是每次“作案”都比较小心，才逃脱过校园“法网”，偶尔被抓过那么一两回，他都记得清楚，原因基本也是为了他哥。

教室里，宁玺还拿着本子在翻。

宁玺一直记得，当初行骋高一要分文理科的时候，特别认真地跑上来敲他家的门，说选了文科。

可他的印象中，行骋初中的时候，还拿过什么小科技竞赛的奖，数学也特别好，倒是政、史、地一塌糊涂。行骋那会儿就是个叛逆期的朋克小孩，理直气壮地说要跳级，想早点毕业。

宁玺垂着眼，说：“你选理科也能跳级。”

行骋沉默了好一会儿，说：“哥，你就不能让我跟你一起念吗？”

宁玺没吭声，隐隐约约觉得两个人得各自选各自擅长的学科，不能把前途搞砸了，但又狠不下心说太理智的话伤行骋脆弱的少年心。

他没办法正面回答，只能以沉默应对。

宁玺看着行骋，看他蹿高的个子，说新学年该去剪剪头发，说完就关门进去了。

最后行骋也没去挥剑斩去三千烦恼丝，直接剃掉，是那会儿小男生特别流行的发型，中间多留一点，两边剃成板寸，更有甚者还在上面剃一条线或者搞个字母。

当时任眉问他：“老大，你这什么非主流啊？”

行骋正丧得不行，自己也觉得自己是非主流，但嘴上还是不承认。

这会儿是中午自习时间，宁玺觉得热，教室里的风扇又没对着自己吹，他咬牙忍了，特别想喝水，但班上的饮水机里的桶装水都喝完了，得下午放学去搬水。

文科班女生多男生少，宁玺又算长得高的男生，校队得分王，运动细胞满分，自然就成了经常去搬水的那一位。

挨到下午放学的点，最近供水紧张，全校的班级都争着早点去排队领桶装水。

这天也是宁玺跟班上的一个男生一起去搬水，一到楼梯口，转角处就摆着一桶搬上来的桶装水，上面还贴了字条，高三（4）班。

宁玺把字条拿起来仔细看了看，又贴回桶上。他抹了把脸，把脑袋别到一边去，不知道说什么。

宁玺一看这字就知道水是谁搬来的。

学习上，行骋要有这股劲，估计都排年级前三了。

宁玺把水抱回班上装好，接了一杯一口气喝完，又写了一会儿题。他看了一下时间，从窗户外去看学校的篮球场。

高三的位子是固定的，每周不用轮着换，他的位子就刚好在窗户边，随时都能看到篮球场。

夏风习习，绿树成荫，球场是红色的塑胶地，每个篮球场人都满了，校队的训练场更是拥挤着打球的、看球的人，但隔得太远，宁玺看不清楚哪一个是行骋。

学生时代，一般下午要打球的学生都不怎么吃晚饭，五点半一放学就撒欢地奔到球场上打个你死我活，有些下午抢不着场的，就中午打个你死我活，然后饿一下午，“活”下来的也饿得要死。

班上有女孩拿着书本来问问题，但宁玺现在急着去球场给行骋还校卡，再晚了就得耽误晚自习了。

宁玺平时性子冷淡，跟班上人的交集不多，对人也非常有礼貌，帮班上搬水打扫卫生，还是吸引了不少女孩的关注。

上学的时候挺多女生就喜欢这种酷酷的男生，不怎么讲话，站那儿就一个字，帅。

宁玺这人，夏天是人形空调自动制冷，冬天就是寒风中的冰雪王子，偶尔的一点儿崩溃和小情绪都会藏起来。

宁玺站起身来把校卡揣兜里，披上薄薄的秋季校服，对着那个女生轻声说了句：“不好意思，我得下去一趟。”

这个年纪的女生大多可爱青涩，她的脸红了一点，支支吾吾地说：“你要去打球了吗，可以一起下去吗？”

宁玺没说话，扯着衣角把拉链往上一拉，校服穿得特别周正，点了点头：“我去找行骋。”

她笑了笑：“高二那个行骋吗？没事，我也要去看球，一起吧？”

宁玺觉得没什么，点头应了，女孩就随他一起往楼下去了。

行骋这边正一个三分球抛射出去，一群队友在旁边喊“行骋雄起”。

跟行骋打配合的由宁玺变成了应与臣，抛却所谓的“私仇”，两个人配合得还算默契，但比起宁玺，应与臣跟行骋的契合度还是差了那么一大截。

同样是控球后卫，宁玺擅长配合以及助攻，应与臣进攻性较强，容易抢了小前锋的风头，刚好行骋就是这个位置。

球穿过篮网，校队又得一分。

这天来学校里打球的是隔壁区的一所高中校队，专门带了人来，校方批准，算是一场小小的对抗赛，正好他们高二了，市里也有体育部门的人来选运动员。

一个区的孩子难免碰上过，有几个对手就是行骋初中在区里打街头篮球的时候遇到过的，路子一个比一个野，球风凶狠程度跟他不相上下。

宁玺退出校队之前还是副队长，很多高二的人都还认识他，中场休息，老远看着宁玺来了，一个个都喊：“玺哥！”

场上的行骋一回头，看到宁玺了。

这会儿，行骋的状态关系到球队的生死存亡，不能含糊，况且场上的人打得野，他看不下去。

应与臣这边正运着球，篮球在掌心里跟粘住了一样，怎么晃都不掉，一颗球戏耍得对方晕头转向，在进攻区域外搜索着传球目标。

应与臣的目光瞟到悄悄冲到场内右侧的行骋，果断拿球抬臂，往左边虚晃了一个假动作，来防守他的对手便朝左边一挡！

应与臣迅速将球从右边朝冲过来接球的行骋传过去，行骋接球后转身，脚尖压上三分投球线。

应与臣在旁边喊：“你退一步！”

行骋闻言，单手带球往后一退，脚尖没踩线了，一跃而起，身体微微后仰，腰部肌肉收紧，直接完全靠腕部力量出手！

这时对手的防守人员跟着行骋起跳，硬是没他跳得高，反而碰到了行骋的手。

打手犯规，直接又送一分。

行骋后仰跳投投出的那颗球在空中形成一道完美的抛物线，空心入网，轻松得分。

应与臣再怎么看不惯行骋，但这会儿已经大事化小、小事化成浓浓的战友情了。就算行骋比他小，但这灭天灭地的爆炸式球风也让他甘拜下风，他握着拳嘶吼："三加一！行骋！你搞他！"

校队的其他人在旁边欢呼，跟着喊："牛！"

还有几个哥们吼得跟球迷似的，标语都喊出来了："骋哥骋哥！你行！你最行！你雷厉风行！你千里不留行！"

行骋听得热血沸腾，有点感动，但是都千里不留行了，这球还能打吗？

宁玺在一边边听边偷着乐，面上绷着没吭声。他觉得自己老了，低一级的学弟就是更有活力。

之前行骋才进校队的时候，一帮小子还喊什么千里之行始于足下，但是念出来那个"始"就容易听成"死"，行骋粗着嗓子骂，都死于足下了还怎么打啊？

应与臣走过来一拍他的肩膀："行骋，得劲啊！还真挺行！"

行骋躲开应与臣的手，出这么大风头还有点紧张："将就吧。"

应与臣断了对方进攻球员的一颗球之后，急停跳投，得了两分，将比分渐渐追回了一些，但此时此刻，离反超还差六分，眼见比赛就只剩下八分钟了。

对方学校的教练朝裁判要了个暂停，估计筹划着拖延时间的战术了。

两拨人都凑一块规划战术，站在场边，暂停时间只有四十秒，教练也急赤白脸的，说话全靠吼，一堆闹哄哄的小子，叽里呱啦，教练压根唬不住。

场内还有替补在练投球的，那边球员一颗篮球砸篮板上，砸得篮球架都晃了晃……

那跳起来的人可能想来个空接，结果没拿稳，球直接砸在宁玺的头上了！

篮球的冲击力猛地往他头上一砸，宁玺一瞬间头部剧痛，被震得两眼发黑一踉跄，整个人扑在行骋身上。

两个人忽然就这么倒在一块儿。行骋的手臂一下揪住没站稳的宁玺。

场上瞬间混乱起来，围观的人都尖叫起来了，只见行骋阴着脸被一群人拉着，双目赤红，奋力往外挣！

这个年纪的男生之间的架，大多数要么为了关系好的人，要么就是体育竞赛上的冲突，这刚好，行骋这把火两样都占了。

那边队的队友有几个不明情况的，也急忙拥成一团拉着砸球的人！

那人扯着嗓子吼："行骋！就是砸你的，就算砸歪了，怎么着？！"

这边校队的不甘示弱地吼回去："孙子！"

行骋认得对方，以前初中打街球，两人对上过，这人根本不是什么好鸟，场上就爱下黑手，技不如人还使绊子！

应与臣算是他哥宠大的，脾气更大，没去拉行骋，手里还抱着球，刚想骂人，看那边有教练和裁判来拉架了，行骋一下把他手里的篮球夺过去，认准了那人在的地方就砸！

校队的教练看拦不住了，一声大吼："都停下！"

裁判也拿着哨子吹，尖锐的声音刺得在场的人一阵惊呼，那裁判直接比了个手势，两边都罚下场！

行骋和那个砸宁玺的人直接吃了个 T（指球员被判技术犯规），都犯满离场，直接"毕业"。

场上一下安静下来，双方的人互相盯着，气氛压得宁玺胸口喘不过气。

他们校队这得分就看行骋最后一节牛不牛，超神不超神，行骋直接下场，打不了了，光靠一个长得乖的应与臣，还玩不玩了？

行骋抹了把脸，眼神里透出的戾气能把对方队友全部挨个点杀一遍。他咬着牙，看了宁玺一眼，安排了一下另外三位队友，稍稍冷静一些，对应与臣说："最后一节，你主要快攻，篮下卡位……"

行骋的话还没说完，旁边站着的宁玺咬着衣领，一抬手臂，把拉链下拉了一些，拈起衣摆，一仰头，直接把校服外套脱了，露出里面一件纯白的短袖。

宁玺的脑门上还有些汗，估计是刚刚被砸中后冒的冷汗。

他摇了一下脑袋，伸手把行骋护到一边，音色有些冷："你靠边。"

应与臣见状，明白他什么意思，心下叹一口气，直接把队友传过来的篮球抛给宁玺，后者稳稳地接住了，把球往怀里一带。

宁玺站在那里，背后是行骋，面前是校外五个对手。

宁玺一身白短袖，脚踩了双球鞋，校裤挽起了一点边角，皮肤白得在阳光下都有些刺目，双眼皮窄窄的，显得眼睛深邃又专注，脖颈间的汗将弧度勾勒得明亮……

他往前走了一步，侧过脸对着教练说："教练，我替行骋的位置。"

校队里有几个老队员，以前经常跟宁玺一起打球，看着这场面，兴奋地将手里的毛巾一阵疯狂挥舞！

"活久见啊！宁玺上了！"

第三章 绳子联系

宁玺在场上球风极稳，动作游刃有余，不急不躁，再加上他话少没表情，又是挑大梁的角色，常惹得对手就想把他整下场。

下场无非几种，恶意犯规和言语挑衅，更有一些没什么球品的人用下三烂的手段。

场上呼声正高，宁玺这天没穿篮球鞋，脚腕没保护，容易扭伤，因此动作也比平时慢了一点，但仍然在一个快攻之后就带着本校校队掌握了全场的主动权。

校队教练也很久没看到宁玺参加这种比较正规的比赛了，好歹宁玺当年也算他的得意门生，不免激动起来，指挥道：“抄他！”

这会儿宁玺就是一时冲动上的场。他不知道谁擅长什么，怎么安排配合，只得打独球，先把比分追上来再说。

宁玺拿了球，替的行骋的位置，接过应与臣传来的球，一个变向突破，快步运球到篮下，勾手上篮！

这种护着球到篮下勾手入网的情况，对方根本防不住。

再加上宁玺的优势就是他不算特别壮实，动作灵活，找不到他爆发的点，感觉随时都在半格点的状态，但偏偏就是这轻松的感觉，就能扣住这场比赛的命门。

宁玺又完成两个中距离投篮之后，将比分追平。

场边爆发出一阵久违的喝彩，众人齐齐高喊道：“MVP（最有价值球员）！”

这意思是场上表现最优秀的选手，但宁玺已经很久没有听到过这个称号为自己而起了，他的弹跳力没有行骋厉害，没办法盖帽，又加上平时打的是后卫，主要是运球和指挥战术特别顺溜。

打平了之后，宁玺的侵略性就降下来一点。

这最后一节还剩下三十秒，他站在三分线外，传球给应与臣，迅速冲进三分线内，又退一步出来，接过应与臣再传过来的球！

宁玺双眼紧盯篮筐边缘，下沉膝盖，蹬地而起，奋力出手，篮球轻碰篮板，直直入网！

球进了，三分压哨！

球都还没落地，裁判吹哨，比赛结束。

本校校队险胜，比校外球队只多了三分，恰到好处的三分。

学生时代的球场上，如果起了冲突还比出了输赢，那么谁输了谁就是孙子，赶紧收拾东西麻溜滚蛋，下次要不然别这个场子来了，要不然就再被打得铩羽而归。

宁玺这刚一下场，一群人便围上去，行骋也追上去。

宁玺抹了把汗，他忽然想起来自己下楼的目的，把队友递过来的外套拎着，从兜里掏出那张校卡递过去：“校卡，谢了。”

行骋愣了愣：“你下来就是给我拿校卡的？”

宁玺倒也没点头，拉开外套拉链就往身上套：“嗯，我上晚自习了。”

说完宁玺转身就走，连招呼都没跟应与臣打。

晚上一放学，行骋就背着书包去高三楼梯口等着，半边背包带子吊着，新得像都没怎么背过。在冰凉的地板上坐到晚上九点半，其实高二八点半就放了。

行骋初二的时候还真跳了一级，自告奋勇地跑去参加直升考试，成绩出来跟初三的那些同学还真差不了多少，再加上成绩也真的够格，就跑去初三读。

这么一来，他高一，宁玺高三，两人就到一个学校了。

晚自习下课铃响了，高三的学生都陆陆续续地在往教室外走，应与臣到文科班教室门口来等宁玺，耳朵边还夹着麦克风，是在给人打电话。

“我们校队有个小子，哎哟，那球风狠得一个眼神能把人给弄死！”他接过宁玺递过来的语文复习资料，宁玺看一眼，应与臣马上解释，“是我外地的朋友！”

他说行骋呢吧？

宁玺一听应与臣满口外地口音就想笑，没来由地觉得自豪，也没管他，闷着脑袋往前走。

高三学生散得快，楼道里已经没多少人了，宁玺又听应与臣对着电话那头说：“不过他就是脾气不太好，一点就燃……”

应与臣这句话刚说完，旁边就传来幽幽的一句：“应与臣学长，我只对你脾气不好。”

应与臣这才看到行骋，在球场上被他折服了，这会儿还不敢惹他，握着自己的书包带子，特别认真地对着宁玺说：“那什么，玺啊，你弟来了，我哥也来了，我先撤了！”

宁玺和行骋一前一后走到校门口，行骋过了刷门禁的地方，停下来把校卡扔给宁玺，宁玺伸手就接了。

宁玺过了门禁的地方，就没管行骋要书包，两个人并着肩慢慢地走。校门口不远处是交叉路口，正在堵车，市里禁鸣的号令好像没有用，全在摁喇叭。

行骋看了一会儿，看到旁边的几辆小黄车，突然转身对着宁玺说：“哥，我们骑自行车去广场兜一圈回来怎么样？”

这边高中离市中心广场不远，行骋听说那儿的博物馆大晚上都还会亮灯，夜里经常从那儿过，华灯闪烁，流光溢彩的，特别好看。

他以为宁玺会拒绝的。

宁玺挑了一辆小黄车，扫了码跨上去骑好，转身看了一眼愣在原地的行骋：“走啊，傻子。”

行骋一下抓住旁边那辆小黄车，直接就骑上去了。

宁玺看了看前面的路，双眼被车灯照得亮亮的，咳嗽一声：“你没扫码。”

没多久，行骋就骑上来了，蹬得特别快，努力与宁玺齐头并进，但老是被一些摩托电瓶车给挤到后面去。

宁玺实在看不下去了，转过头指挥他：“你跟着我。”

行骋就这么跟在他哥身后，慢悠慢悠地蹬。

两个人一前一后地骑过主干道，顺着大街往市中心走，身上的蓝色校服显眼得很，两个模样周正的少年骑着车携夜风而过，还引来不少路人注目。

行骋跟着他哥骑，眼前的风景不断倒退着，任由这城市车水马龙，灯火辉煌，他骑车掠过多少个路口，擦肩而过多少不知姓名的路人……

走走停停，行骋骑得屁股都要平了，宁玺也是撒了欢，才带着他一路又抄近道回了小区院里的那一条路。

宁玺落了车锁，松了一口气，运动出来的汗水都被夜风吹干了。

宁玺还没缓过神来，行骋便大步走过来，说：“好热啊。”

宁玺也说：“骑太久了。”

他一看时间，骑了差不多一个小时。

这会儿都快十一点了，自己是没人管，无所谓，但是行骋家应该担心了吧？

行骋看他皱眉，心下猜到了他在想什么，连忙说：“哥，我跟我爸说过了。”

宁玺点点头，背着书包往院里走去，步子比以往慢了些，像是在等行骋，行骋一边跑一边穿外套，跟了上去。

小区是老式小区，行骋家住在二楼，宁玺家住在一楼，一进单元楼就是。

这几年来行骋家里经济条件越来越好了，他家的车一般就停在单元楼门口，一辆悍马 H2，纯黑的，看着特霸道。

车还是行骋挑的，专挑大的，往那儿一摆，牛气。

行骋觉得等自己成年了，得努力考驾照，要开这车一起出去兜风，去自驾游……

宁玺自然看到他家的车了，眼皮都没抬一下，直径进了单元楼，一楼右边那户。

他站定了，掏出钥匙，去看行骋："到了。"

他踏了一下步子，发现楼道的灯跟坏了似的，声控怎么都不亮，四周黑漆漆的，就只剩了小区里面路灯的光线。

宁玺一回家，灯都没来得及开，就看到家里的沙发被搬走了。

宁玺的爸爸英年早逝，是职业篮球运动员，死于心肌梗死，妈妈改嫁，嫁给了一个本地小商人，在他高三那一年生下一个弟弟。

这处房子常年客厅都不亮灯，宁玺一回家，背着书包就往卧室走，写作业，洗漱，上床，睡觉。

他妈妈改嫁之后就搬出去住了，从他初二那一年开始。

以前他妈妈还每周都来看他，有了弟弟之后，就只打钱过来了，钱不算少也不多，他每个月用一半存一半，存着以后也有个着落，就只有这处房子是他爸留给他的了。

宁玺成了多余的人。

宁玺想过，大学一定要考一个远一点的城市，好好在外面待四年，再回来也行。

宁玺经常想，是不是他不太懂事，初中、高中就知道打篮球、读书，不会讨家里人欢心，不太会讲话……

小时候的宁玺也挺开朗的，但青春期最重要的那一段时间，常年一个人在家里对着墙壁和天花板，难免憋得性情大变，话越来越少，性子也越来越冷淡。

他对同学冷冰冰，对老师也只有尊敬，校队的兄弟虽然是战友，但真正交心的少之又少。

能了解他的喜怒哀乐的，好像就只有行骋。

他落了锁，看了一眼空荡荡的饭厅。

小弟弟长大了些，以前的房子不够宽敞，他妈妈的新家庭也要搬去更新的住处，估计节约开支，连家具也要搬走。

宁玺还记得，他后爸打电话过来的时候，说：“反正你一个人住，饭桌也用不着……”

确实，一个人住用不着饭桌。他倒也无所谓。但他有点怕，他后爸来把空调也搬走了，不过冰箱不能搬，还得放早饭，这夏天多放一宿，早上就吃不了了。

不过这样一点点地搬也还算体谅，没让他太过惊慌失措。

还有一年，他再坚持一下，挺挺就过了，新的学校，会有更轻松的生活环境……

宁玺忘不了五月临近高考的那段日子，他的诊断试卷都还没做完，就被他后爸一个电话打来，让他去医院照顾才生完弟弟的妈妈。

他怪不了谁，这是他分内之事。

宁玺站在空了一大半的客厅里，开了一盏小灯，脑子里一团混乱地想。

分内之事。

宁玺在客厅蹲了半小时，再加上晚上骑车，腿有点发麻，站起身来，从书包里摸出一包烟、一盒火柴。

他又蹲下来，拢住那一小团火苗……他掌中的一团火，像极了心底的焰苗，正疯狂滋长着，等着他亲自用手强行掐断。

他已经不知道用什么样的方式来减压。

就在这个时候，门响了。

他将门拉开一小半，露了个脑袋出来。

行骋手里提着药站在门口：“哥，阿姨没回来吧？我……”

“不了。”宁玺眼睛有点红，没接过那盒药，头都还有点眩晕，站直了身体，想把门给关上，“你回去。”

行骋扒着门框，仗着自己高，没忍住往里面瞟了一眼，看到客厅空了一大半。

宁玺家行骋以前来过，怎么空成这样了？

行骋上周就在楼道里碰到过宁玺的妈妈和后爸带着人过来搬家里的台式电脑和挂式电视机，这怎么沙发都弄走了？

行骋忍着脾气，问他："阿姨他们又来了？"

宁玺一惊，抬头看行骋，有些慌乱，往后退了一步要去关门。

"宁玺！"行骋死死地扒着门框不放，一条腿卡着要进去。

宁玺也不松手，鼓足了劲推行骋，眼神特凶："没有。"

看宁玺这表情，行骋一下就明白了。

楼道里的灯还是不亮，行骋往后退了一步，伸出右臂把宁玺往自己身前拉了一下。

行骋的额头抵上门板，努力让自己冷静。他气，也为宁玺抱不平。

行骋咬得嘴皮都要破了，感觉下一秒满口腔都会充斥上一股血腥味。

宁玺看了行骋一会儿，把门关了。他连忙敲了几下，那边传来宁玺一句轻轻的问话："还有事吗？"

行骋隔着门，小声说："哥。"

宁玺在里面答："嗯。"

行骋笑了一下，说："绳子联系。"

门里的宁玺迟疑了一下，沉着声答："好。"

第二天一大早，宁玺早上提前了十分钟出门。他一坐到座位上，就看到抽屉里放了瓶纯牛奶，还有一盒药，是昨晚没送到他手上的药。

隔壁班的应与臣跟着宁玺班上的同学一起进了教室，打过招呼，绕过摆满教辅资料的课桌，手里拿着一本册子："我哥今天送我送得早，我看你弟在校门口的面馆借了个碗，跑楼道里蹲着等开水……"

应与臣把手里的语文资料还给宁玺，想起行骋看自己的眼神，嘻嘻哈哈地调侃："我在想，他是不是要泼我？"

宁玺一激灵，伸手去摸抽屉里的牛奶。

热的。

应与臣见宁玺没搭腔，敲了敲桌子："甭发呆了，困就休息会儿呗！"

“是泼我的。”宁玺收了桌上的资料，面无表情地答。

应与臣一愣：“啊？”

“泼我的。”宁玺又重复了一遍。

高新区街球场。

这天是周末，天已经黑完了，这一片片区正是全市街球最集中的比赛场地，也有不少公司企业部门来这边包场进行篮球比赛。

行骋这周末没有接到公司比赛的活，干脆到朋友的街球队里帮着打区里的比赛。

这几年街球球队异军突起，各个球队都争得不相上下，有些球队技术不过硬的，就花钱请外援。

街球队基本都是散落在民间的篮球爱好者组成的，但也有不少不爱凑堆的独行侠，同时单挑也是街球文化之中一个很重要的部分。

行骋一个高中生，一般都在家附近晃悠，一打街球就特别独，专门玩一对一单挑。

他高中学校划分的是QY区，紧挨着的就是WH区，两个区他都常年在里面奋战，现在要接外面的私活，还真不能在这两个区里晃荡，况且他还算是比较大神级的球员了。

街球场上铁丝网围成的墙特别高，墙上挂着几盏大射灯，勉强能将场内照得不那么暗，没有统一的队服，甚至随时可能内讧，场上五打五，十个人就这么对战起来。

行骋是作为替补上场的，一节比赛五十块钱，负责防守就行，协防补位，追着对方主力球员跑，有能力也能自己投篮，进一个两分球得十块钱，三分球二十块钱。

这就是俗称的打黑球。

这时，对方球队的主力休息够了也换上来了，行骋接了球，没按照一般的路子来，直接带球突破，篮下卡位，绕过好几个一拥而上的球员，背身单打，后面顶着拼死防着他的对手，要把球送入篮网。

行骋运球的技术极好，出了名地花样百出，总之就是为了一个字，帅，怎么花哨怎么来。但现在这种情况，他也只得为了拿钱，看见网就往里投。

防他的人是个中锋，比他高了一个脑袋，起码一米九去了，又壮实，快三十岁的样子，长臂一伸，遮得行骋半边天都看不清楚！

行骋的左手把球从头顶抛向背后，假装投篮，传给队友，使了一招街球技术“日食”，又迅速接过队友回传的球……

行骋用尽全身力气顶着这个中锋，强跳而起，硬生生把篮球扣入了网内！

六十块钱。

行骋舒了口气，刚抬手抹了把汗，半边侧脸都被场内的光线照着，在水泥地球场上描绘出一圈潇洒的影子。

他低下身子去系鞋带，刚刚把一只系完，另一只鞋的鞋带散落着，被人踩了一脚。

行骋忍了怒气，硬是没抬头。

他一个人在球场上，单枪匹马，况且市里的黑球场不多，还得指着这赚钱。他咬咬牙，伸手把那一抹鞋底灰给抹了。

行骋慢吞吞地站起来，朝场外看了一眼，那边还在凑一堆商量战术。他薅了一把衣领，手膀子肌肉都打得发麻，用力过猛了。

街球斗牛跟正规比赛不一样，野路子太多，况且这群打街球的一个比一个独，动不动就一打九，商量再多也没用！

场边还有不少来看比赛的人，女生也多，都拿着手机把手电筒打开，举着在黑暗场地里晃，跟演唱会似的。

站在场中间充当裁判的人也亮了灯，拿着手机喊：“继续继续！”

他正发呆，旁边来了个人突然撞了他一下：“行骋？”

行骋一看，惊了：“应与臣？”

应与臣看行骋这样，立刻懂了，有点担心，语调还是吊儿郎当的：“你是这队的？”

行骋脸不红心不跳，睁眼说瞎话：“对啊。”

应与臣冷笑了一下，伸手推了他一把：“跟我这儿逗咳嗽呢？”

行骋继续编：“没骗你，我打了好几年……”

看他这态度，应与臣严肃起来了，伸手把他搂了一下：“你缺钱？”

行骋看瞒不过了，估计应与臣也是在这片混的，老实了："赚零花钱。"

应与臣笑了，怕他哥太闲不让他出来混街球场，还专门挑了个远一点的，结果谁想到在这里还能碰到行骋这小子？这小子还来打黑球赚钱，还是他的敌对方，宁玺知道了怕不是要把这小子的皮给扒了。

应与臣之前都在下面玩手机，偶尔瞟了场上几眼，也注意到了行骋的球技，但因为太黑没看清楚。

他看着比赛继续，主动跑到行骋旁边把队友挤走，侧过身子帮行骋漏了一个球，跟行骋讲话："打得不错啊？"

行骋这会儿正在胯下运球，满脑子都是投个三分能拿二十块钱，哪里还有精力理他，随口应了句："还行。"

他持球一晃，直接把应与臣给晃倒了。

应与臣也不知道是装的还是怎么，一屁股坐地上，对着队友喊："包夹那小子！"

但就是应与臣这么漏了一下，行骋踩上三分线往后猛退一步，投篮，轻轻松松将球射入篮网之中！

行骋一落地，转头看了一眼身前一边倒退一边朝自己眨眼睛的应与臣，笑了，用口型说了句"谢了"。

这演技，厉害。

"老奥斯卡了！"应与臣笑得肩膀直抖。

接下来几乎变成了行骋的个人表演，他们这一队也赢了不少分，主力全下场了，就剩行骋和一拨替补在上面消耗垃圾时间。

比赛结束，这一场下来行骋赚了差不多一百五十块钱，当场结算。

他跟着球队的人去了场外的车边上，偷摸着把钱结了，一张一百元，一张五十元，叠好揣兜里，手上还握着一个被汗水濡湿的护腕。

行骋进场来拿过他放在场边的矿泉水，拧开瓶盖就要喝。应与臣看他是已经喝过的水，伸手就给夺了过来："甭喝了！"

行骋愣了："怎么了？"

“你第一回来这种黑场子吧？开过的水还敢再喝，谁给你放个药你都不知道……”应与臣推他，还挺友好，问了句，“赚了多少？”

行骋一比手势：“一百五十元。”

应与臣这下彻底佩服了，因为自己算是娇生惯养大的“富二代”，从小有爹和哥宠着，从来不缺钱花的，眼前这小男生就比自己小两岁，都开始接这种活赚钱了。

还有宁玺也是，马上满二十岁，也还是个高中在读的大男孩啊，不知道为什么话那么少，性子冷淡成那样，早熟老成，跟自己的亲哥有的一拼。

行骋看应与臣若有所思的样子，凶起来：“我哥要是知道了，我在队里专挑你罚球。”

应与臣一缩脖子，连忙“哎”了好几声，瞪眼骂：“有没有良心啊，我刚才还帮你……”

行骋立刻站直了：“谢谢应与臣学长。”

应与臣真的被这种有脾气又能服软的小屁孩折磨得无语了。他在家里一直是最小的，一面对这种比自己小一点的人就散发出蓬勃的爱心。

他摆了摆手：“得了得了，以后叫应学长……”

行骋比应与臣高，一点头，那压迫感强的，应与臣觉得还是在宁玺身边待着舒服，还想说几句什么，突然手机响了，看了一眼连忙揣进包里：“我哥来找我了，我先撤！”

他一边拿纸巾擦脸，一边跟行骋讲话：“你等一下，我去我哥那儿拿水给你！”

应与臣算是个性格特别直的男生，对谁好就是铁了心的。他转学到这里，就跟宁玺玩得好，这宁玺的弟弟自然也要照顾着。

行骋取了外套披在身上，跟着他一起往外走。

球场外面停了一辆奔驰越野车，行骋看着虽然没他家悍马那么大一只，但还是挺霸道，有点好奇应与臣他哥长什么样。

应与臣跑到后备厢拿了瓶矿泉水，去捂行骋的眼睛：“等一下别看我哥，他正在气头上，他生气的表情简直是我的童年阴影……”

行骋这下更好奇了，但出于礼貌还是乖乖站在后面，没跑到前面去，应与臣拦着，也没去打招呼。

应与臣一根筋，倒没觉得有什么，就是怕他哥看到行骋，回头又对他一阵面无表情地叨叨：“你看人家多高，你怎么长的？”

应与臣作为一个北方男孩，亲哥哥快冲到一米九，自己快十九岁了才一米七八的样子，天天喝牛奶都要喝吐了。

应与臣正愁着，他哥打开车门下来了，扫了行骋一眼，把手里的烟掐了。

应与臣紧张得要死，郑重地介绍：“哥，这……这是我学弟，校队的，叫行骋。”

应与将垂眼，伸出手来，淡淡地道：“你好，有劳关照。”

行骋一愣，握了回去：“您好，我叫行骋。”

应与臣他哥跟应与臣完全不是一个类型，又高又壮，站那儿就是个铁血硬汉，除了表情冷冰冰的，哪儿都挑不出毛病。

应与臣把水给行骋之后，特别认真地劝了一句：“以后别来了啊，行骋，这儿太危险了。”

行骋点点头，深吸了一口气，没答应也没吭声，一拳头轻轻击在应与臣的肩上，算是以男人的方式道谢。两个人拥抱了一下，这算化干戈为玉帛了？

应与臣小声说：“我们送你回去吧，你家在哪儿啊？”

行骋不想麻烦，给拒绝了：“没事，我自己回去。”

最后应与臣走的时候，还一而再再而三地跟他讲：“千万别来了，你这次出这么大风头，下次估计得被人压着球打。”

行骋站在马路边，目送着他们走了，拧开手里的瓶盖仰头喝了一口。

那一晚，行骋觉得等他再长大一些，也要开着自己的车，到球场去接宁玺，在后备厢放一大箱子的可口可乐、百事可乐、雪碧果汁什么的，还要在车上放冰箱，在家里放冰箱，放好几个，绝对不怕有人来搬走……

他再也不让他哥受苦了。

行骋是坐公交车回去的，在车上晃荡晃荡着就睡着了，闭上眼之前，看着公交车行驶在城市的道路中央，路边的灯亮得刺眼，昏昏沉沉的……

行骋一觉醒来过了站，又累，舍不得拿钱打车，干脆骑着自行车往回走了。

夜风过耳，他又想起小时候他经常坐他爸的车出去玩，车就停在单元楼门口，一上车车窗一摇下来就能看到小宁玺扒在窗边看他，眼里是羡慕和向往，但是当时的小行骋不懂。

他以为小宁玺也想一起玩呢，还招手喊他："哥，要不要一起出去？！"

小宁玺摇摇头，把窗帘拉上了。

后来行骋再大一些，差不多到了上四五年级的年纪，有了自己的第一辆自行车，还是山地的，特别炫，很酷，行骋爱得死去活来，就差在扶手上安个跑马灯了。

院里的小孩都上不去，每天就眼巴巴地围在院里，看小行骋骑着他的山地自行车，把车屁股对着宁玺的窗口，大喊："哥，要不要一起出去？"

回应他的，还是小宁玺拉窗帘的声音。

行骋骑着车到小区的时候，进了院子里发现宁玺的窗口还亮着灯，估计宁玺还在挑灯夜战。

行骋进了单元楼，右拐，站在黑暗里敲了敲门，里面不一会儿就传来了脚步声。行骋能感觉到宁玺在门口站定了，估计在看猫眼。

都这么晚了，宁玺还在看书复习，听说念高三、复读的人，这才开始还要备战一年，这个时候压力都特别大，晚上要吃夜宵的。

宁玺没有妈妈做夜宵，没有补汤喝，那不得饿肚子吗？

他没脸去拿家里的钱照顾宁玺，所以去打球赚点，算是自己现在唯一能做的事情了。

楼道里的灯还是没修好，行骋背靠在宁玺家的门上。

行骋不知道的是，此时此刻，宁玺也背对着门，沉默着低着头去擦被笔弄脏的手背，擦得手背的皮肤红了一片，灼得有些疼。

行骋没忍住，又轻轻地敲了敲门：“哥，睡了吗？”

宁玺没开门。

行骋又站了好一会儿，心想可能他哥看到是他之后，就进去睡了。

第四章 烫伤

这天一大早，宁玺又提前二十分钟出门。

天气变化得快，夏天的尾巴在九月份都快要抓不住，早上晨露重，风一刮过来，还是带了些凉意。

宁玺穿着校服外套，裤脚搭在白球鞋上，袖子挽起了一些，手腕上一块表，刚好走到了七点整的位置。

他的书包里没装多少本书，背着轻巧，步子也就快起来，刚拐角走出小区院门口，就看到小区门口的面馆边上，行骋在那儿坐着。

行骋手里端着一碗面，面前还摆着一碗，冒着热气，还没动过。

估计是夏天打球打得猛，他的肤色晒黑了些，眉眼依旧墨色浓重，带着少年人特有的朝气，但一皱眉样子唬人得很。

行骋一大早就把校服给脱了，穿着件短袖坐在桌子旁边，一条腿上面搭着打球用的毛巾，上面还绣着 NBA 雷霆球队的花纹。

宁玺记得行骋跟他说过，这个球队牛，但就是怎么都得不了冠军，越挫越勇，喜欢就粉了。

当时宁玺心想：这不就跟你一样？哪儿难走往哪儿撞。

宁玺看行骋坐在那儿，步子缓了一下，点头算打过了招呼，不吭声准备继续走。

行骋抽出两根筷子翻过来往桌上一放，折腾出一声响：“哥！”

宁玺脚步一滞，还没回过神来，一扭头就看见行骋把筷子放那碗没动过的面上了，说："快吃。"

行骋见宁玺站着不动，催他："再不吃就坨一块儿了。"

他在这附近晨练转了两三天了，每天早上就没见着宁玺吃过早饭，这一早上又那么早空着肚子去读书，还真的为了高考胃都不要了？

宁玺盯着行骋没吭声，扶着凳子坐下来。

他扒了筷子，戳进汤碗里搅，还真是才端上来没多久的牛肉面，红油的，看着特别有食欲。

行骋刚站起身子，宁玺拿筷子去拌面，数了一下，十二块牛肉。

他看了一眼隔壁桌的食客碗里，也没多少牛肉，不过他没想太多，当时也不知道那全是行骋挑自己碗里的给他的，埋着头就开始吃面。

行骋从店里端了豆浆过来放他面前："以后每天早上，就在这儿把面吃了再一起走。"

宁玺一抬头，拿纸巾擦了擦嘴："我在家能吃。"

行骋有点上火："你在家吃什么，天天吃面包吗？"

昨晚上他一回家又听他妈妈说："楼下宁家那小子搬走了吗？怎么家里人把冰箱都给弄走了啊，孩子还没长全乎呢……"

他妈还说看到宁玺的后爸带着工人又来了，在他们上课的时间来的。

宁玺一听"面包"这两个字都想吐了，赶紧缓了口气，慢慢地说："不要你管。"

"我是在通知你这事，不是问你行不行。"行骋语气强硬地说道。

宁玺气结："你管好你自己……"

行骋像没听见似的继续说："我每天早上在这儿点两碗，你不吃我就倒了。"

宁玺把筷子一放，说："行骋！"

行骋没搭理他，揣着钱去把账结了。

行骋结了钱一回到座椅上，看他也吃得差不多了，把毛巾卷起来往书包里塞，篮球袋子也背好，重新系紧了自己的鞋带。

出了面馆两人并肩走在人行道上，一路上过了饮品店，行骋硬是拉着宁玺点了一杯鲜芋牛奶。

点单的时候行骋还问他："哥，你加料吗？"

宁玺看了一眼加料的单子，感觉没什么好吃的，愣了一下才反应过来："你给我买？"

行骋点头："对啊。"

店员做好了饮料把吸管插上递给行骋，行骋眉眼带笑道："谢谢。"

宁玺捧着奶走在人行道上，旁边跟着行骋。行骋手里抓着篮球袋，过树下的时候，还跳起来去摸树枝头的叶子。

宁玺在旁边训他："才吃了早饭，小心胃下垂。"

行骋哪儿听得进去这么多，但还是不蹦跶了，满面吹着夏日尾巴的晨风。

"哥，你这次模拟多少分啊？"

"六百二十分。"

"我考了你的一半了！"

"呃……"

要过完马路的时候，行骋看他哥低着头不吭声，想找话题，闷闷地开口："哥，上次你给我那个历史笔记本……"

宁玺把书包带子调好，点了头："看到哪儿了？"

这问题简直难死行骋了，行骋认真想了一下，边走边说："什么亚里士多德的，上学什么……"

宁玺想笑，憋住了："形而上学。"

行骋"哦"了一声，手里的篮球袋子差点儿晃掉了，问他："那不行能不上学吗？"

宁玺笑不出来了，冷哼了一声："那你回去吧。"

当哥的白眼都懒得翻，背着书包喝着鲜芋奶就往校门口走，行骋在后面不吭声。

一到了教室，行骋把书包放下，就侧过身子，咬着短袖衣摆，从书包里掏了盒膏药出来。

他把任眉脸上遮着的书弄下来，把膏药递给旁边打盹的任眉："快快快！"

任眉面上还盖着书在睡呢，连忙坐直身子，差点儿把凳子翻过去："啊？"

行骋把膏药给咬开，自己拧了盖子，掏了棉签给任眉："快点，等下老张来了……"

行骋侧腰那儿一小块瘀青疼了好多天，上周末在黑球场给撞的，幸好这次没碰到应与臣，不然还真的又要挨一顿数落。

任眉看他的腰伤，一下就火了："你不是发誓说不去了吗？再去一次天打雷劈，是你说的吗？"

行骋的态度更强硬："这不是都秋天了吗？来了雷也劈不着我。"

任眉无语了，问他："你听说过'天露异象，必有妖孽'吗？你就是那个妖……"

"谨言慎行。"行骋抬起手猛地往任眉嘴边一捂，止住了他的话头。

他跟任眉一群男生在高中待了两年，什么小风小浪的没见过？这点伤对他来说其实根本算不了什么。

任眉看着行骋这伤，气得都想把膏药给抠下来全抹行骋的脸上："我看你是夏天夏天悄悄过去想留下小秘密了，再去一次我告诉你哥！身体是革命的本钱，我看你伤了腰，上哪儿哭去？"

行骋没管任眉的话，根本不当回事。

任眉指尖蘸了点药，给行骋抹一点，他倒吸一口冷气，惹得任眉又发毛了，气得把药盒子往桌上一摔："找你哥抹去！"

行骋连让他哥看到腰伤的勇气都没有。

周末他打球赚了两百来块钱，加上之前那一百五十元，等这周末再接点公司企业的活，下个月应该能去宜家家居那边给他哥挑张小桌子了。

行骋想了一会儿，觉得现在还是先带他哥吃香喝辣比较重要，但桌子还是要买。

宁玺的家，缺半个零件都不成。

下午球队训练，行骋带着一身伤跑着去了。他觉得再不参加正规训练，估计都要被校队开除了，为了好好学习，训练的时间都改成两天一次，宁玺复读压力大，偶尔会下球场来扔几颗球。

不在一个年级、一个班，行骋能不能在除上下学之外的时间碰到宁玺，完全就是看运气。好巧不巧，这天宁玺还真来了，说下个月市里面比赛，如果自己有时间，可以跟着去当一下替补。

行骋正抱着球突围，处于火力全开又猛又浪的阶段，背后换手运球正运得顺溜，场边不知道哪个杀千刀的喊一声："玺哥来了！"

行骋这一走神，球被人抄截了。

应与臣也正在跟人周旋，好不容易甩脱了近身防守跑出来接球，眼睁睁看着行骋的球被断了，没忍住骂道："行骋，你发什么愣啊？！"

年级最高，加上性格好玩合得来，应与臣还当了个临时校队队长，边跑着边指挥："暂停暂停！"

行骋知道自己犯了错，没吭声，小跑着下场，刚想去跟他哥说几句话，就看到应与臣大步走过去招呼一声："玺啊！"

不错，宁玺还真来了。

行骋真是越紧张反而越不敢讲话，就站远了看着，一个人气着，一张脸垮下来，抓着外套就往小卖部走。

他买了几瓶水给校队的人分了，剩两瓶矿泉水、一瓶红石榴汽水，特甜。矿泉水他给了应与臣一瓶，自己开了一瓶，红石榴汽水直接塞到了宁玺怀里。

行骋拿矿泉水瓶子冰自己发热的脸，努力冷静下来装得酷酷的："拿着喝。"

宁玺一挑眉，收着了。

旁边有校队的男生来凑热闹，看到宁玺手里没拧开的红石榴汽水，诧异道："哎哟，行骋，怎么玺哥的就是果汁啊？"

行骋冷着脸骂："我哥低血糖，你一边待着去。"

宁玺心中也骂：你放屁。

宁玺没当场拧开那一瓶红石榴汽水，倒是拿着把手上磨破的护腕取下来扔了，接过应与臣递来的纸巾擦了汗，朝行骋一仰下巴："我上去了。”

行骋看了一眼教学楼，点头：“成！”

宁玺想了一下，又说：“别等我了，你早点回去。”

行骋这一次答应得倒是快，连忙说：“得令！”

宁玺点头，跟领导视察似的，扫了一圈场上的人，眼神威慑力足得很，握着石榴汁，转身就往楼上走了。

应与臣在一边惊了，行骋对他哥的“狗腿”程度简直比自己还牛！

晚上晚自习，高二年级的月考成绩下来了，行骋握着成绩单看了好久，弯下腰去解鞋带。

任眉哭丧着脸把他摁住：“行骋，别上火，别冲动，这篮球鞋一两千呢，扔了你还拿什么征战八方啊？”

冷静了一下，行骋伸手掐他：“我就是把鞋带系紧点，回家怕我爸抽我，我跑着跑着摔了。”

这成绩，还真的刚好有宁玺的一半，三百三十多点，数学一百二十分，剩下的分，他都不忍直视。

任眉的成绩本来就没救了选文理都一样，行骋理科好啊，勇敢挑文科，结果考这个德行，但历史进步了不少，未来可期。

地理卷子也发下来了，行骋看着地理地图上的一厘米，觉得自己实际上跟宁玺隔了一千公里。

放学他没等宁玺，跑了几处，回家时书包里面装满了东西。行骋把东西往桌上一倒腾，把那条绳子找出来，开始瞎绑一通。

这绳子用了好多年了，等有空了他去买根新的。

行骋到家一直到现在，就猫在楼上听，如愿以偿地看着自己房间窗户下面的那扇窗亮起灯来了。

他没给宁玺发消息，直接就把那根绳子挂上东西，慢慢往下吊。

宁玺正把数学写完，抬头就看到窗户边熟悉的绳子，挂了个口袋，不知道里面装了什么。

宁玺没有做作业拉窗帘的习惯，行骋也知道，就仗着这点，经常不打招呼就甩绳子下来了。

小的时候小行骋逗他玩，挂着他妈妈的小化妆镜下来，小宁玺一抬头就看到面镜子，给吓哭了。

行骋就是想让他哥照照镜子，他哥哭什么啊？

院里的小孩边跑边笑：“行骋，你挂照妖镜吗？”

小行骋在楼上粗着嗓子吼回去：“我哥照镜子那里面也是个天仙啊！”

宁玺一抬头看到这口袋，叹一口气，无语。行骋怎么这么大了还这么幼稚？宁玺伸手准备站起来把绳子解了。

他还没够着，也不知道是里面的东西装多了还是怎么，拴口袋的小绳子一下就断了，整个袋子掉到了单元楼墙角根边。

行骋在楼上骂了一声。

宁玺没忍住想笑：“傻。”

他嘴上是这么说着，但是下一秒迅速起身，自己换上球鞋，开门跑去捡东西了。

没想到的是，行骋穿着拖鞋，跟着下楼来了。

两个半大的少年在楼下相对望着，黑暗里，小区的路灯被树荫遮得照不清人脸。

宁玺手里还拿着那一口袋东西，也没看，提着就往行骋怀里塞。

行骋追上去：“哥，你把手伸出来。”

宁玺不知道他要搞什么事情，脚却不听使唤般停下来。

在单元楼边，他借着光将袖子撩起来了一些，伸出手来。

他就这么眼看着行骋从口袋里把一盒新的护腕掏出来，拆了包装，将护腕往两边勒大。

这护腕是名牌货，一个下来一两百，还是他放学跑商场买的。

院落里安安静静，他们也相对站着，均沉默不语。

绿树浓荫，夜雨沉沉。

最后一场夏日的降水过了，石中迎来初秋暑散，银杏叶也由绿变黄，纷纷掉落，参与进了往来的人潮中。

应与臣下了课抱着球来文科班接水，一双眼扫了一圈班上的女生，被宁玺捅了一肘子才回过神来，低头就看到宁玺手上的护腕。

应与臣握着水杯推了他一下：“玺啊，你不是退出篮坛了吗？”

宁玺捏了一下戴着的护腕：“保暖。”

看宁玺这淡定的样子，应与臣免不了要调侃几句：“谁给你买的？”

宁玺扶着凳子坐下来，把手往桌上一搭：“行骋。”

应与臣一口水差点喷出来，拍了拍胸口，歇了口气，眨巴着眼睛说：“当我没问。”

接下来的一周，宁玺迎来高三第一次全年级性质的模拟考试，作息规律，去球场的时间也少了，行骋才算消停了一阵。

入了秋，短袖变成长袖，可宁玺偶尔撩一下袖口，行骋也看到他哥戴在手上的护腕。

行骋买的护腕很窄一根，藏蓝色的，上面一个打钩的 Logo。

十月初。

国庆节高三就放两三天，班主任心疼学生，几个班主任凑钱买零食给学生发福利，一人一袋青柠味薯片和一瓶老酸奶。

宁玺领过之后拿着看了一会儿，揣着出教室了。

隔壁理科班骚动起来，估计应与臣又搞了什么事，宁玺还没来得及扭头去看一下，就被应与臣拦下来了。

应与臣手里攥了袋牦牛肉干，往宁玺怀里塞：“请你吃肉！”

宁玺抱着那一袋牛肉干问他：“你哪儿来的？”

应与臣笑得特别欢，手里还拎着几袋：“我买的啊，全班都有，但也得给你一袋，拿着吃吧。”

宁玺点头道了谢，手里拿着的那袋薯片和一瓶酸奶被应与臣瞟着了，应与臣拉他的胳膊：“你拿去送谁啊？”

见宁玺不吭声了，应与臣又抓了一袋往宁玺那儿塞，皱了皱鼻子，压低音量说：“替我给行骋一份呗？你这袋自己拿着吃，别什么都给你弟……”

宁玺的心思一下就被看穿了，现在他才发现应与臣就是个人精，嘴硬道："我没说是给行骋的。"

应与臣摇摇头，觉得宁玺对兄弟也太好了。

宁玺看应与臣不讲话了，感觉自己也越描越黑，抱着三袋吃的站在走廊里。

宁玺跟应与臣道别过后，拎着吃的就跑高二去了，大早上的，靠在高二教室后门，看了一眼教室里，这普通班的学生大部分都在睡觉。

偶尔有几个起来接水的，睡眼惺忪，打着哈欠，看着也不太清醒。

行骋个子高，坐的最后一排，刚好靠着墙在睡觉，旁边的同桌任眉也在睡。

宁玺屏住呼吸，动作小心。

他把装了零食的袋子放在行骋脚边的地上，酸奶塞到了行骋的抽屉里。

行骋这一觉醒来，没留神差点儿踩上去。上面的老师还在讲课，他不敢声音太大，揉了揉眼，满眼倦色。

他用手拨开看了一眼，越看越饿。

任眉也醒了，抓了一包起来看，叹道："又是谁给的啊？"

他这一声，惹得前座才从办公室挨了收拾回来的男同学也转过头来看，这一看就把八卦之魂给燃烧起来了："这个高三才有。"

行骋一听"高三"这两个字就跟被踩着尾巴了似的："任眉，你说会不会是我哥他……"

任眉本来还挺好奇的，一听行骋这么说，觉得他要么喝醉了要么就是臆想症犯了，白眼都懒得翻，冷笑了一声："你觉得可能性大吗，没睡醒吧你？"

行骋想了会儿，叹一口气，觉得眼睛还睁不开似的，把东西全塞进抽屉里："不大，算了。"

前座的哥们听到说起行骋他哥了，连忙凑上来："行骋，跟你说个你哥的事！"

行骋一听，瞌睡都醒了："快说！"

讲台上的老师也没管他们了，发了卷子下来让自己做，前座抓了本书过来挡着，特小声地说："听说最近上次打区赛的那个队在打听宁玺……”

行骋冷淡地道：“打听我哥做什么？”

任眉在旁边无语死了，行骋一碰到他哥的事就大脑短路：“上次本来他们都能赢啊，你哥替你上场，打得他们落花流水！”

讲台边坐着看书的老师终于受不了了，也是个新来的，往这边一瞟就只看得到闻名全年级的行骋，教鞭往桌上一打：“行骋！”

任眉迅速拿起一本书把行骋的脸挡了，一边咳嗽遮掩尴尬，一边念叨：“对不住对不住……”

这事就这么成了个暂时的悬案。

中午放学了就放国庆长假了，教学楼高三的教学区域依旧亮着灯，行骋背着书包在教学楼下站了会儿，盯着宁玺的教室的门……

他可能才看了两三分钟，高三教学区的走廊栏杆边就出现了个人影。

隔着那么远，楼上楼下的，宁玺穿着身蓝色校服，从走廊这一头走到那一头……

宁玺被栏杆遮挡着，只露了肩膀和头，行骋一眼就认了出来。

宁玺只是去帮班上的课代表交个作业，手上还捧着一沓练习册。他刚一出教室门，没走几步，就不由自主地往楼下瞟。

没瞟到不要紧，一瞟他就看到行骋背着个包，穿着篮球服，站在楼下仰着头看他。

两个人都呆了。

旁边还有三五成群的学生，互相交谈欢笑着，正在陆陆续续地离开教学楼。

宁玺发着愣还没回神，就看着行骋在楼下站着对他挥了挥手。

宁玺也挥了挥手。

行骋，中午好。

国庆假期到了。

行骋没跟着家人去外地玩，说自己明年就高三了，成绩又差，得拿着书去找宁玺补一会儿课。

行骋的爸爸一边看剧一边骂行骋："你小子能别给你宁玺哥添乱吗？"

第二天，他爸带着他妈，跟一群驴友开着大悍马就往西北那边去了。

接下来的几天，行骋没去骚扰他哥，每天早上七八点就起来晨练，依旧监督着他哥在小区门口把饭吃了，吃完就送到校门口，目送他哥进学校，再跑回家看书。

行骋送宁玺一次，能一口气做完五页练习题。

做完一天的功课，行骋下午就光着膀子跑去球场打球，黑球假期没活接，就先去街球场练练技术。他跑场子跑得一身汗，几回合下来，依旧是场上最闪的那颗星。

晚上宁玺下了晚自习，行骋有时候蹬辆小黄车到他哥面前晃一圈。宁玺白他一眼，就这么点路，骑车做什么？

一路上就变成行骋骑着车，宁玺走路，但行骋骑得比他走路还慢，兜兜转转的，不敢快，也不敢慢了。

行骋想了很久，夜风吹过来扑了满面，犹豫着开口："哥，有人给我送薯片……"

宁玺没吭声，手插在衣兜里继续往前走。

行骋骑着车绕着宁玺又转了一圈："青柠味的，还挺好吃！"

行骋蹬着车往前走，笑得爽朗，又压低了嗓音说："哥，高三只有理科班有牦牛肉干，是不是应与臣他们班的……"

宁玺猛地停了脚步，行骋也跟着急刹车，差点儿一头栽下去。

宁玺眼皮都懒得抬，冷冷地瞥他："酸奶好喝吗？"

说完他抬腿就走，瘦高的身影在行骋眼里落下一个轮廓。

行骋瞬间明白过来，按着铃就往前蹬："哥！"

过年了！我哥给我送薯片！

行骋往前追了没多久，护送宁玺到达，跟着进了小区，又站在宁玺家门口想进去。

宁玺把门按得死死的："你赶紧上楼去。"

行骋不肯，一只胳膊卡进去：“哥，你今天说清楚，是不是你送的？”

宁玺冷着脸：“行骋，你回家……”

“我家今天就没人！”行骋觉得对他哥态度不能软，“要么我进去坐坐，要么你跟我上去。”

宁玺看行骋都要卡进来了，急红了眼：“凭什么？我不想欠你。”

宁玺想起夜里关了所有的灯，一个人坐在客厅的瓷砖地板上看火苗燃烧殆尽，仿佛能从其中看到童年时候的自己，无忧无虑，攥着五毛钱去买土豆吃，在小区里晃悠的时候，被小小只的行骋问：“哥，你吃土豆了吗？”

明明吃过了，他还要故作镇定地说，没有啊，哪怕嘴边的油都没擦干净，还是要再吃一份弟弟买的土豆。

他还能看到逝去的爸爸、没生弟弟之前的妈妈，还有没做完的高考试卷。

行骋想要去开客厅的灯，按了几下根本打不开。

这种关头，行骋正经起来的威慑力还是足够唬人：“哥，把灯打开。”

行骋又毛躁着去按了几下，还是按不开灯。

“别按了，灯早就坏了。”

宁玺看着行骋担忧的眼神，心口被刺得喘不过气来。

他忽然觉得自己也早就坏了，真的坏透了。

第五章 纸币

宁玺说完这句话，行骋不吭声了。

行骋低下头说：“没事，别这么说。明天我找人来修。”

宁玺闷着嗓子摇了摇头，说不出话来。

楼道的灯也还没好，大门敞开着，两个人就这么戳在鞋柜边。

昏黄的光线从客厅的窗外洒进来，流淌进屋内，照亮这一方小天地。

行骋僵着站在原地，他的目光扫了一圈空空如也的客厅，隐隐约约能看见地上堆积在一起的几根火柴，七八根凑一块儿，看得行骋眼底都要蹿上火焰来……

行骋一边去关门一边把放在鞋柜上的火柴盒抓过来，晃了一下，里面只剩了两根：“你玩这个干什么？”

宁玺并未开口。

“不说算了。”行骋叹了口气。

一步、两步、三步、四步、五步、六步……他穿过客厅、玄关，走到宁玺的房间门外。

宁玺将手放在门把手上，听到行骋低声问他：“我能进吗？”

宁玺“嗯”了一声。

房间里收拾得特别干净，一张单人床，木制的桌子、柜子，墙刷的乳白色，上面还张贴着几张海报，全是NBA的，还有一件小时候穿过的球衣，也那么钉在墙上。

窗户边的窗帘依旧没拉上，风吹进来，卷起边角，漏入半点月光。

这一晚宁玺去洗澡的时候，行骋跑到浴室外的阳台上去站着，手里攥了根火柴，光闻那个烧焦的难闻味道差点儿呛死。

等宁玺洗了澡出来，行骋说："你没听说过玩火会尿裤子？"

宁玺忍住想一拳揍过去的冲动："你皮痒。"

宁玺嘴上是这么倔强着，心底却偷偷地想：宁玺，别让他担心了。

行骋出了宁玺的家之后，抓着那包鞋柜上的火柴，还剩一根了，自己揣着在楼道里点燃了闻。

他放在鼻尖旁边闻。这一次他倒没被呛着，就觉得难受，这白烟火星的，快把心肺都给一把火烧了。

宁玺或许一直在心里都留有那么一小块地方，生长着朵朵盛开在夏天的花。

第二天一大早，行骋还是七点钟准时在小面馆等宁玺吃面，点的也是牛肉面，但考虑到宁玺最近休息不太好，就点了清淡的味道。

他觉得他们早上爱吃辣味的面这习惯真不太好，虽然吃着再配碗豆浆真的特别爽。

早上宁玺又被拦了下来，一边搅面一边说："你真的不用等我。"

这话说完，宁玺挑了几块碗里的牛肉给他："我不爱吃牛肉。"

行骋看着自己碗里多出来的那几块肉，感觉鼻子都有点酸。上一回他给他哥挑了一碗的牛肉的时候，明明就看到他哥把牛肉全给吃了。

宁玺低头喝豆浆，扯纸巾去擦嘴角的汤渍，说了谎之后，心里还真有点慌。

哪怕宁玺根本不知道行骋也做过同样的事情。

这一回行骋怕他哥生气，站得远，跟在他哥后面磨磨蹭蹭的，好不容易把他哥目送进学校了，才总算松了口气。等会儿他回去做做卷子背背书，下午还有个球场子要赶。

行骋算是市里街球场上的小霸王，家庭条件不错长得也帅，在学校里知名度也高，远近整个区不少高中生知道石中有个行骋，打球特厉害，打架也厉害。

初中那会儿打过的架在行骋现在看来都是一时犯二干的事，不过以他的性格，出手过的拳头就不会后悔。

那会儿的男生，日常吃饭睡觉打群架，爱听陈小春的歌，什么《乱世巨星》《算你狠》《友情岁月》的，一进KTV就拿着话筒嘶吼着唱。

只有行骋他们这个包间，大家都唱陈小春的情歌，跟着行骋在旁边记那首《独家记忆》的歌词。

行骋正处于年少气盛的年纪，做什么都积极，跑得比谁都快，每天去练球的动力也不过是宁玺在球场上矫健的身姿以及场下疯狂挥毛巾的队友们。

行骋也想有一天，他哥能为他挥挥毛巾，对别人说："场上打得最牛的那个、最帅的那个，是我弟弟。"

小时候，行骋就在球场边看宁玺跟别人起过冲突，可是他根本帮不上正经的忙。那会儿宁玺的性格还开朗一些，后来越来越封闭，越来越不爱讲话，看人都带着眼刀，溢出冰碴子一般冷。

下午任眉打电话来，说下午街球场少了一拨人，估计上次来学校打比赛的那群人不在，今晚上他哥放学，要带人跟着点不？

行骋想了一会儿，这国庆假期的，大部分哥们外出旅游了，那学校的一拨半吊子校队就算开个会也没多少人，应该问题不大。

他跟任眉回了话："晚上再说。"

任眉火了："你又要去当护草使者啊？"

行骋也火了："我哥那样的人再怎么也是草上添花，你想想，什么草能开花的？"

任眉哽咽了一下，冷静地答："铁树吧。"

这回答倒是让行骋哭笑不得。

整个下午行骋没去球场，公司企业打比赛的时间改了，那边老板又推到了周末，时间一空出来，行骋就去校门口等他哥放学。

高三压力大，放学的时间越来越晚，有些不放心女孩自己回家的家长就自己来接了。

行骋里面一件球衣套着帽衫，风吹过来浑身还有些发冷。

他站在家长中间，觉得心里特别自豪，自己也跟个家长似的。

高三复读班拖延了二十分钟才放学，宁玺背着包下来的时候，已经差不多快十点了。校门口保安催促着学生尽快离校，他不由得加快了脚步。一出校门他就看到行骋站在校门口的路灯下。

宁玺点头，快步走过去，抬眼就训他："站这儿做什么？走啊。"

行骋挎着篮球袋，闷不吭声地跟着他哥走。

行骋没走出去多远，就觉得后面有人跟着，加快了步子。那群人看到他在，估计也没这个胆子上来一下挑两个。

确实被他料中，那群人可能就来了四五个，跟着追了一条街，到了小区门口才停下。

宁玺觉得这一路上行骋都怪怪的，一直在讲话，叽叽喳喳的，平时话根本没这么多啊。

行骋着急，把他哥半推着进了小区："快回去了。"

宁玺攥着书包带，回头问他："你不回家？"

"啊，我先不回去。"行骋随口编了个谎，还有点紧张，"任眉开了包房要玩，我得去一趟。"

宁玺有点起疑，盯着行骋看了一会儿，觉得也没什么问题，点了点头，说："早点回来。"

说完他就闷着头进小区了。

行骋站在小区外，有点恍惚。

宁玺就是这么个人，冷淡得很，但属于冷面心热，轻飘飘一句话看似随口，里面的分量，在行骋看来足足有千斤重。

没几分钟，行骋就看着宁玺窗口的灯光亮了，窗帘还是拉着。

他看到院里有睡得晚的小孩嬉闹着冲上自家的单元楼，耳畔响起大人在自家厨房窗口做夜宵的炒菜声……

各家各户明明暗暗的窗，都藏着人间一百种生活的味道。

行骋想起他的孩提时代，只有考试是烦恼。成长的无畏无惧，将世界都抹上恰到好处的甜蜜。

行骋吸了口气，看着对面街边站着的五个男生。他冷着脸转身进了小区旁边一个空旷的巷道。

这里人少，容易带过来。

行骋想起上小学那会儿，他们一群三年级的人跟六年级的打架，也是在这个巷子里。宁玺当时也上六年级，带着一拨班上的人跑过来，一脚就把同级的男生踹翻在地上，喊他们三年级的人先跑。

一伙小男孩都跑光了，行骋就是不跑，转身去找反抗的工具，正准备招呼上去，宁玺带的人已经把对方全部放倒了。

行骋的妈妈拿着跌打损伤的膏药，带着行骋登门道谢，宁玺的妈妈阴着脸接过来，把门关得震天响。

行骋长到这么大，都没想通宁玺妈妈这种蛮横性格，怎么能生出宁玺这么个温和冷淡性子的小孩。

他想了好久，觉得宁玺估计是随宁叔叔。

行骋的妈妈性格泼辣，但心善人美，行骋的一副好皮相也随了他妈妈，高鼻薄唇的，眉眼深邃，越长大倒是越有男人气概。

这会儿巷道里没什么人，两栋居民楼中间隔着的地方，只有巷口一盏小小的路灯和偶尔路过的行人。

行骋挑了根废弃的扫帚杆子握在手里，身上背的篮球袋没有放下，半边脸都隐在黑暗里。

光身高他就比来的人高半个头，气势更不用说了。他将上场子唬人的那一套全拿了出来，眉骨一压，瞬间身高二米二八。

面前五个人，有三个还叼着烟，行骋一闻那味就想起宁玺。这一下把他刺激得把背挺得更直了。

有个扣着棒球帽的像是领头来点火的人，张嘴就问："行骋？"

"不废话。"行骋说完了把手里的杆子在空中比画了一下。

过了一会儿，行骋的篮球袋在脚下被踩脏了，拎着连带着里面装的篮球也砰砰直响，墙边的砖磕得他的侧脸都抹了泥渣。

巷口的路灯映出几个匆匆而过的人影，又过了两三分钟，行骋停了手中又断了半截的扫帚杆子。

面前趴着三个人起不来，行骋粗喘着，跪在巷道中央。他的手上磕出了伤口，血珠子成串地往下滑，汇入脚边的一堆小砾石中。

行骋不敢耽搁，慢慢扶着墙站起来，把手里的杆子一下扔到地上。现在他就觉得浑身上下哪儿都疼，吸一口气，能感觉到连喉咙都是嘶哑的。

“宁玺是我们校队的人，你们胆子大，再敢来，校队所有人陪你们玩。”说完行骋闭着眼，把眼睛旁边黏糊着的汗水抹了，去看一眼巷口的路灯。

行骋喘了口气，拎着球袋小跑出巷子，蹲在墙角歇了一下，站起身来，把外套脱下来翻了个面。

他跑到路边的车旁，在后视镜照了一下侧脸，果然看到了嘴角的红肿，一咧嘴，扯得疼。

行骋从篮球袋里面摸出手机，看了一下屏幕还没裂开，松了口气，掏出来给任眉打电话。

行骋咳嗽一声，张口的声音低得吓人：“任眉，买点酒精和纱布过来。”

任眉在那边正跟人打牌呢，一个王炸出来，正要高呼，接了行骋的电话给吓得不轻：“你怎么回事？”

“我……我不知道怎么说，等会儿再讲。”行骋疼得要死了，站在小区门口不敢进去。宁玺窗口的灯还亮着，等一下他要是看见自己怎么办？

行骋又看了一眼，窗帘是拉着的，还算放心，低着头往小区里走去：“少废话，快点，再晚我死了！”

任眉那边的牌局一听是行骋出了事，半大的小伙子个个都坐不住了，拿着电话吼：“哪个傻子啊？！”

任眉能说吗？再多说一句这要闹大了就绝了，他得先去看看行骋是什么情况。

好几个男生迅速跑去诊所买了纱布、酒精和一堆跌打膏药的，打了三辆出租车，就往行骋家赶。

行骋正躺在床上，衣服撩起来了一半，就听到敲门的声音了，看到任眉后面跟着七八个人，怒道："谁让你带这么多人来的？"

任眉的脖子一缩："这不是你出事了吗？我们都快吓死了……"

行骋一叹气，觉得这事也怪他自己，开了门让人都进来，把家门关了，看了一下时间，估摸着这时候宁玺应该已经睡下了。

他指挥着任眉去厨房倒了可乐，端了好几杯出来，简单招待了一下，把今晚的事说了，嘴上还咬着纱布，一边扯一边命令："谁都别去找事啊，如果他们还来跟着，那此事再议。"

几个当兄弟的只得点点头，闷着将可乐往喉咙里灌。行骋把纱布上好了，酒精淋着手臂一浇，举了杯可乐跟他们碰杯："干了。"

除了行骋，所有人面面相觑，都不知道说什么。

任眉看他这样子也来气，只得跟着碰上去："干呗！"

一群人半夜走了之后，行骋用热水抹了个澡睡下了，一看时间，这都三四点了。

行骋一夜无梦，睡到日上三竿，摸着床沿起来洗漱，实在没力气起来去找宁玺吃早饭，脸上还挂着彩，没办法就这么躺了一天。

宁玺一大早起来没见着行骋，还觉得是他昨晚跟任眉去跑局子玩太晚了起不来，晚上放学了跑行骋家门口听了一会儿，没听见动静。

宁玺坐不住了，把手机打开，主动给行骋发了条消息过去。

勿扰："在吗？"

宁玺抱着手机等了一会儿，行骋那边回过来一个"到"！

宁玺总算松了口气，一天都心神不宁的，慌得很，但行骋还好就行，就怕叔叔阿姨不在，这小孩出什么事。

行骋算了一下时间，觉得宁玺这个时候应该已经到家了，拉开窗帘看了一下楼下，那窗口果然亮着灯。

行骋晚上灯都不敢开，害怕宁玺回来看着。

行骋掏手机给任眉打了个电话，让再送点药过来，并道了谢。

任眉揣着药过来，一边骂行骋不知道去医院，一边骂那群人一打五不讲规矩，念叨得行骋头疼。

行骋吃了药睡下，任眉把屋里的小台灯关了，骂他："伤好了再走动啊。"

行骋点点头，答应得倒是飞快："好。"

任眉万万没想到，行骋千算万算，没算到他下楼的时候，宁玺把门打开了，叫住他。他半步都不敢多动，生怕惊着宁玺，行骋能把他拆了。

宁玺皱着眉问："任眉，我问一下，行骋去哪儿了？"

任眉吞了口唾沫，三二一开始编："在我家住，他……他下午有个比赛，让我过来拿东西……"

"是吗？"

"是啊。"

"嗯。"宁玺迟疑了一下，点点头，让任眉回去了。

任眉这一走，宁玺还是觉得不对劲。他穿着睡衣握了钥匙上楼敲门，敲了足足十分钟没人开，心想行骋估计是真的不在家。

他不知道，只是行骋躺着不敢开门。这脸还没好腰没好的，自己开门找抽啊？

宁玺穿着拖鞋，冷得不行，硬是在行骋家门口站了十来分钟，叹了口气下楼了。

第二天高三放了一天半，宁玺一早上就穿着校服出门，去给隔壁楼的小学生补课，补数学，也倒是好讲。

一天半下来，学生价，赚了两百块钱揣兜里，欢欢喜喜地往家里走去。

宁玺想给自己买一本教辅书，八十多，又下不去手，觉得自己赚来的钱怎么花都心疼，攥着钱想了好一会儿，跑银行去存了。

宁玺用网银把钱转给行骋，两百元都转过去了，剩的一百一十多，让行骋拿着去买好吃的。

自己下不去手，转给行骋去买吧，再拿钱去买点好吃的……

这钱，宁玺总算花舒坦了。

行骋这年纪正在长身体，不管合不合适，那也得长啊。宁玺记得那会儿他高一、高二的时候，同班的男生巴不得一天五六顿饭的，喝牛奶都是一大罐地喝，有的还吃蛋白粉，为了练肌肉。

行骋正躺沙发上看篮球视频，收了钱，给宁玺发了条消息过去。

“那晚上一起吃啊。”

发完消息，行骋就坐起来把纱布换了，手上还一股子酒精味，换了外套、球鞋，瞄着宁玺的窗口的灯开了，猜他应该在卧室里看书，放心地出门了。

行骋去银行取了钱，换成纸币，跑了趟广场的新华书店。

这会儿六七点，书店再过一会儿就关门了，行骋火急火燎的，比对着宁玺发的图片，把那一本教辅书买了。

行骋拿着书回家，从小区另一道门进来，绕开了宁玺的窗口，小心翼翼地上楼，又忙活一阵，九点多了，天黑了，街上的烧烤摊子也摆出来了，才摸着黑出门。

他站在烧烤摊边上，揣着自己之前打黑球赚的钱，挑了不少肉，又选了些蔬菜串递给老板，还烤了条鱼。

行骋看了一会儿那些烤串，跟老板说蔬菜多放点辣，超辣的那种，肉少放点，鱼也少放。

他知道宁玺不爱吃辣，等会儿宁玺也只能多吃点肉了。他哥成天面包、面条的，那怎么行。

行骋拿着打包了一百多块钱的烧烤，跑到隔壁小吃摊去打了两碗白米饭，用手一捂，还挺热乎。

九点半，行骋敲开宁玺家的门，把教辅书随手放在桌上，拎着烧烤递给宁玺，一边脱球鞋一边说：“哥，没吃晚饭吧？我也没吃，你跟我一起吃……”

两个人就这么坐在客厅里撸串，行骋还给宁玺买了瓶酸奶。

宁玺看那瓶酸奶，心里面大约猜到什么意思，没吭声。

宁玺家客厅没有桌子，找了张报纸摊开，两人盘腿一坐，也顾不得别的了，把台灯拖出来插上电，就着台灯的光对坐着吃烧烤。

吃了没多一会儿，行骋眼看着宁玺的手在蔬菜串上犹豫了好久，看着辣椒又下不去手，筷子夹着鱼肉一口一口地挑着吃。

行骋率先把辣的菜串全吃完了，献宝似的把肉都给他哥，催着他哥把白米饭也吃了，营养均衡。

快吃完了，行骋辣得喊热，一吃辣就觉得伤口疼，闷着不吭声，狠扒了几口饭把辣椒咽下去。

汗水溢上了行骋的额间，他一个没注意，撩起衣服来扇风，放下的时候已经晚了。

宁玺的目光全程就没离开过行骋，这一撩，更是看到了他腰间缠着的纱布。

他一瞬间就觉得头部跟被什么锐器猛烈撞击了似的，端着碗，喉间的饭菜都咽不下去了。

宁玺深吸一口气，漠然的眼神看向僵硬着的行骋，冷静道："这就是你这几天都没有出门的原因吗？"

行骋傻了，没想到自己千算万算，这一热倒给热傻了。

行骋支支吾吾，不知道该讲话还是该沉默："哥……"

"谁打的，是不是六中那群人？"

宁玺说完，把碗筷放下，目光紧紧盯着行骋不放："我知道他们在找我，所以我让你别跟着我。"

"我……"行骋被宁玺这么盯着，压根说不出话来。

这件事的确是他自作主张才挨了拳头，那也是他自己的事，他根本就不想影响到宁玺……

什么"你别为了我伤害自己"这种话……宁玺说不出口，也面对不了这样的自己。他深吸了一口气，伸出手，想去察看行骋的伤，手却停在半空中僵住了。

宁玺双眼都红了，有些语无伦次："啤酒肯定不行，白酒行吗？我还有钱，行骋，我给你买医用酒精……"

行骋看他这样子，感觉自己真的是个傻子！

他不撩那一下衣服就根本没这么多事，他哥也不至于内疚成这样。

行骋看宁玺也吃不下了，把饭碗收拾好放到厨房去，一出来，凑到他哥身边小声说："哥，你给我换药。"

凑近了宁玺才看清楚行骋嘴角的淡青，已经消下去很多了，但仔细看还是有痕迹。

宁玺心中一痛，直接说："行骋，你今晚住我这儿。"

"真不用……"行骋想拦住宁玺。

但宁玺跟没听见似的，迅速起身。

他管行骋要了行家的钥匙，飞奔上楼去拿了药下来，连带着洗漱用品都拿下来了。

宁玺把门一关，将东西递给行骋，催着他去洗漱了。

这晚宁玺也没看书，看不进去，让行骋躺到床上。

行骋掀开衣角露出伤口。

宁玺捏着纱布，小心翼翼地掀起一点来。

云南白药混合着血痂的伤口，血肉狰狞，伤口吓人，周边泛着碘酒的淡黄。宁玺红着眼睛，拈好棉签，一点一点地给他清洗。

行骋的呼吸急促起来，疼得半句话都讲不出口。

行骋想动一下，宁玺伸手制住了。宁玺伸手摸了摸他的额头，确定没有发烧发炎，才放心地把新的纱布敷上去。

抹酒精的时候，宁玺都不敢看行骋皱着眉忍耐的神情。

行骋缠好绷带，吃了内服的药，宁玺扶着行骋睡下了。

这一晚宁玺在床边靠着墙打盹坐了一夜，手机设了早上六点的闹钟振动。

夜晚来风凉意渐深，窗外是秋月银河，天边的星子被温柔地隐去了微光，这一瞬间的感动，都隐匿在城市的一角。

太难了。

他慢慢地坐起来，把手机拿去充了电，一个人跑到客厅蹲了一会儿。他闭着眼，心中的蔓藤越长越高，缠绕上他的脖颈，将他勒得喘不过气来。

事实上，宁玺觉得把行骋跟他这么一个有家庭缺陷、性格缺陷的人绑在一起，是亲手把行骋拉下泥潭中，再也起不来。

"石中高三年级的学长宁玺，成绩优秀，长得又好，球技了得，除了性格冷淡点，几乎挑不出毛病……”

宁玺永远记得别人对他的评价。

可没有人知道，他的这种“性格冷淡”，在外人看来是酷，是冰山，对他来说却是一种性格缺陷。

他想交流，说不出话；想笑，笑不出来。

那一晚宁玺闷着声，蹲着把头埋进膝盖里，把护腕往手臂上提了点。

宁玺收拾完，看到鞋柜上放的教辅书，就是行骋下午去买的那一本。

宁玺就着窗外的路灯灯光，小心地把那本书拿过来轻轻翻开。指尖才翻过一页，里面的纸币“哗哗”到处落。

行骋把买教辅书剩下的一百多元纸币塞进了给宁玺买的教辅书里。

宁玺拿着一翻，几乎每十页一个，全掉了出来。

在深夜月光的照耀下，落了一地……

宁玺红了眼，一边哽咽着，一边去捡。

第六章 生日礼物

国庆一收假，高三的学生继续看书、学习、写卷子，高二的学生正常上课。

临近校运会，高一、高二年级每个班都开始躁动起来，口号编得满天飞，喊得震天响，每天下午都在操场排练方阵走位。

行骋校队训练也忙，但还是抽了时间出来去给学校当护旗手。宁玺高三参加不了，下午一写完卷子，抬头往窗外看一眼，就能看到护旗手方阵里面站在最前面的行骋。

行骋穿了一身领带、衬衫的制服，手上戴了白手套，拎着红旗的一角，头发留得长了一些，用发胶捋起来，脚下步伐跟着口号节奏迈得极为稳健，气宇轩昂。

晚自习七点开始之前，高三年级每个班要派人去打印室领卷子，文理科错开。宁玺走过了理科班的教室，没看见应与臣出来。

高三在四楼，高二在三楼，高一在二楼，二、三楼都有打印室，但是在走廊的另一端。

宁玺一下楼才发现，还要过一个走廊才能到打印室。

他站在楼梯口想了会儿，依稀记得行骋的教室也在这一层。

宁玺算是学校里的名人了，往楼梯口一站，刚下晚自习的高二走廊都安静了不少，也免不了有几个女孩跑出教室来看他。

宁玺穿着校服，手里拿着一支笔和领试卷的表格，校服长袖被挽起来了一圈，不受高二走廊下课嘈杂的影响，视线一直盯着前方，没去看身边任何人。

宁玺走到走廊的一半，一过高二文科（3）班，就看到行骋了。

行骋正站在教室的后门，穿着短袖，球裤还没换，被一群男生簇拥着，靠在后门门框边朝他挑眉。

行骋手上戴了运动腕带，颜色还是跟他送宁玺的那一条护腕一样。

任眉眼看着宁玺望过来了，跟着吹了声口哨，后脑勺被行骋拍了一下：“别瞎吹！”

行骋看他哥停了步子，继续倚着门看他，旁边一群男生也跟着朝这边看，一边点头一边小声打招呼：“玺哥玺哥……”

行骋看旁边的兄弟们都打招呼了，也喊了声：“哥。”

宁玺点头，迅速转移了视线，闷着头继续往前面打印室走去。

他这一走，行骋就指挥着那一群男生该干吗干吗去了。

宁玺走着，走廊上高二的学生都挺自觉地给高三学生让了道，后面陆陆续续也来了几个高三的学生。

宁玺到了打印室领了卷子，终于不被那么多人注视着，松了口气。

第一节上课铃响了，任眉他们一群人从厕所里出来，回教室坐到没去的行骋身边。

行骋翻开练习册看了一圈，觉得这晚的作业也不想做，转头看了一下摄像头，咳嗽一声，悄悄跟任眉说：“我睡会儿，等下老张讲课，你叫我。”

任眉特义气：“没问题，睡吧兄弟！”

行骋闭着眼就趴着睡了，蒙了本书在脸上。

他这一觉醒来，是被老张点起来的，瞌睡一下就醒了，迅速站起身来，一副精神抖擞的模样，全班人都盯着他。

老张拿着教鞭，声色俱厉地敲了敲讲桌：“行骋，你说一下，这道题选什么？”

旁边比他晚睡了五分钟的任眉也惊醒了，立刻翻书。他们周围坐的都是学渣，一问三不知的，不过得先问问翻到多少页。

老张没管行骋傻站着，去盯任眉翻书，还提醒了一句："二十一页。"

任眉"哦"了一声，赶紧去看他们一个成绩还行的兄弟，那哥们坐在前排，也正转过身来，表情急切，疯狂地朝任眉比画，做了一个"正确"的手势。

这前排跟后排守饮水机的座位隔了万丈远，任眉怎么也看不清楚，隐隐约约头脑一热，对着行骋就悄悄说："选C。"

行骋一点都不含糊："选C！"

老张也不含混："行骋，这是判断题。"

怪谁呢？只怪那个"正确"的手势远远看着太像字母C了。

宁玺他们班有几个后排的女生缺了卷子没领到，他又拿着资料跑了一趟打印室。

不过不是下课时间，第一节课刚上一半，宁玺就下来了。

走廊上应该没人，他走得急，还没走几步就看到行骋一个人站他们班窗户边，人高马大的，手里拿了本数学练习册趴在窗边做。

行骋那天真的是怎么也没想到宁玺能忽然下来，第二次强势路过，看到自己这个丢人现眼的样子。

行骋这回没主动跟宁玺打招呼，就跟个旗杆似的戳在那儿，把数学练习册往身后藏。

行骋点头，神情严肃。

宁玺背着手，跟领导视察一样停了脚步，锐利的目光从他的脚看到头顶，淡淡道："打架了？"

行骋扯了扯皱成一团的球衣领口，立刻否认："没有。"

宁玺又说："早恋了？"

行骋瞪眼："不可能！"

宁玺看了一眼教室里讲课的老师，以及一直偷偷往窗口这儿瞟的任眉，心里猜了个大概，叹了一口气："好好听课，我先去打印室。"

宁玺前脚一走，行骋后脚就把数学练习册拿出来了，趴在窗边做。

这时候，他盯着教室里讲课的老张，忽然觉得也不是那么丢脸了。

他一口气写了两页，连黑板上的公式都没去瞄。

晚上行骋等着宁玺回家，夜里风吹着更冷。

整个高二，就行骋一个人穿着件短袖。他直接把外套从任眉那儿抢回来，揣到高三下课。

行骋把校服拧成条往宁玺脖子上一捆："外面冷。"

宁玺确实被冻着了，连骑自行车的心都像被冻没了。

他背着书包，脖子上捆着行骋的衣服，走了没几步，看行骋发白的嘴唇，扯了衣服一把抽到他背上："你拿去。"

行骋被抽得一跳："我的身体好得很……"

宁玺把校服抖开拎着，催促道："我的身体差了？穿上。"

行骋闭了嘴，把书包背到前面来。

两个放学回家的男生穿着校服，肩并肩走在十月的街头夜色里，夜来风起，没人看得见，也没人听得着。

课间的高三年级文科班教室里面没多少人，宁玺拿笔在写字。

写完最后一道地理大题，宁玺揉了揉微微酸痛的手腕子，站起身来，准备去收一下昨天晚自习布置下去的地理作业。

校运会还有几天，高三学生组了个球队要跟高二的打，校队都给拆了，全拿来年级对抗。

离高考还有好几个月，校方也考虑到有效率地学习，决定开三天运动会，给高三也放一天假，这一天就拿来让高三的同学参加集体项目。

等会儿下午校队训练，宁玺也打算跟着去跑跑场子，可不能给高三丢脸。

虽然他现在对能不能打赢行骋都没谱了，那小子已经不是当年那么好收拾了，但现在加上一个应与臣，打成平局倒不成问题。

宁玺去黑板上写了通知，没一会儿作业就全部交齐了。他数了两遍，确认无误后，抱着往办公室走去。

宁玺走到高三办公室门口敲了门，有老师喊了声“请进”，他推门进去，那老师看到是他，说：“你们地理老师去高二办公室了，好像是出了什么事情。”

他们年级的地理老师对电脑比较熟悉，经常有事要被喊着去帮忙，人也比较热心肠，宁玺经常遇到他不在办公室坐着的情况，倒也觉得正常。

他道了谢，抱着一大堆作业又下楼往高二走去。

他还没走到办公室门口，就看到门口围了一大圈高二的学生，看到是他来了，都让开了道，嘴上还是止不住地讨论着。

有个扎辫子的女孩嗓门粗，声音大得宁玺都听得见：“不可能，我真觉得是她自己没找到，高二（3）班没出过这种事……”

旁边一个姑娘温温柔柔地说：“不急，老师都调监控了，看看就行……”

宁玺了然，估计是什么东西掉了，来办公室找老师问。

高二（3）班，这不是行骋他们班吗？

他敲了门进去，就看到他们地理老师拿着U盘在捣鼓电脑，说是去教务处找人调了监控，学生的钱掉了很重要，但学生道德问题也很重要云云。

办公室里围了七八个老师，还有德育处的人，以及来办公室找老师有事的学生也没退出去，办公室里差不多十来个人，全挤在一堆，看热闹来了。

旁边一个特别温柔的女教师安慰着一个在抽噎的女孩：“如果监控都没有，那再回去找找看，好吗？”

在捣鼓电脑的宁玺的地理老师一边打字一边问：“确定你只有昨天中午休息时间不在教室？”

那女生一边哽咽一边说：“对……对啊……”

地理老师点头：“行，调个午休时间的。”

他输入了时间，一侧头看到宁玺进来了，连忙招呼：“哎哟，宁玺，交作业来了？”

宁玺点了点头：“老师好。”

地理老师说："好好好，放这儿吧，我这儿正忙着……"

宁玺把作业放在地理老师手边的空桌子上，正准备离开，就发现自己被拥着在人群中间面对着电脑，都挤不出去了。

十多个人围在电脑面前，聚精会神地盯着电脑看。

宁玺没办法，出不去，也只得被挤着看了。

监控画面显示的是昨天中午放学之后，算是午休时间，基本上人都走完了，教室里关了灯，但由于是大中午，而且高二（3）班的位置采光也比较好，整个教室相对敞亮。

画面里一个人都没有，教室的窗帘被卷起一角。这时后门传来篮球击地的声音，先是一颗篮球进来了，看样子是有人进教室。

所有围在电脑面前的人都呼吸一窒，紧张得很。

宁玺也紧张起来了，盯着电脑屏幕看。

下一秒，教室后门蹿进一个人，那身影……

有个女老师推了推眼镜，特别惊讶："这不是行骋吗？"

监控画面里，行骋才打了球进来，脚踩到篮球上让它停止了滚动，肩膀上还搭着毛巾，甩了一下放到桌子上，踮起脚再把擦汗的纸巾投掷出抛物线，稳稳命中垃圾桶里，看着简直酷毙了。

宁玺有点无语，这么多人看行骋在监控里耍帅？

旁边有个学生瞄到画面里窗外有人跟着进教室，特激动："看看看，又来人了！"

所有人屏息凝神，脑袋挤着脑袋的，跟看恐怖片一样，呼吸都快憋起来。

画面里后门出现了一只脚，紧接着是个齐耳短发的女生进来了。她背后拿着什么东西，小心翼翼地进来，左顾右盼着……

然后她慢慢地走到行骋身后，动作有些犹豫，拍了拍他的肩膀，但监控看不清表情。

于是这高二办公室里面十多个人，就这么挤在电脑面前，眼睁睁地看着这个女生把行骋一个一米八几的大男生堵在座位上，把身后捏着的红色信笺以及一瓶可乐递给行骋。

女生好像还说了什么，可惜监控听不到声音。

行骋躲闪着不接，一边往门外退一边推拒，抓着校服要走，又被那女生堵在了后门。

两个人，你一堵，我一闪的，都退出了监控区域。

宁玺：“呃……”

其他人：“呃……”

办公室里面看热闹的人都沉默了，地理老师点了暂停，严肃道：“没看到有人偷钱。”

是没看到有人偷钱，但办公室里这么多人，连带着无视世事纷扰的宁玺，围成一堆，看恐怖片一样看着行骋被一女生堵在教室里了。

这都什么事啊？

宁玺抱着书，低声喊了句：“借过。”

全办公室的人围着看了场闹剧，尴尬地对视几眼，借着宁玺说的话，都慢慢散开了。

地理老师看着宁玺要走，觉得把这孩子挤在这儿真是耽误了他的时间，连忙说：“宁玺，麻烦你了啊！”

宁玺摇了摇头：“老师客气。”

地理老师看了看屏幕，又看看宁玺，笑得有些不好意思：“为了这个事，麻烦你跑一趟……”

宁玺站定了，深吸一口气，淡淡道：“这个年纪的男生招人喜欢，正常。”

他看了一眼站在旁边的一个高二女老师，很眼熟，没记错的话是行骋的班主任，从高一就一直带着行骋他们班了。

宁玺一笑：“老师，麻烦您多管管行骋，成绩为重，早恋不好。”

说完宁玺拍了拍那一沓作业，又抱起来，再次深呼吸，说：“老师，我还是帮您抱上去吧。”

宁玺就抱着那么一大堆作业，又往高三年级办公室走去。

地理老师和高二（3）班的班主任带着那个丢了钱的女孩又跑了趟德育处，直到第二天晚自习，那个女孩才发现确实是自己把钱装在某一处夹层里了，不过这都是后话。

学校不允许男女生之间交往过密，查早恋查得严，这事刚传开，行骋和那女生直接被喊到德育处去训话了。

鉴于行骋当时没有收礼物和情书，两个人现在关系还挺单纯，这才逃过了一场洗脑式的老师、家长轮流教育，简称“必须分手辩论会”。

不过简单的训话还是要有的，而且两人是分开来谈的。

行骋刚一被任眉一群人推搡着到德育处门口，就看着那女生一边抹眼泪一边出来。

他们一群男生都被吓傻了，这到底说什么了？

任眉属于开窍得早，怜香惜玉型的，哄了几句那姑娘，德育处里传来一声吼：“其他人都回去上课！行骋，进来！”

行骋一愣，这么大阵仗？

任眉拍了拍行骋的肩膀，小声说：“你顾着点头不吭声就行，你反驳越多被教育得越凶，反正都不分手的……”

行骋回头瞪他，压低声音说：“我没跟她在一起。”

任眉急得直点头：“行行行，我知道！”

话是这么说，但遇到这种事，行骋也只有把问题全揽在自己身上。不然这事闹这么大，面子归面子，哪怕每个人就讨论一句，那女生还能不能在这儿好好读书了？

行骋整理了一下日常凌乱的衣领，敲了门进去，礼貌得很。

一进门行骋就站直了身子，走到德育处的办公桌前，仔细数了一下，屋里差不多站了五个老师。

那女生的成绩特别好，他知道，估计也是学校重视这事，找行骋来做一下工作。

行骋的班主任也不是个啰唆的主，一看行骋进来了便开门见山道：“行骋，你知道这事闹了多大吗？”

行骋摇摇头，又点点头。

他确实现在都是蒙的。明明是午休时间只有两个人在的教室，这怎么就全校都知道了？

他的班主任又说：“高一、高二的学生课间都还在讨论，高三的也都知道了！”

一听这话，行骋浑身一震，高三都传开了？

班主任阴沉着脸，手指敲了敲桌面，朝沙发上看了一眼，表情严厉地说：“行骋，要不是高三的李老师不小心查到了监控，你们是打算谈恋爱还是怎么啊？别人什么成绩，你什么成绩？耽误了……”

德育处沙发上坐着一个中年男老师，面向和蔼，嘴角挂着笑，也说：“男孩子，精气神足，长得好，难免有女孩子喜欢，但是呢，这个得注意分寸……”

行骋根本听不进去，估计这个就是高三的李老师了，难得插了一句嘴：“老师，您好，我想问一下当时是只有高二办公室的人看到了吗？”

李老师也没闹明白他这么问做什么，点了点头：“嗯，就我一个高三的老师。”

行骋松了一口气，还好还好，老师应该没那么碎嘴，只要高三没人亲眼看到，就不太容易传到宁玺那儿去……

行骋也不是心虚，就是觉得这事不能让他哥知道。

行骋还没开口，李老师喝了一口茶，又说“本来就一个掉钱的事，我还没改作业就下来了，高三那个成绩特好的，叫宁玺的一个男学生还白跑了一趟给我送作业……”

行骋一愣，什么？

宁玺下来了？意思是宁玺送作业的时候还看到监控了？

不对，说不定宁玺就送个作业，事情还有转机。

行骋这喉咙里吊着的一口气还没下去，李老师又笑呵呵地：“可能是过来人，宁玺倒看得透彻！”

行骋脸都要白了，他的班主任还接了句：“宁玺也是个好孩子……行骋，他不是你哥吗？”

行骋这下又点点头，摇摇头。他没脸了简直，还看得透彻？

行骋站着，吞了口唾沫，不见现场不落泪，一狠心，决心虐一下自己，朗声问道：“李老师，请问一下，宁玺说什么了？”

李老师把茶杯放下，认真道：“他说你招人喜欢，很正常。”

行骋感觉自己的面部表情都要控制不住了，连忙点头，满脸就两个字：正常。

班主任在旁边轻轻地给行骋补了一刀："你哥还说，让我管管你，早恋不好。"

行骋这下笑不出来了，觉得头有点痛。

一个二十岁的人，告诉一个十七岁的人，早恋不好，确实没毛病。

行骋咬牙，偷偷把手背在身后，掐了自己一把。

这事一闹，行骋晚上没等放学，到了晚自习就跑去高三年级找宁玺了。

行骋觉得这事得跟他哥解释清楚，他就没想过要早恋。

应与臣正拎着一个挺大的三角尺往教室走，看着行骋来了，拿着尺子就是一挡，吹了声口哨："站住！"

行骋现在没空跟他折腾："别挡道。"

应与臣笑了一声："你看看你这眼神，来高三巡视的？"

行骋这会儿心情有点不好，一看到应与臣，也躁得很，索性直接说了："我找我哥。"

应与臣把三角尺抱着，给行骋让了道，好心提醒他："你哥没上晚自习，下去打球了，我们年级啊，高三校运会篮球赛就指望他了。"

行骋一愣，皱眉道："这不是晚自习时间吗？"

应与臣摇摇头，耸肩道："你哥不知道怎么犯倔了，去找年级主任要了一节课的假，下去了。"

他哥晚自习都不上了下去打球？

应与臣这么一说，行骋纳闷了："在球场？"

"对啊。"

应与臣点点头，张望了一下四周，笑了，伸手往行骋身上拍了拍："行骋，你跟女生在教室干吗啊？被发现了，还闹这么大动静……"

行骋这真的是有十张嘴都说不清了，没吭声，也不知道被传成什么样子了。

这会儿还是先逃课下去找他哥比较重要，别的事，爱怎么传怎么传，他不想搭理了。

行骋攥紧拳头轻轻捶了应与臣一下，说：“谢了。”

行骋也没管上课铃响没响了，抓着楼梯扶手就往楼下跑，一口气冲到操场，站在跑道上，就看到篮球场上一个自己熟悉的身影。

校园里面树木茂盛，因为晚自习时间的关系，路灯开得暗，篮球场六个场子，每两个场子一盏大灯，光线昏黄，四周只剩下球击篮筐，以及篮球砸地的声音……

宁玺脱了校服，穿着白色短袖，手臂在夜色里动作着，他在三分线外使了趟胯下运球，突进三秒区，往后撤一步，一个空心球入篮筐，不沾网，“唰”的一声，篮球落地声清晰可闻。

一个人的球场，是当年宁玺难得享受的孤独时光。

行骋站在场边，像小时候那样大步跑过去，站在篮下，看场上逆着光不停运球的宁玺。

宁玺一个球过来了，估计是受行骋的影响，手臂一软，直接扔了个“三不沾”，不沾网、不沾框、不沾篮板，倒是球被行骋抬手就接住了。

宁玺深吸一口气，扯了扯衣摆给自己扇风，也没搭理他，抓起篮球架下搭在铁杆上的校服就披在自己肩上，又低头用手去够摆在一边的手表。

看样子他是要走。

行骋微微低下头，说：“我知道你看到了今天的监控。”

见宁玺没说话，行骋又说：“你现在的状态很不好。”

宁玺道：“没有。”

行骋往前靠了点，认真地说：“哥，你跟我的班主任说让我别早恋？”

宁玺道：“你才高二，早恋耽误学习。”

早恋？这两个字似乎跟宁玺这个人从来不沾边，他也没想过这个词语。

他是个理性的人，在他的人生规划里，如果一定要有个排名，那一定先是事业，再是家庭，最后才是爱情。

行骋是宁玺在这个世界上最好的兄弟，但是不代表他就该理所应当地去享受行骋对他的关心。

他的行骋，应该有最完美的人生、优秀的学位、幸福的家庭以及光明平坦的未来，而不能像他一样在某一处百来平方米的简装房内，对着一个空荡荡的，没有沙发、桌子和电器的客厅发愁。

行骋整理好情绪，往后退了一点，认真道："哥，我觉得……"

宁玺打断了他："行骋，明年我要高考，你也要高三了，别被任何事打搅。"

宁玺刚想直接走人，行骋伸出手臂止住了宁玺："哥……"

宁玺身形有些不稳，就那么站在寒风中，像操场边那棵参天大树上快干枯零落的叶。看着是没落下来，但他就像站在悬崖边，离落下只差一步。

严格意义上来说，宁玺的世界里只有行骋一个人。

真正能每天跟他说好多句话的，能随时关心他的，只有行骋一个人。

但是行骋不一样，行骋的世界里有很多人，他不缺朋友、不缺兄弟，家庭美满，振臂高呼身边能蹿出来一群人。

他从来不缺爱。

宁玺缺，但自己不敢承认，也从来不愿意面对。

宁玺深吸一口气，把衣服拉链拉高了些，夹着脖颈的肉也不觉得疼。入喉的空气都变得刺骨，卡在喉咙里，像咽不下去的刺。

宁玺这次狠下心，抓着领口转身要走。

行骋就那么站在原地，看他哥一步两步走出去，在灯光下人影都被拉长……

他哥的影子越拖越长，越来越远，然后慢慢地、慢慢地……停住了。

行骋猛地抬头。

宁玺停下来了。

行骋看着宁玺转过身来，面朝着自己，双手揣在校服衣兜里，下巴微微仰起，隔太远了，行骋看不清他眼里的情绪。

行骋几乎是飞奔着跑出了暗处。

宁玺回头了，回头了。

没想到他哥会在走出去十来米之后转过身来。

行骋跑到宁玺面前站定了，喘着粗气，双手撑在膝盖上，愣了好一会儿才发现他哥真的没走……

夜晚的篮球场上，大灯照耀着全场，四周没有篮球的声音。

“行骋，我等你了。”

“我知道……”

“嗯，”宁玺笑笑，继续说，“你要跟上我。”

宁玺原以为什么事情都可以自己一个人完成，吃饭、睡觉、学习、看书，甚至一个人在客厅里抽烟、喝酒……但是自从长大后，他就知道，他喝的酒、烧的火，全是漫上心头的海水、水面升起的海雾。

青春是海上的轮船，越过海雾与波涛，只为了捞一条藏在深海的鱼。

自从那日在操场上宁玺说了让行骋跟上他之后，行骋觉得自己的世界都改变了。

星期五下午，青少年宫那边又有外企公司包了场地，一堆老总一起打球，行骋被塞了好几条短信，说是要他去打，一节两百块钱，结算下来四节一共有八百块钱。

行骋二话不说，一等到没课就抱着球衣翻墙出校，坐着公交车往西门跑了。

一路上坐了一个多小时的车，摇摇晃晃的，行骋都快睡着了。

公交车驶过一处初中，这个点行骋还看到不少家长来接学生回家，心里忍不住感叹几分。

这世界上完美的家庭那么多，怎么老天就那么吝啬，不给宁玺父爱就算了，连母爱都不给他？

小时候，行骋在楼上经常听到宁玺他妈妈发脾气，砸东西砸到最后他都觉得下一秒是不是宁玺也要被扔出来了？

一听完吵架，行骋就扒在窗户边，竖着耳朵听楼下窗口的动静，自己都快摔下去了，就想听听他哥有没有哭过。

没有，宁玺一次都没有哭过。

行骋抛了绳子下去，糖果零食全吊上了，手都酸了，吊了半个小时也没人拿。

他估计啊，他哥连看都不看一眼。

只有宁玺知道，每次楼上的跟屁虫弟弟把好吃的、好玩的东西吊下来时，他自己都坐在床沿边，愣愣地盯着。

那绳子挂多久，他就能盯多久。

偶尔楼上会传来一声行骋他妈妈的呵斥："行骋！不要命了！有楼梯不会走吗？非要翻窗子，我看你摔下去都得把你哥的窗台砸烂！"

一听阿姨这么喊，小宁玺就特别紧张，跑到窗口边往上看，怕他楼上那个弟弟翻窗户下来找他。

还好这么多年，行骋没摔下来过。

星期五下午的比赛，绝对是行骋业余生涯中打得最憋屈的一次，憋屈到要不断给那些老板喂球，得助攻，不能耍帅，还得当陪衬故意输，还不能太明显。

这真是技术活。不过这也是他的工作，他只得照做。

行骋在篮球场上一直是远近闻名的一大杀器，如今还真是为了钱暂时收敛锋芒。

他在场上跟着球跑，为了下一个快攻拼了命去抢篮板，抢到之后扣在掌心里，看着那高高的篮筐……

有时候在外面打球，他会觉得自己是不是又成长了一点点？

哥，也就三岁而已啊。你等一等，再等一等我，或者我跑快一点，不就跟上你的脚步了吗？

行骋抬头，望着顶上湛蓝的天空，简直要恨死了那三年的春夏秋冬。

三个年头，三十六个月，多少天行骋算不清楚，就把他跟他哥隔开了。

好像生命无常，成长路漫漫……

他永远追不上。

那天赚的八百块钱当场结算，一拿到钱，行骋蓄谋已久，加上脑子一热，坐着地铁就往商业街走。

他站在货架边挑了好久，给宁玺挑了一双九百多的篮球鞋。

太贵的这会儿钱不够，他先买双鞋，预祝一下他哥校运会打爆高二年级。

行骋没太在意自己的“一心投敌”，看着那双黑白相间的球鞋，越看越高兴。

在行骋的意识里，一千元以上的东西宁玺肯定不会收，但是一千元以下，那就算便宜点了，作为生日礼物也不为过吧？

况且钱是他靠自己的本事赚的，他乐意给他哥花钱。

时间已经走到十月份的尾巴。

十一月的开端就是宁玺的生日，是周一那天。

这天下了雨，放学铃声一响，行骋也没带伞的习惯，提着运动品牌的口袋就往高三跑。一脑袋的水顺着脖根往背脊流，校服湿了一小半。

教室里的人都走空了，宁玺才做完题，收拾东西也慢一些，把文具袋装进书包里，抖了抖字典上的灰也要往里面装，一抬头就看到行骋站在教室后门处，背后拎着个袋子，望着自己挑眉，还吹了一声口哨。

宁玺无语，差点一个大白眼翻过去，咳嗽了一声，继续收拾笔记本。

宁玺还没弄完，行骋站不住了，拎着袋子跑到他身边，摁着他坐下：“哥，今天你生日，我记得……”

宁玺看了一眼行骋手里的袋子，有点不好的预感。

他皱眉问道：“你给我买东西了？”

行骋把那一双篮球鞋从袋子里拿出来摆地上，特认真地说：“你现在换上。”

宁玺连鞋都没去看，直接问他：“你哪儿来的钱？”

行骋一听这话，背脊都挺直了：“我自己赚的。”

宁玺想了一下，行骋的确也不是会挥霍家里钱财的主，半信半疑地冷着脸，站起身来继续收书包。

他边收边狠心地说：“行骋，我不能收这么贵的东西。”

“你今天不穿，我在这儿亲自给你穿，你信不信？”

要是在从前，宁玺肯定先揍他一顿，再打几下他说浑话的嘴巴，背上书包头也不回地就走了。

但是现在不一样了，他做不出任何让行骋失望的事。

宁玺忍住想揍行骋一顿的冲动，慢慢蹲下身子，把书包扔给行骋，穿上了那双篮球鞋。

那天行骋抱着他哥的书包，站在他哥的教室里看他哥穿上自己给买的篮球鞋，觉得自己是在 NBA 全明星赛场上得了 MVP 一样。

宁玺系好了鞋带，把书包夺过来自己背上，拿着伞，提着装了旧鞋子的口袋，后面跟着行骋，一路冲下教学楼。

到了教学楼门口，行骋把宁玺手里的伞夺过来撑开，说的话也没什么毛病：“哥，我比你高，伞我来打。”

宁玺纳闷了：“这也高不了多少啊。”

行骋特别得劲：“高一厘米也是高，顶天立地，我就得罩着你。

“我小时候不是也被你罩大的吗？”

行骋一路走一路贫，逗笑了宁玺好几次。

两个人撑着一把伞，雨下得淅淅沥沥，一下一下地打在伞面上……

行骋笑着说：“你小时候打一把小荷叶伞，还在我面前转，那水花转起来甩了我一身，这辈子我都记得。”

宁玺冷哼了一声：“挺记仇。”

第七章 备忘录

要说宁玺最大的本事，非要行骋挑一个出来膜拜的话，那绝对就是球打得好，成绩也优秀。

打球的人都知道，十分天赋十分努力，剩下八十分基本都是实战训练里面折腾出来的。

行骋从小就经常见着他哥下午打球晚上回家学习，一个院里的小孩吃完晚饭凑一堆玩游戏，他就扯着嗓子在他哥家窗户边喊，挑衅他哥出来迎战，出来练球。

什么花样、什么话语他都折腾完了！他哥就是不动，低着头写字，眼皮都不抬一下。

结果行骋看着他哥天天好好学习，天天书海泛舟，但平时跟他们一起打球的时候，也不会输球。

宁玺抄截、断球、盖帽样样牛，行骋自己再练三年也追不上。

没几天就是校运会了，行骋有事没事就往球场跑，监督一下他们年级的那群男生，顺便给他哥打打小报告，“投一下敌”。

什么谁谁谁打的哪个位置，谁谁谁擅长什么，高三怎么防他们最好，防他吧，他绝对让宁玺当得分王……

宁玺一听行骋又开始胡扯，就停了笔，想一铅笔屁股戳他脸上，又觉得疼，忍住了，说：“你们队里知道你上来给敌军汇报情况吗？”

行骋脸皮还挺厚：“知道啊，他们还说玺哥你想赢多少分都行，想赢双数还是单数啊？”

宁玺冷笑了一声：“想放水？”

行骋一拍桌子，不乐意了：“哥，什么叫放水啊？你们高三实力派，肯定把我们打得落花流水……”

宁玺点点头，把练习本摊开，捉了笔往行骋的手背上写了个“1”，说：“一分，险胜吧。”

行骋看他哥要练题了，他一个高二远近闻名的小混混也不好意思在人家高三实验班教室里站太久，站直了身子，往手背上被写字的地方戳了一下，然后就出了教室后门。

第二天一大早，宁玺背着书包提前来学校，屁股后面一如既往地跟着一个行骋。

他脚上这双篮球鞋也穿了有一两天了，行骋还用了专门洗球鞋的喷雾洗剂，特别怕用别的东西洗变色了。

他们刚到校门口，还没来得及进去，就撞见了学校篮球队里面啦啦队的学妹程曦雨。她急匆匆的，后面跟着几个校队的男生，边走边开小会。

这个学妹是高二的，跟行骋一级，主要负责校篮球队的一些杂事和啦啦队排练，挺积极的，但还是第一次看到她这么早提前来办事情。

宁玺后面跟着行骋，两个长得高的男生站一起非常显眼，那边的几个队员一下就全看了过来。

行骋天天黏他哥，跟他哥凑一堆，他们已经习惯了。

校门口几个人扎堆讲着话，宁玺还没闹明白怎么回事，程曦雨就跑过来，神情急切地道：“学长，高三今年跟你打配合的得换人了……”

宁玺一愣：“应与臣呢？”

程曦雨也慌得不可开交，读了这么多年书还是第一次碰到这种事发生在自己身边的人身上：“昨晚上在外面被捅了，现在都还在医院监护着，刚刚教练来通知我们，说下午训练的时候换人……”

一听这话，行骋都愣了：“应与臣？为什么？”

程曦雨掏了手机出来又确认一遍，边回消息边说：“不知道，他们说是因为他哥的事情，总之说不清楚，我得先安排一下下午的训练补位……”

宁玺皱眉道：“现在能去医院吗？”

程曦雨摇了摇头：“就是不允许，他的亲哥哥联系校方说是私事，谁都别往那边走！”

行骋这下了然了，估计是他哥哥应与将惹了什么事，应与臣被人下了黑手，拿来报复应与将……

因为好朋友受伤的事情，宁玺中午的训练都不怎么在状态，没了最佳配合的搭档更是打不下去。

宁玺的状态影响着行骋，两个人作为对手，还在对战的时候在场上走神，引得教练一火大，一声哨子把两个人都罚了下去。

行骋从教练面前走过的时候，腰上还被毛巾给抽了一下：“你小子就是故意的！”

行骋故意被罚下场，跟着他哥去旁边的台阶上坐着。

两个人并肩坐着，行骋拿膝盖撞了宁玺的腿一下，后者看了他一眼，没说话。

行骋低声喊了句：“哥？还想应与臣啊？”

宁玺点点头，说：“不过在医院了，应该没什么事。”

放学刚出校门没多久就被捅，这事传得整个学校人心惶惶的，派出所立了案，中午就来校门口守着小孩放学的家长都多了不少。

行骋觉得挺恐怖的，事发突然，想也没想伸手就把宁玺拉过来了点。

他哥要是被捅一刀，行骋觉得估计他也恨不得往自己身上补一刀。他得把人看好了。

这下应与臣不在，高二小孩一群狼，打高三的几个学长，宁玺觉得他们年级还真的不一定干得过。

之前行骋给的那些“情报”他倒是记下来了，但是总感觉在坑行骋似的，那这场比赛到底是高二能赢还是高三能赢？

下午课一上完，高三文科班的人全围在一起点外卖。宁玺算了一下微信里面的钱，多点了一份饮料，什么冰冻酸梅汤的，特别甜。

宁玺朝窗外张望了一下，行骋还在球场上练着，穿了双血红色的战靴、一身黑球衣，带球上篮，打哪儿哪儿准。

那天下午宁玺拎着那一大杯冻过的酸梅汤往操场走，直接穿过围观的人群，把那杯饮料放在球员休息区，朝行骋点了一下头。

就那么一瞬间，行骋手里的球就被压了，他起跳都没跳起来，吃了个大盖帽。

“行骋，玺哥给你拿饮料了！”

他还打什么球啊！不打了。

行骋压根没在意谁把他给盖帽了，谁断了他的球，也懒得耍帅了，直接找教练要了暂停跑下场去。

行骋捧着那一杯饮料站在宁玺面前，感觉这水得拿回家供着。

宁玺看他那样，板着脸，差点儿笑出声来。伸出手拍了拍他弟弟的肩膀，认真道：“好好打球。”

行骋稍微俯过身来，接了一句：“放心吧。”

那一瞬间，宁玺忽然觉得他成长的这么些年，都像在黑暗里找一盏灯。而行骋是天穹乌云中乍破的日光，将他的整个世界照亮，他连灯都不用找了。

宁玺晚自习一下课，便收拾好书包准备回家，一出校门，学校这个点了，还有好多家长在门口守着，估计也是因为前段时间应与臣的事情。

宁玺叹了一口气，也不知道应与臣什么时候能回来。虽然对方性格跟自己差了十万八千里，但他身边能有这么一个朋友真的特别好。

不过这晚放学，行骋没等他，不知道又干什么去了。

宁玺看了看手机，也没短信。

宁玺一路从学校门口走到小区，路上家长特别多，跟以前的街道完全不一样，这都快十点，本来校门口就不怎么通畅的丁字路口还堵上了。

宁玺要是不跟人说话，那表情就三个字“不高兴”，往那儿一站跟冰雕似的，只想闷着头往前走。

奈何这天的人实在太多了，院里的家长都出来了，宁玺不得不在路上跟院里的几个阿姨叔叔打过招呼之后，才慢慢地走到了单元楼前。

宁玺长吁了一口气，平复了一下心情，抬腿上楼梯。刚上去几级，他就看到行骋站在他家门口，手里抱着个什么，一动不动的，看他来了，一咧嘴笑得特别开心：“哥，回来了。”

宁玺看了行骋一眼，一边取包里的钥匙，一边问：“你不回家，在我家门口蹲着做什么？”

行骋一双剑眉紧皱起来，戏感说来就来：“我最近跟我爸妈闹了点别扭，暂时不太想在家里吃饭……”

他说着把手里的那一大块板子拿出来，继续说：“我买了张桌子放你这儿，你要是在家里吃饭呢，就跟我说一声，我下来蹭蹭。”

他手里哪儿是什么板子？就是在宜家买的一张折叠小桌子，里面还卡了张小凳子，天蓝色的，很好看。

行骋看宁玺不说话，钥匙都插到孔里面了，连忙拿着桌子堵在门缝边上等着宁玺开门：“哥，我进去把桌子装好就走。”

宁玺没吭声，去转钥匙转不开，忍不住说了一句：“你让开。”

行骋还想争取一下什么，宁玺又说：“你这样我开不了门。”

行骋侧身让了点空隙出来，让他把门打开后，跟着进去了。

宁玺把客厅的台灯插上插座，把灯打开，微弱的光线充斥着客厅的一角，凑近些照明效果勉强还不错。

宁玺一抬下巴，指挥道：“装这儿吧。”

行骋得了指令，二话不说捋起袖子就开始拆包装，得先把小桌子和小凳子给拼起来。

宁玺从厨房端了两杯水过来，看他研究了好半天，问道：“需要帮忙吗？”

行骋拍了拍手站起来：“不用，差不多好了。”

行骋走到他哥身边，看着他为这个客厅添置的新物件，满眼都是欣喜之色。

宁玺看着客厅里的行骋和小桌子、小凳子，也有点触景生情，很认真地说了句“谢谢”。

这真像个完整的家。

行骋不是多客气的人，这句话反而爱听。他哥跟他说的“谢谢”越多，证明他为他哥做的事越多。

这是行骋这个阶段、这个年龄，能一心去做、一心想好好完成的事情。

行骋端过一边的小凳子放在小桌子边上，说：“这是凳子，你可以坐着吃。”

宁玺被带动起情绪，笑了：“那你怎么吃？”

行骋也跟着乐和：“我能蹲着。”

宁玺心里特别开心，面上还是没什么表情，还真的就坐到小凳子上去试了试高度。

行骋皮痒，怎么坐都不舒服，也不想坐地上，潜意识里想跟他哥坐得一样高，就去门边拿了篮球过来坐着。刚坐上去还好，这一没坐稳，行骋腿上一溜躺地上了。

篮球滑到客厅另一边，撞上电视墙发出闷闷的一声响。

宁玺看行骋这半躺在地上的样子，没忍住开始笑。

行骋看他哥开心，也开心，跟着他哥一起笑。

就在灯光微弱的客厅里，宁玺似乎又觉得自己寻找到了一个隐蔽的空间，这个空间里面有柴米油盐酱醋茶……

除了行骋，这会儿没人看得到他是什么表情。他想怎么来怎么来，想怎么放纵就怎么放纵。

昨晚疯玩到十二点，行骋的爸爸打电话打得行骋都要崩溃了，行骋才慢吞吞地换了鞋上楼。

两个人睡得太晚，第二天一大早都晚起了半个小时。在小区门口，两人互相干瞪眼。

行骋：“呃……”

宁玺：“呃……”

宁玺盯着行骋，行骋也不讲话，忽然就像才认识一样，谁也不吭声。

宁玺傻了一下，难得率先开口：“走啊。”

行骋蒙着“哦”了一声，又看了下时间，继续脑袋发蒙地说：“走过去来不及。”

宁玺背着书包站在路边，招手喊了一辆三轮车过来。

难得一环附近还能遇到三轮车，估计也是违规运营，但宁玺也管不了这么多了。三轮车招手即停，行骋也跟着钻了进去。

三轮车一路开得颠簸，车子没有挡风的门，冬日清晨的寒风一吹过来，冷得宁玺缩脖子。

这天上午高二文科（3）班排满了英语课，女老师上课行骋最无语了，眼睛尖就不说了，有些还管得特别严，他垂下眼在抽屉里玩个 PSP（掌上游戏机）都能被抓到，更别说玩手机。

行骋这种学渣上英语课就是这样，拿着课本跟着全班一阵乱读，老师不点杀还好，一点杀他就低着头绝对不敢去看老师，要是眼神跟老师交会了，被点起来，死相难看不说，还特别丢人。

行骋这种帅得有点过头、有偶像包袱的人，绝对不允许自己被点起来傻站着。要不等会儿他又被弄到走廊上去站着，又碰不到他哥下楼了。

行骋做完形填空，全部写“C”先填一通，挑几个改成“AB”，这样总能中几个吧？

行骋这会儿正在写选词填空，随便加个“ing”，改个过去式，先把空填满了再说。他做不做得来先不说，态度得端正，这是他哥教他的。

行骋正在写题，手机揣在兜里屏幕就亮了。

平时上课很少有人找他，行骋这好奇心一下就被勾起来了。他悄悄把手机掏出来放在抽屉下面，把微信点开。

应与臣？

行骋想到了应与臣之前出事，还是有点担心，就把消息打开了，这一打开差点儿气死，消息就两个字：“在吗？”

行骋顺手就回了个：“不在。”

应与臣那边气得跳脚：“不在你还回消息呢？”

行骋回他：“上课呢。”

行骋有点紧张地看了看讲台上的老师，又推了一把身边的任眉，任眉坐直了身子往这边一挡，刚好挡住了老师的视线。

行骋拍了拍他，小声说：“坚持五分钟，谢谢兄弟！”

YingPG：“你还上课呢？上课还玩手机呢？”

X：“英语。”

YingPG：“对你来说就手语课吧，你能听懂吗？”

行骋一看，咳嗽了一声，这人还挺了解他。

X：“关你什么事？”

YingPG：“替你哥哥关心你。”

X：“不需要。”

行骋正准备回消息，任眉剧烈咳嗽一声，他收手机的动作刚刚准备，女英语老师就站在旁边了，手里拿着教鞭看着他，在课桌上敲了两下。

当着这么多人的面行骋没办法不给老师面子，直接把手机往桌上一扣，关机，上缴。

一放学行骋就去办公室门口站了好久，老师说晚上下了晚自习再来拿。

这不是行骋第一次被收手机，之前也是应与臣搞的鬼，一上课就给他打电话，他的手机搁抽屉里没命地振。行骋带头先咳嗽，任眉也跟着咳，紧接着他们那儿一圈都开始咳嗽，把振动的声响掩盖了下去。行骋迅速拿出手机来关机，班主任转头一个粉笔头扔了过来：“集体感染了？！”

虽然应与臣老跟他使坏，但那边找他估计是有什么事，他还是有点急。

行骋等第一节课下了，直接就往高三年级走去。

行骋一拐进那个他熟悉的高三教室，就看到宁玺坐在窗边，安安静静地趴着写作业，匆匆几笔好像要结尾了，将笔帽一盖，站起身来，拿着卷子要上讲台去问题。

行骋一进教室，班上不少人注意到了，宁玺也不例外，站在座位上看着他，等行骋穿梭过高三堆满书籍教辅的地面，才问他："什么事？"

行骋特认真地说："哥，应与臣今天找我，但是我的手机被收了，没回成消息，你的手机……"

宁玺看着讲台上的老师正在整理资料要走了，也顾不得别的，从包里把手机拿出来就往行骋怀里塞。

行骋没想到他哥这么急、这么爽快，还有点后悔来打扰他哥。

行骋走出了教室，再往高二年级走，一进教室，任眉那群男孩又把行骋围住，"下课拿回来了？"

行骋点了点头："放学我去拿，这是我哥的手机。"

任眉翻了个白眼，看行骋那样，怕是巴不得给每个人都炫耀一遍：看着没有，这是宁玺的手机。

上课铃一响，这节课照例自习，行骋直接打开宁玺的微信给应与臣回的消息，应与臣在那边回了一句："玺啊，你还有空给我发消息？！"

勿扰："少废话，你怎么样了？"

应与臣正在医院躺着呢，抱着手机一阵哀号："我做错什么了，今天宁玺怎么这么大火气啊？"

刚刚他哥领了个跟他打过架的男人进来气自己就算了，宁玺还堵他几句！

应与臣擦擦汗，继续顽强地回复。

YingPG："还行，我哥也不容易。"

勿扰："你也不容易，早点回吧。"

应与臣在那边乐得捶床。

YingPG：“哇，玺啊，想我了？”

行骋拿着手机，脸色一变，气得也捶桌子，也不管应与臣看没看到，噼里啪啦一通回复。

勿扰：“想你个头！”

应与臣平时还挺稀罕宁玺的，现在感觉天都塌了，这怎么回事？

平时不都“嗯”“好”“呃”地回复吗，宁玺这天话多了不说，还这么凶？

行骋将这句话一回过去，就把微信给关了，后台都退了。

行骋握着宁玺的手机发了大半节课的呆，手痒，拿在手里一直玩，看得任眉都受不了了，一把抢过来：“想看就看呗，我帮你翻！”

行骋伸手去夺手机：“我哥的手机是你能乱翻的吗？”

“我来帮你做这个坏人……”

任眉拿着手机往侧边躲，想去点相册，手一滑直接就点开了备忘录，一边躲闪着，一边眼睛就没离开过屏幕……

任眉像是看到了什么似的，低吼一声：“我……”

行骋一听，也没管了，直接站起来伸臂就将手机夺回来，伸手在任眉的后脖子上拍了一把：“手欠。”

行骋急忙拿起手机一看屏幕，也傻了，备忘录排第一个的，就一行小字，四个。

关于我弟。

行骋把手机往兜里一揣。

“你……”任眉开口。

“别……别动我，让我平复一下心情，”行骋做深呼吸，“现在的我是真实的吗？”

“是啊。”任眉回答。

“现在是公元20××年吗？”行骋问。

任眉答：“是啊。”

“现在，我……”

“行了行了，你大胆点行不行？”任眉看他这样子，也跟着紧张。

行骋迅速埋下身子，埋下头，把手机藏在抽屉里面一点一点地翻。

他好像第一次这么直观地去看他哥的心思。

他认认真真地开始翻阅。

属龙的，但虎得很。

历史成绩有进步，不瞎篡改历史还有救。

他买了护腕，有点勒，可以。

他今天又吊了些莫名其妙的东西下来，可以。

果汁好喝，会挑，可以。

在走廊上摆造型太傻了，幼稚，不可以。

他篮下卡位、背身单打有进步，可以。

宁玺似乎是好几天记一条，也有连着记的，从一开始数到最后，差不多五十多条了。

行骋坐直了身子，慢慢靠在板凳靠背上。

宁玺正坐在教室里写作业，满脑子都是书本上的内容，哪儿有心情去想他手机上有什么？这会儿专心投入学习里，他全给忘了。

宁玺正准备翻开资料书看一下地理图册，旁边桌的女孩就拿笔杆在他桌面上轻轻敲了一下："宁玺！"

宁玺头也没抬，把最后几个字写完了，才坐端正了身子，那个女生又说："这是后面门口递过来的本子。"

说完她把手上的一个练习本放在宁玺的桌子上，宁玺的指腹摩挲过封面的卷页，一下就认出来了，这不是他之前给行骋的那本笔记吗?

他轻声说了句"谢谢"，手掌心覆上去准备将其放抽屉里，忽然感觉封皮下面夹了张字条，便拿出来夹在指缝里。

他盯着手里一张揉皱的纸，眨了眨眼。

宁玺聪明，脑子转得快，一下子就想起了他手机上写的那些话行骋绝对看到了，不然不可能这么贸然地递一张字条过来。

宁玺表面上还很镇定，迅速坐直了身子朝四周张望了一下，这一眼就瞟到教室挨着走廊的窗边站着个人，眉眼熟悉。

看到行骋，宁玺别开目光，把字条揉成团塞进校服包里。

行骋隔着窗户指了指宁玺，再做了个勾手指的姿势，又指了指走廊尽头的男洗手间。

班上的人还在上晚自习，守课的老师正在讲台上批卷子，宁玺一下子站起身来。

老师一抬头，宁玺态度诚恳地说："老师，我想去一趟洗手间。"

高三守晚自习的老师管得都比较宽松，只要不影响到别人，一般这种尖子班的学生不会怎么受管制，那边老师点头，宁玺便安安静静地从后门出去了。

他到了走廊上，哪儿还有什么行骋，半个人影都没看到。

估计行骋在洗手间了。

宁玺一进洗手间，就看见行骋站在镜子面前等他，伸手像要给自己递过来什么东西。宁玺没有伸手去接，一侧脸躲开说："你不要上课来找我。"

行骋一看他哥的表情又冷淡下来了，跟被人浇了一盆凉水似的，皱眉道："怎么了？"

"放学再说。"

行骋知道宁玺现在不想聊太多，只能选择让步。

晚自习放学后，宁玺本来想掏出手机给行骋打个电话，但忽然想起自己的手机还在他那里，便作罢了。

他背着包，外面一件薄外套，迎面刮着寒风，在没有路灯灯光的树荫下，一个人顺着回家的小道走着。

宁玺第一次觉得走这条路这么冷。

高二放晚自习放得早一些，行骋手里拎着两碗海鲜粥，一碟咸烧白。

他看到宁玺进了单元楼，就追着上去堵住他哥的门，半边身子卡在门口，把手里拎着的粥提起来，满眼希冀。

宁玺叹了口气，淡淡地说道："进来。"

行骋进了房间，拎着那一袋吃的放在自己之前买的小桌子上，努力想让自己高兴一些。

多年以后行骋不管换了多少住处，客厅装修得多么豪华精美，在他心里，都远远比不上这个黑漆漆的没有吊灯的小客厅。

这里像是一方天地，围住了他的青春梦想。

行骋在整个晚自习的过程中想了好久，要怎么把他哥照顾周到，怎么样又不耽误他哥的学习。

客厅里小小的台灯开着，宁玺表情有些复杂地接过行骋递来的手机，他深吸了一口气，当着行骋的面把那一条备忘录删掉了，然后说："行骋，你马上升高三了，学习阶段至关重要，不是天天跟着我玩能考上的……"

行骋"嗯"了一声。

宁玺开口道："我……"

宁玺这一声出来都变了调，哽在喉头说不出来。行骋惊得一抬头，宁玺调整好情绪，立刻接道："你能明白吗？"

宁玺没想到，这句话一出口行骋就站起来了。

行骋的脸色特别差，眉眼间似乎都隐着一股戾气。

这神色，宁玺很少在他脸上看到，除了打架，行骋这个小炸药包，平时极少在他哥面前这么动怒。

宁玺也不管行骋听不听得进去："行骋，你才十七岁，会有自己的人生，不必关心这样的我，也不必被我拉着下坠。"

行骋转身，直接去拿鞋柜上搭着的没穿的校服外套，罩到身上，再去提鞋柜边放着的书包背在身上。

行骋走的时候，手背碰了碰冰凉的纸碗，把小桌子上宁玺没动过的海鲜粥和咸烧白给倒进了塑料袋里，要拿出去扔了。

行骋把装了垃圾的塑料袋放在一边，顺着灯光去看他哥。

小时候就是这样，楼里的大人拎着糖袋来院子里给小孩发糖，宁玺永远一个人坐在一旁不吭声，问他要不要，他也只是摇摇头，又点点头。要伸出手，他又不敢触碰。

行骋想，有时，能坦然接受别人的好，也是不容易的事。

显然，宁玺并不需要。

第八章 别犯浑

“宁玺！看球！”

这一句刚刚入耳，宁玺还有点没回过神来，掌心里带着的篮球突然就被眼前一个高二男生断去。

男生直接将球运过场，传给站在三分线里面的行骋。

行骋一跃而起，手臂高举，腕部用力，将篮球推出手心，二分抛射！

那一颗球直直落到篮网之内，比分牌上高二又翻一页。

篮球场边的树荫下站着不少学生，为了来看个比赛，抱着暖手袋的都有，欢呼呐喊，要不是有老师专门维持秩序，估计有几个人都要被挤到场内当替补了。

天气是即将步入十一月中旬的刮骨寒冷。

巧的是校运会这几天气象预报说得连着晴好几天，石中全校上下一片欢腾，终于盼来了能休息的“小长假”。

校运会的年级篮球赛正进行得如火如荼。

高一的连本年级的比赛都不看了，全跑来看高二跟高三的“天选者之战”，因为比起高二、高三这种重量级火花的碰撞，高一简直嫩了不止一星半点。

没劲。

再说，高三的宁玺和高二的行骋这两个校队双子星好久没有同场对决过了，大家都想去看看谁更牛。

高三与高二的实力差距不大，但高三得力选手应与臣因伤告假，整个高三分队场上五个人，将得分的火力全砸在宁玺的肩膀上。

可是，宁玺现在整个人根本不在状态。

上半场比赛，高二调了行骋来防他，两个人都快两天没怎么说过话了，行骋比他高那么一截，一俯下身来的马步防守压迫得他喘不过气……

连行骋的眼神，宁玺都不想直视。

背身单打的时候，宁玺瞟到了一下，行骋紧紧盯着自己。

两个人的目光撞到一块儿，宁玺本就缠着运动绷带的手臂一抖，差点儿扔了手中的球。

宁玺这两天总在悄悄回味那天他跟行骋说的话，他和行骋之间，他似乎永远是做错的那一个。

先不想了，宁玺面对着球场上集中注意力，意气风发的行骋，实在没有办法去拒绝。

宁玺微微沉下身体重心，一颗球在双手之间来回转换。

他运球的功夫稳健扎实，不走神的话压根不会被断，刚刚那么一下，的确被影响到了。

他不能再走神了，高三都输了十多分了，再这么下去，迟早得被血虐。

不能说一定能把行骋他们那一帮活力四射的小子赢了，但至少高三不能输得太惨。

行骋手里拿着球，砸了个二分入网。球刚落地，他撩了一下球衣下摆扇了扇风。

运动过后，少年小麦色的肌肤上有了小颗的透明汗珠，隐藏在表皮下即将迸发的爆发力……让人挪不开眼。

行骋这天的表现特别好，好到全场尖叫。

这天的他不再是宁玺面前手足无措的小孩，连带球过人这种动作，哪怕过的人是宁玺，手里的球也拿得十分稳，一个挡拆过了，轻轻踮起脚，抛球入网。

只有行骋自己知道，这次球赛他想放开了打，想好好压制一下他哥，两个人靠实力竞争。

行骋想告诉他哥，他有多厉害。

这天应与臣不在，换了个替补队员上来和宁玺打配合，宁玺显得有些吃力，特别是好几次抛接球都没拿稳，三分掉了好几个，最后还是凭着几次出色的变向运球和突破，攻入篮网之下，才狠得了几分。

那几次进攻，行骋似乎又看到了当年宁玺在球场上掌控风云的模样，几乎所有比赛的走向都看得通透，球风灵活善变，绝对不给他们高二一丝喘息的机会。

就在最后一节，宁玺带着高三反超了两分，却又被行骋一个三分球给砸了风头，直接又落后一分。

宁玺在场上确实没办法了，高三的总分他一个人拿了一半，外加几个助攻和篮板，再牛点可以一带四了。

其他几个高三的哥们沉迷学习，好久没练球，况且这次宁玺在，更觉得自己是打酱油的。

高三也有不少人已经没在学校复习了。

宁玺平时的招数基本都是给应与臣喂球进入进攻区域，然后应与臣带球上篮或者急停跳投，一般很少由宁玺亲自追分。

毕竟宁玺的长处就是运球和送助攻，行骋最厉害的是得分和抢篮板，用校队教练的话来说，这就是天作之合。

高三组的负责老师在场边追着宁玺跑了好久，一直拿着哨子想吹又不敢吹，挥着手臂对着宁玺喊道：“战术五！”

宁玺愣了愣，造犯规？这不是明摆着要他拿行骋开涮？

篮球场上就是这样，后卫会用一些合理技巧去使对方犯规来达到自己的目的，虽然宁玺平时极少这样。

他带球往身侧飘了一步，一个假动作晃倒行骋，退到一边，面前一个高二的队员立刻补位上来，十分紧张地盯着宁玺的一举一动。

宁玺压低重心，低下眉眼观察他的站位，掌心持球，连续晃动，迅速加快运球动作，从眼前对手的斜侧猛地突破！

为了发生身体接触，宁玺猛地沉下身子，手臂相抵，与比他高了小半截的高二男生对抗。

那男生的动作果然慢了半拍，裁判立刻吹哨，高三获得一次罚球机会。

行骋在一旁看得直咬牙。

刚刚宁玺故意花时间把他晃倒，是因为在他面前不想玩造犯规吗？

高三都火烧眉毛了，他还有心思跟自己计较这些？

行骋真的是前几天的火气还没下去，又舍不得跟宁玺吼，火苗全攥到手心里，压到了篮球上。

宁玺自然也看出来了，行骋这天球打得狠，断球、抄截、盖帽不留情面，到了最后一节，扔一个球进去还敢朝着宁玺挑一下眉毛。

挑衅。

高二又赢了两分，这下彻底扳平了，可是第四节只剩下半分钟，行骋的掌心都起了汗。

他这天没怎么放水，宁玺一个人还是扛起了整个高三，打得高二一群青葱小男孩晕头转向。

球场上老练的人就是不一样，每一步都迈得稳，绝对不多跑半步，不浪费半秒时间，除了宁玺躲他的那一下。

行骋沉下重心，双眼紧紧盯着宁玺的球。

最后二十秒，高二又反超了两分。

背景是篮球场边的红墙，场上的各色球鞋让他眼花缭乱，清一色的湛蓝校服组成的人墙围在场边，手里都拿着饮料，尖叫呐喊……

“高二高二！所向披靡！高二高二！全是明星！”

“高三牛！宁玺牛！！！”

还有不知所云的高一的小学弟、学妹，扯着嗓子跟着瞎喊：“玺哥 MVP！”

两边的口号声都要吵起来了，以前那会儿打球，场边都只会喊“牛”“断他”“盖他”等，现在花样还挺多。

宁玺听惯了这些莫名其妙的口号，冷静下来认真持球。他微微低下身子，抹了一把脸上的汗水，咳嗽了一声，看了一眼面前的行骋。

行骋满头的汗，一动不动，眼里是少见的镇定之色。

最后十秒，高三落后一分。

宁玺深吸一口气，往后撤一步，行骋也跟着晃了一下上半身，一副要扑过来的架势。

可是时间不多了，几乎这一颗球就是压哨，如果能进，那高三就能绝杀高二，按照宁玺出手的弧度和力道，基本问题不大。

他不像行骋，出手都是浪投，他反而很珍惜出球的机会，基本都要计算好进球的概率高低。

他的脚踝用力，高高跳起，手腕也使尽了气力，行骋立刻跟着起跳……

行骋在起跳的一瞬间，偏了身子。

造犯规。

行骋给了宁玺一个造犯规的机会。如果宁玺这一球不进，那高三还有活路。

就在这电光石火之间，宁玺一下明白过来，手腕猛地一抖，拿球的力气没够，几乎是朝着侧方一跌！

球出去了，人却躲开了行骋撞上来给他造犯规的那一下，宁玺直接往后摔到了地上。

宁玺半躺在地上，在一片倒吸一口气的声音中，迎着铺洒一身的冬日暖阳，面前是行骋有些错愕的神情……

他眼睁睁地看着那颗高三的必胜球砸到了篮筐边，从网外滑落到地上。

几乎是同一时间，裁判哨响。

篮球赛结束，高二赢了。

场边又爆发出雷鸣般的欢呼，高三的人一片哀叹，但不少人还是佩服宁玺带着高三坚持到了最后，纷纷拥上来给他递水、递毛巾，安慰他，鼓励他。行骋愣愣地站在一边，喉咙里哽得说不出话来。

如果不是他刚刚那自作聪明的一下，说不定他哥就真的赢下这场比赛了，一定会封神的。

宁玺面上没什么表情，慢慢站起身来，接过纸巾擦了一把汗，抱歉地笑笑，也不知道是对高三还是对自己。

他看了行骋一眼，拧开手里的矿泉水瓶盖仰头喝了一口水。

行骋犹豫地从身后队友的手里接过一瓶可乐，当着所有人的面交到了宁玺手上。

宁玺接了，轻轻拧开盖子，碳酸饮料入喉，刺激得他浑身一颤。

他把瓶盖再拧紧，对着行骋晃了晃，轻声道："恭喜。"

阳光正好，他输了，也挺好。

可能是与行骋一对上，他本来就是输的。

打完球赛的那天下午，高二不用上晚自习，行骋直接提前回家。

高三还在学校里奋战，入了冬早上晚了半小时上课，夜里估计就得到十点了。

没了宁玺一起，行骋回家的路上就走得飞快了，一直直走拐两个道冲进了小区，直奔上单元楼，站定在二楼，掏钥匙出来开了门。

他的指腹捻上落了灰的门锁，往白墙上一擦，留下个浅灰的印。

这会儿差不多八点半，行骋的爸爸妈妈还没睡，在给行骋熬汤，说他下午打了比赛得补补，免得改天打球又抽筋了，那还能骋哥振臂一声吼挥刀拿球战八方吗？

行骋的妈妈单独装了一碗汤密封好，放进冰箱里，说明天中午等宁玺回家，让行骋送一点去。

他伸手摸了摸碗沿，还觉得有些烫，认真地问他妈妈，明天还煲汤吗？

行骋总感觉他妈妈给他和宁玺煲的汤，喝起来跟他在外面给宁玺买的汤味道都不一样，特别香。

偶尔有这种时候，行骋会觉得，宁玺和他是一家人。

这样好，也不好。

行骋的妈妈的表情有些担忧，一边给行骋盛汤，一边说："今天下午，宁玺家里又来了搬家工人……"

行骋慢慢抬起头："这次搬了什么？"

行骋的妈妈拿汤匙搅了搅碗里的汤，继续说："空调，也不知道是客厅的还是卧室的……"

"卧室的。"行骋说，"他家客厅没有空调。"

别说空调了，沙发、电视都没有，只有一盏小台灯和行骋拼了命赚回来的一张小桌子。

鞋柜边躺着行骋买的那双球鞋。

宁玺的妈妈、后爸，怎么去做，行骋没有立场去指责。他们也有个小宝宝，但是他们忘记了他们还有个宁玺。

没关系，行骋替他们记得。

行骋忽然有点吃不下了，但还是硬着头皮把这一碗汤喝干了，毕竟是妈妈做的。

他扯过纸巾擦了擦嘴："爸、妈，我去洗澡了。"

行骋的爸爸正在沙发上看报纸，看了儿子一眼，点了点头："洗了澡就早点睡觉。"

行骋允了，看了看时间，笑道："您跟妈也早点休息。"

行骋一进浴室，就冲了个凉水澡。

冬天洗冷水澡，洗得他浑身冰冷，又怕他妈妈发现热水器都没开，只好草草洗完，拿着浴巾往身上一裹，洗漱完毕，蹿上了床。

行骋冬天睡觉穿的是今年年前买的球衣，这件球服还是深蓝色的，是他最喜欢的一个队，当时买了两件，新的那一件就拿来穿着睡觉了。

球衣没有袖子，又长，穿着就是舒服。他还抱了个充好电的电热水袋，烫得直哆嗦。

行骋关了灯，就这么躺在床上睁着眼盯着天花板看了好久，跑到窗边往下望，果然看到他哥的窗户边上灯亮了。

行骋看了一眼时间，他哥回家了。

行骋又在床上熬了一个多小时，差不多零点了，整个小区的住户基本都熄了灯，行骋趴在窗台上往下一看，他哥那儿还亮着灯。

行骋又等了半小时，灯熄灭了。

行骋裹着被子，缩在被窝里喘气。市里的冬天真的湿冷，他自己开了暖气都冷，更别说他哥了。

行骋冷静地掏出手机，刺眼的光亮还让他有些不适应。

行骋握着手机一个个地打字，怀里还抱着又充了一次电的热水袋，这会儿还挺烫。

X：“哥。”

他等了十来分钟，宁玺估计是收拾好上床了，慢吞吞地回了消息。

勿扰：“嗯。”

行骋斟酌了好一会儿用词，才回他。

X：“冷吗？”

宁玺这下倒是秒回了，两个字：“不冷。”

行骋回想了一下，他睡过他哥的床，被子明明就挺薄的，也不知道加厚没加厚。这都十一月了，空调都被搬走了，他哥还这么睡着，第二天早上起来不得成冰啊。

X：“等我一下。”

这一句发过去，行骋迅速站起身来，把搭在床边的球裤穿上，手里拿着电热水袋开始充电。

勿扰：“啊？”

X：“马上！”

过了差不多两分钟，热水袋就好了，行骋抱着热水袋站起来，在衣柜里挑了一件连帽的帽衫，将热水袋兜进帽子里，把这件连帽衫兜进了自己身上的衣服里。

这么一来，这热水袋就兜在他身前了，衣服穿在身上，怎么都掉不了。

行骋又给宁玺发了一句：“把窗户打开。”

他倒没傻到往楼下扔电热水袋。

行骋直接开了窗户，这一环内治安特别好，老式小区里家家户户安防盗窗的少。行骋站上窗台，隔着衣袖摸了一下旁边的下水管道，脚上一双拖鞋，踩稳了阳台。

他直接翻下去，手紧紧抓住自家窗户边的踏板，一脚踩上了宁玺家的窗沿。

寒风刺骨，他就穿了这么一件帽衫，光着腿，怀里兜了个暖宝宝，从自己卧室的窗台翻到了宁玺卧室的窗台上。

这种事，也只有行骋干得出来。

宁玺去开了窗就缩回了被子里，加了棉絮再怎么盖也觉得睡不暖，索性直接坐在床上盯着窗户看。

他首先是看到行骋的脚，紧接着就是行骋整个人站在窗户边，手撑着窗台一翻身直接进来了。

宁玺整个人都有点蒙，一下掀开被子站起来。

他看着行骋从书桌的侧边撑着桌子站起身，献宝似的从怀里拿了个电热水袋出来。

滚烫的热水袋一到宁玺的手上，他就被烫得一缩，行骋吓得把电热水袋一扔，赶紧问："烫着了？"

行骋这担心的一句，击得宁玺一愣，好像之前说过的所有话都冰释掉了。

两个人之间的气氛，总算有了些缓和。

宁玺垂着眉眼，骂了一句："傻。"

他穿着衬衫睡觉实在太冷，掀开被子躲上去，都想紧紧地把自己藏在被褥里，捂住耳朵，脸也埋进去，最好、最好什么都不要看见，也不要听见。

宁玺想睡一个暖烘烘的觉，做个美梦，最好不要醒来。

他眯了眯眼，也不动了，慢慢地感觉到行骋把那个电热水袋递到自己的怀里。

"行骋。"宁玺抱着那个电热水袋，轻轻咳嗽了几声。

行骋哑着嗓子笑了一下，认真道："热水袋别抱太紧，明早起来就凉了。"

窗外，没有被帘子遮住的玻璃上面起了水雾，夜深露重，水珠成串地往下滴。

宁玺慢慢地放松了紧绷的身子，迷迷糊糊睡着之前，看了一眼窗户。

水珠还在滴，玻璃很漂亮，很有透明感。

玉林路。

高二一放学，十多个人就骑车跑到玉林路，找了家烧烤店，拉了一张大圆桌，人挤人的，搁街边上，点了几百块的烧烤开始干。

一出学校，行骋蹬在自行车上，指挥着队里的哥们全部把校服脱了绑在腰上，等会儿出去吃夜宵，穿校服像什么话啊。

队里也有几个高二的女生，负责小事和记账，还有吹哨的，也跟着一块儿来，兴奋得很，跟着男生们把外套脱了缠在腰上，抱着手臂喊冷。

任眉跟着行骋蹭校队的局，平时也混得熟，指挥着男生又把里面的外套脱了给女生穿上，大家一阵起哄，女生有一两个忍不住红了脸颊。

行骋心里明白，遇到稍微对他主动点的女生基本都是敬而远之，说不出伤人的话，只得能躲就躲了。

行骋骑在车上，往旁边靠了一下，任眉一下就明白了，脱了外套就递给一个女生，笑得特大方："先穿我的！"

十多个花季雨季的少男少女，骑了自行车一路穿过大街小巷，在天黑后散发着柔软光线的路灯下飞驰着……

耳畔呼啸而过的，都是十七八岁的风。

这个美其名曰庆功宴，但是明明高二怎么赢的大家心里都有个谱，要不是高三的学长宁玺放的那最后一下水，高二能赢吗？

说白了大家就是运动会之后找个理由聚聚，行骋也明白。

行骋对害得他哥输了比赛这事，一直耿耿于怀。

想着想着，又回想起早上他们俩一路冲出小区，走在栽满银杏树的大街上。

银杏树是市树，十一月中旬开始落了叶，金黄色的叶片铺了满地。

冬日清晨的阳光，照耀在他们身上，像是捧着一抹灿烂的未来。

两个人一路狂奔得上气不接下气，到了转角的路口才停下来，宁玺憋得脸通红，头顶还落了一片银杏叶。

冬季晨风起，回忆止了。

“干了这杯不醉不归！”

任眉一声吼完，一条腿跪在凳子上，手里举着杯，里面的饮料都被他晃得洒出来一小半了，行骋在旁边盯着不开腔，杯底磕了磕桌沿，一口甜味入了喉。

“喝个饮料你这么大阵仗。”行骋笑他。

“我这多得劲啊，气势要拿足！知道吗？”

有个男生喝得劲头上来了，嚷嚷着要换白酒，老板看他们一群未成年不敢给，拿了一瓶北冰洋上来，让他们分着喝。

这烧烤摊招牌上的霓虹灯闪得行骋眼睛疼，他闭了闭眼靠在椅背上，指尖摩挲过杯面，敲了敲玻璃，又仰头喝一口。

任眉这边吃了根串，手里还拿着手机晃悠，吹了声口哨，把手臂搭在行骋的肩膀上，笑道：“想什么呢？”

行骋慢慢坐直身子，说：“没什么。”

这桌其他男生女生都凑一堆玩游戏，什么真心话大冒险的，行骋没兴趣，随便领了个号，等到了他再说就是。

任眉竖起大拇指：“签保密协议了？”

他端起一杯，双手捧着递给行骋：“干了这杯，再爱也不回头。”

忽然旁边一个男生手里还拿着筷子就对着行骋喊：“行骋！到你了！”

行骋把杯子一放，吊儿郎当地挑眉一笑：“怎么？”

那男生把行骋的肩膀揽了一下，连忙说：“抽到你了，选个惩罚，赶紧！”

行骋瞬间悟过来是怎么回事，都忘了自己还在玩游戏，点了点头开始抽，结果抽到一个什么给通信录第几个联系人打电话。

行骋直接将手机扣到桌面上，特认真地说，不合适了，不这么玩，其他惩罚，要怎么来都行。

行骋这话一出口，整桌人惊呼，有几个男生都站起来快要蹬到桌上，追着问什么情况。

行骋没吭声，拿着杯子往桌子中心一搁，笑容有些坏："随你猜。"

行骋又喝了一点，管老板要了杯白开水润喉，顺便把账给结了，毕竟晚上出来开庆功宴，行骋的爸爸还专门拿了四百多块钱让行骋请客。

夜风吹过来一点，行骋清醒了不少，刚刚站起来，就听到耳边有动静。

隔壁桌坐了四个男人，看着二十出头，头发倒是没染，但那开了领口皮带扎着腰，手臂上还有文身，一看估计就是小混混，手里拿着啤酒瓶子，张嘴咬了盖往这边学生桌上一弹。

其中有两个人已经走到他们这桌边上来了。

烧烤店的白炽灯开得亮，行骋一眼就看到他们将手里夹的卡片，揣进了这桌那几个高二女生的衣兜里，还有一张直接卡到了程曦雨的后衣领上。

任眉和行骋几乎同时站起来，整桌的男生也跟着站起来了！

任眉伸手揽过一个女生给藏到身后去，程曦雨和另外一个女生被那两个男人堵在位子上走不了。

有个男人伸手就把程曦雨的手机抓起来，行骋眉头一皱，低吼道："干什么？！"

那男人握着手机，不着痕迹地碰了碰程曦雨的肩头，吹了声口哨："加个微信。"

行骋一个侧身就把那女孩护到身后，目测了一下这桌子边上的人，自己这边除了女生还剩十个人，对面四个，完全能动手。

这边治安一直挺好，谁知道今晚他们在这儿能遇到这种事？

"我们是学生没错，但不代表不敢打架。"行骋本来就长得高，居高临下压了那男的半个头，"一分钟之内带着你的人走。"

面前的男人抄起了板凳，老板从厨房里冲出来，隔壁商铺的店家驻足围观，连拉都不敢拉。

行骋喊着两个男生带了三个女生先跑，自己带了剩下的在这儿扛着。

混战持续了可能就五六分钟，行骋只觉得手疼，估计是被玻璃碎片划的。他慢慢站直身子，一边喘气，一边抹脸。

老板这才敢上前来拉架。

说白了，能在这地段开夜市摊的人多半有点眼界，老板报了警拿出计算器就开始算财务损失。行骋也不肉痛，沉着嗓音说："老板，私了。"

老板一愣，不是没看到他们腰杆上绑的校服，皱眉道："已经报警了。"

行骋站起身来盯着厨房里站着看热闹的几个师傅，从钱夹子里抽了五百块钱出来放桌上，对着老板说："叔，你先收着。"

夜风渐渐刮得大了。

宁玺这会儿回想起早上妈妈破天荒地打了个电话来，说打了五百块钱到宁玺的账户上，让他有空去添些小物件，小弟弟晚上睡觉冷，家里还挪不出钱来买新空调……

说实话，宁玺能理解他妈妈疼爱小弟弟，怕小弟弟受冻。但他不能理解，为什么他的一些不好的感受，到最后都要由行骋来维护？

在宁玺看来最重要的就是让对方变得更好，而不是像行骋这样，比以前还要更辛苦一点。

感动过后，宁玺心中更多的是自责，就这样想着想着慢慢睡着了。

等宁玺收到消息已经是半夜了，半夜两点多，微信群一阵狂振，直接把他给振醒了。

宁玺还没回过神来，电话又响了，他接起电话，那边就是一顿号："宁玺，你弟闯祸了！"

宁玺掀开被子坐起来，人还有点不明白："行骋？怎么了？"

应与臣也不知道哪里来的小道消息，扯着嗓子就吼："进局子了！九眼桥那儿，好像是砍人了？"

宁玺脸色一白，行骋砍人了？

应与臣那边似乎也是躲在被窝里说的话，害怕他哥听到一星半点，吸了吸鼻子："他们今晚上高二开庆功宴，一群小兔崽子……"

"好像是因为一个女生，厉害啊，怎么着来着？我翻翻记录……"

应与臣说了一半都忘了后续了，通着电话翻微信，翻到一半，就看到宁玺把电话挂了。

宁玺迅速起床，穿了件外套换上鞋就出了门，戴了个口罩，整个人都跟没睡醒似的，两点半的街道上没什么人，出租车都少。

他把手机开了导航，想了一下，估计是这附近，跑了两个路口打到一辆出租，先往派出所去了。

他到了派出所门口看着没什么人，又想了一下最近的地方，往另一个区派出所走。

果不其然，宁玺还没下车，就看见行骋他爸那辆黑色悍马 H2 停在门口，旁边还停了好几辆车，几个穿校服的高二男生进进出出，都站在门口，估计先动手的行骋被押里面了。

宁玺一下车，任眉就看着他了，一捂脸，“哎哟”一声。

行骋完了。

宁玺个子不矮，又乖又酷，老远走过来还挺扎眼。

虽然他戴着口罩，但那眉眼，任眉都在行骋的手机上看过七八百遍了，光一双露在外面的眼睛，一下就认出来了。

宁玺这一双眼生得亮晶晶的，眼皮窄薄，内眼角往里开得深，一垂眼，都能看清楚睫毛上的水雾。

冬夜晚上实在太冷了，宁玺穿得少，手插着兜跑过来，将口罩一取，脸蛋通红，对着任眉点头，其余的男生围了好几个上来，连忙喊：“玺哥……”

宁玺点头，冷静道：“说吧，怎么回事？”

宁玺都快忘了小时候是怎么样的。

小时候院里一堆小朋友一起打球，小宁玺年龄大一些，觉得小男孩叽叽喳喳吵得头疼，常常抱着球一个人跑到最靠边的场上去练习运球。

小行骋就老抱着一颗篮球跟在他屁股后面跑，走几步摔一下，想跟宁玺一起打球。

他哥当然不肯。

小行骋把球拿着就往篮筐上砸，砸没砸进去另当别论，光他这“全场我老大”的气势，就够小宁玺抖三抖，但是抖完了还是横眉冷对。

他哪儿来的，回哪儿待着去。

宁玺毕竟大了三岁，气势唬人得很。

后来没过几天，小行骋又抱着篮球屁颠颠地跑过来追着他哥，安安静静地蹲场边，时不时软软地叫一声“哥哥”。

小宁玺也纳闷，这小屁孩转性了？

他把球往网内一扔，空心入网，回头对着小行骋说：“怎么今天挺乖？”

小行骋一抹鼻子，奶声奶气地说：“我妈妈说你吃软不吃硬！”

小宁玺一愣，想了一下，估计是阿姨想让他帮忙带带行骋这个捣蛋猪，所以教行骋怎么能准确无误地跟在自己屁股后面跑。

既然是阿姨的意思，小宁玺也不计较，轻轻弹了一下小行骋的脑门，冷冷地道：“一起。”

再后来，两人就真的经常一起玩了。

行骋努力学习想考跟他一样的重点高中，想好好地跟他打一场球，打区赛前追了几百米就为了给他扔一瓶饮料，宁玺不是不知道，他也知道，行骋的保护欲爆棚，不允许旁人欺负自己分毫。

连谁在场上多瞪一眼，多甩一个肘子，都不可以。

那是讨打。

晚上的事，宁玺想过很多遍，搞清楚了来龙去脉，才忍住没在任眉面前、在一堆小男生面前，叹一口气。

任眉搓搓手，特别正经道：“玺哥，那个，就是隔壁桌有人来逗我们桌女生……”

宁玺这不怒自威的眼神，唬得一堆大男孩一愣一愣的。

宁玺抬眼，心里大概有谱了，行骋见义勇为保护女生，行，没什么问题。

他还是没忍住抓了个重点，冷着脸问：“哪儿的女生？”

旁边一个男生狠拍一下自己的大腿，说：“就我们校队那几个，负责平时杂七杂八的事情的那几个女生……”

宁玺一抬手道："行了，了解。"

宁玺听任眉说行骋满脸满胳膊的血，心尖都跟着抽痛。

宁玺早就不在外面打架了，这边夜摊、大排档的流言蜚语也听过一些，没想到嚣张成这样。

不过这一次，赔偿是少不了了，校方那边估计也吃力，不知道得摆多少门道。

任眉这边还正愁，忽然有个男生握着手机朝远处挥手，路边停了辆奥迪 A6，上面下来一个司机和年轻男人，后座上下来一个女孩，紧接着又下来一个中年男人，对着任眉他们这帮男生点头，进去了。

任眉一拍手道："曦雨她爸爸来了，行骋这事好说了……"

一大帮子男生，就这么蹲在派出所门口，三点多，个个晕晕乎乎的，守在夜风里等行骋出来。

估计那来调戏女生的几个混混也没想到行骋看着一米八几了，实际上才刚满十七岁，名副其实的未成年，更何况是见义勇为。

等到四点，有几个家长来把孩子领走，走之前还去派出所做了记录。

任眉的家里人也来了，任眉出来的时候还特小声地告诉宁玺："那个，玺哥，行骋挺好的，伤得不重。"

宁玺点点头，松了口气，嘴唇都发白了："你先回去吧。"

任眉瞪大了眼："还有两个小时你就得去上早自习了……"

宁玺眯眼："两个半。"

任眉佩服得五体投地，这天估计都没多久就开始蒙蒙亮了，宁玺还挺能扛。

况且两个半小时之后，还不知道行骋今晚能不能出来。

任眉趁着他妈妈去开车的那一会儿，看着被派出所门口路灯照得特好看的宁玺，眨了眨眼。

宁玺鼻梁高挺，嘴唇偏薄，长得跟画出来的似的，乖巧又带着冷漠的样子，任眉忽然就能明白行骋。

任眉清了清嗓子，决定八卦一次，认真道："玺哥，行骋之前为了你还……"

“任眉！走了！”

家里的车停到路边，里面当妈的按下车窗喊了一声。任眉说也不是不说也不是，觉得自己有点多嘴，别哪天被行骋逮着骂一顿！

任眉迅速蹿上车，对着宁玺做了个“拜拜”的手势。

宁玺有点愣，点了点头。

行骋为了他怎么了？

他还没仔细去想，身后传来熟悉的一声喊：“哥！”

宁玺都不敢回头，怕看见弟弟的血。

行骋脸上还贴着纱布，手吊着，笑得一咧嘴就疼，“嘶”了一声觉得不对劲，他哥怎么在这儿啊？

行骋的爸爸阴沉着脸，但也没太生气，拍拍儿子的背，手里还摁着止血的棉签，对着宁玺勉强一笑，打了招呼：“宁玺。”

宁玺连忙点点头，特礼貌地叫道：“行叔叔。”

行骋的爸爸没明白怎么都这么晚了宁玺还跑过来，刚刚打架现场也有这孩子？

他把止血的棉签递给行骋，拿出车钥匙把车解了锁，说：“自己按着，你们聊，我去开车。”

宁玺认认真真地看了行骋一圈，从上到下，总算松了一口气。

他调整好情绪，才慢慢地吐出一句：“没事就好。”

小时候宁玺为了保护弟弟也打过架。

那会儿行骋年纪小，哭鼻子跟拧水龙头开关一样，一边暗示自己别哭别哭，结果一看到他哥的伤口，眼泪一下就出来了。

小宁玺冷冷地睨了他一眼：“傻子！”

等大了，行骋为他打一次架，宁玺冷静地给弟弟上药缠绷带，也忍不住骂了一句：“傻子。”

行骋总是特别能耐，说小伤没事。

宁玺伸手摸上去，他就嗷嗷叫，抱着他哥的手臂说痛。

一坐上行骋的爸爸的车，宁玺就有些不安。

行骋拉着宁玺坐到了后排，灯关着，两个人各坐了一边。

行骋的爸爸看两个小孩一路上也不讲话，没闹明白怎么回事，拉着行骋先去找了家诊所，把伤口简单包扎了一下，所幸伤得不严重，都是些皮肉伤。

包扎的时候那酒精一弄上去，行骋掐得自己手心都要肿了。宁玺在一旁站着看，努力让自己的眼睛不往伤口上瞟。

行骋的爸爸也看不下去，不过儿子大了自己造的孽就得自己承担，叼了根烟出来，说去诊所门口抽一根，吹吹风。

他爸前脚刚出诊所里间，门一关上，行骋便坐着转过上半身，直接把他哥带过来，咬着嘴唇抽痛喘气。

宁玺都能感觉到行骋的手紧紧抓着他的毛衣不放，直到最后上纱布，行骋才稍微松开一点。

出了诊所，已经非常疲倦的行骋爸爸把车开回了小区，接着两个孩子下车，把车给锁上了。

行骋一进一楼就不跟着往上走了，跟在宁玺屁股后面，对着他爸说："爸，我反正也不想睡了，明天周末，我去我哥那儿坐坐。"

高二周六没有课，就是爽！

行骋的爸爸看了一下时间，虽然估计宁玺也睡不了多久了，但还是训行骋："人家宁玺明天不上课吗？上去！"

宁玺闷闷出声："行叔叔，他可能找我有事，十分钟后我就让他上去。"

行骋的爸爸见宁玺都没什么意见了，也累得没时间管儿子，点了点头，指着行骋又说："自己注意点时间，宁玺还要上早自习……"

行骋一边点头一边给他爸挥手，太高兴了差点把手臂上的纱布给扯着，疼得"嚯"一声，旁边站着的宁玺看得眉头直跳。

行骋的爸爸一上楼，关了家里的门，行骋就扒着宁玺家的门又想进去，宁玺没办法，搞不懂行骋折腾出了一身伤还想干什么，佯怒道："就在这儿说。"

行骋又往里面挤了一点，可怜巴巴地说："哥哥，外面冷……"

宁玺简直拿他没办法："你别折腾了！"

行骋眉毛一挑，说："我保证听话。"

听了这话，宁玺愣是傻了半秒，还没来得及把行骋给关在外面，这臭小子就一下子钻进来了，猛地关了门，几乎不留时间给他喘口气，低下头逼问道："你怎么大半夜跑出来了？"

宁玺后退了一步，面对这问题还真说不出话来，瞪着眼说："有你什么事？"

他哥就是担心他，明眼人都看得出来，大半夜的不睡觉，跑到派出所来吹风？

行骋转了个面，直接挡在玄关与客厅的衔接处，手臂撑到墙面上，抵着他哥，认真道："有必要这么担心吗？"

宁玺触动归触动，但还是在这儿堵着快被行骋气死了："你就不能好好学习吗？"

行骋还是拦着路："没说不啊，你考哪儿我就考哪儿。"

宁玺垂下眼，语气特别坚定："我不会在南方的。"

很现实地说，行骋也考不上他要去读的学校。

行骋一拍脑门，也开始较劲了："我去你的校门口卖羊肉串，天天把你喂饱……"

宁玺侧过身躲开他，忍着气说："你别跟我犯浑。"

行骋看他哥发呆了，又非要往屋内走，宁玺猛地一回过神伸出胳膊抵着他骂："你进门的时候怎么说的？！"

行骋半秒都没犹豫，手上一用力，反手甩了自己一耳光，打得半边脸"啪"的一声，整个客厅都听得到。

——算我打脸了！

宁玺简直惊呆了，气都没缓过来，就这么直接看着行骋往屋内走去。

宁玺瞪着眼，看着行骋侧脸上被他自己扇得一片通红……

——得，你厉害。

第九章 第一场雪

那天行骋被宁玺轰上楼之后，宁玺一个人在客厅里，蹲在地上思考了很久很久。

行骋一身朝气，那股子冲劲和勇敢，是宁玺最羡慕的。

可能有时候就是如此，对方身上越拥有什么自己缺少的，反而能越来越让自己欣赏。

宁玺熬了整个通宵没睡，一到教室，第一节课还没开始就趴下了，睡了两节课起来觉得冷，一摸额头还有点烫。

宁玺绕过高二的走廊往化学实验室那边走去，选了小通道下楼梯，直奔校医室去了，身上还剩他妈妈打的五百块钱，光药钱就要了五十块。

宁玺拿着药去冲了喝，测了体温，三十八摄氏度，也还好，能继续上课。

宁玺一回教室还是昏昏沉沉的，给班主任打了个招呼，一个人顶着外套趴桌子上睡着了。

外面风吹进来，吹得他一只耳朵冰冰凉凉的。

宁玺一觉睡起来，身上外套变成两件，那扑鼻的运动香水味，宁玺都不用猜的，翻个面就看到校服里面商标上写着“XC”。

男生女生爱在校服上乱涂乱画的习惯，大部分都改不了，初中那会儿，行骋读的是区里面另一所公立中学，他在校服背面画了个蝎子，还觉得特别酷，个子高条顺，招摇过市的，头发一抹，完全是校草啊。

宁玺问他画个螃蟹干吗，告诉所有人他横行霸道吗？

行骋一脸难以置信，有点怀疑自己专用画手的功底。

——哥，这是蝎子，天蝎你知道吗？你不就是天蝎座吗？

这位校草背着一个图腾，横行霸道了好几天，越看越觉得背上像画了只螃蟹，于是洗心革面，重新做人，索性换了件新校服。

后来行骋初三学了吉他，天天抱着吉他在楼上弹棉花，张嘴就来："你是那一年的第一场雪，比以往来得更晚一些，停靠在小区门口的二路汽车……"

宁玺在下面看书，头都大了，也不想管楼上这位第一小刀郎，直接上去敲门，喊行骋出来。

玉林路的事情过去了两三天，学校给几个男生集中做了一次思想工作，教育了几天，也去扫了几天的教务处。

这事行骋为首，学校意思一下给了个警告处分。程曦雨那几个女生的家长也又跑了几趟学校，几经折腾，觉得小孩罪不至此，还有改过自新的机会，于是行骋那个警告处分也给抹了。

扫一周的教务处，行骋每天下午的训练时间也暂时被占用了，一下课就拿着扫帚过去，后面跟了一溜校队的人，全拿着扫把和簸箕，说要帮忙。

行骋点了一下人头，这一下得有十二个人，放着训练不去，跟着他们哥几个来这儿扫地，这不明摆着找骂吗？

行骋好不容易劝退了那几个女生，拿着扫把转悠得跟金箍棒似的，一边小声哼歌一边指挥着队员去倒垃圾，忙得一头汗，但也还乐在其中。

行骋连着打扫了好些天，偶尔碰到一次他哥，立刻站得笔直，扫把往身后一藏，跟站岗似的，点头喊道："哥！"

宁玺站定了，本来也是绕道来看看弟弟的，手上还抱着书。

宁玺开口说："不错，挺勤快。"

行骋没听出来宁玺这是在夸他还是损他，正准备说几句，就看到宁玺提了个袋子，在他面前颠了颠，淡淡地道："拿着。"

行骋下意识般低头一看袋子里，一个NIKE（耐克）的标志，放着一套全新的护膝、护踝，那护手臂的都跟袖子差不多了，堪称是全副武装。

这一套，少说也三四百元吧？

行骋还有点蒙，就听到宁玺认真地说："不管是球场上还是校外，都别再伤着了。"

旁边站着喝饮料的一群校队小男生炸了，眼馋着看那一袋子物件，没听说过见义勇为还爆装备的啊？

宁玺一走，行骋也没客气，直接发朋友圈炫耀，拍了一张照片，配的文字也简单明了："宁玺送的。"

校队群里他也发了一遍，还戴上身拍了好几张买家秀，臭屁得很，惹得校队里面的几个小男生在微信群里撕心裂肺地吼——玺哥我也要！

行骋拿着手机一个个地语音回复："没有，不可能，靠边，做梦！

"你是他弟弟吗？"

晚上一回家，行骋把这全身装备都试了一下，在穿衣镜面前站了好一会儿，穿着球衣，满脑子都是他哥的那句话。

"可别再受伤了。"

高二放得早，行骋想等宁玺，就还真抱着球跑操场里坐着，屁股下全是草，还好最近旱冬，没怎么下雨，草是干的。

他脱了书包垫在身下，还觉得挺舒服，反正也没几本课本，特别软。

他中午跟他哥横，说："高三放得太晚不利于休息，再这么折腾你们，我们高二得去把你们的电闸给扳了。"

宁玺瞥他："关你们什么事？凑什么热闹？"

行骋找了个正当理由："下一届受难的不就是我们吗？"

冬夜，天边泛着的灯火辉映出一片紫红，点点繁星缀在夜幕之上，若隐若现，似乎这夜里都没有那么冷了。

行骋躺在草地上，满眼星空，教学楼上面高三教室的灯都还亮着，旁边也躺着下来喝汽水的应与臣。两个男生就这么并肩躺着，身上盖着外套，跷着腿，有一搭没一搭地干杯。

应与臣挨了一刀之后回来就休息着没怎么往球场跑了。他成绩还挺好，家里也不给压力，在学校他哥也管不了，一听行骋说在操场喝汽水，书包都没拿就冲下来。

为此，行骋还专门多买了一罐，单手开了递给应与臣，后者一笑，特豪气地往空中一撞：“谢了，兄弟！”

他哥哥那些事，行骋没好意思多问，关心了一下应与臣的伤口就作罢了，说以后放学晚的话让应与臣跟自己和宁玺一起走，安全些。

应与臣说他哥专门派了人来接他，倒不是多大的事。

行骋又听应与臣讲起他的情况，在首都读书读得好好的为什么会跑这儿来，他哥又是个什么样的人，怎么怎么的……

“别说我了，丧气。聊聊你啊。”

应与臣说得汽水都喝了一大半，嘴里还留着股红石榴味，笑着问他：“行骋，你真不打算走体育生？你这身高够，成绩也勉强能走个艺体的……”

行骋也咽了一口汽水，碳酸跳得他舌尖特别爽：“不了，我得先看看我哥走哪儿。”

应与臣一拍大腿道：“你太黏他了。”

行骋笑了，拿着易拉罐跟应与臣碰了杯：“我就这么一个哥，那可不得黏紧点吗？”

应与臣愁得连红石榴汽水的罐子都给捏变形了，薅了一把自己软塌塌的头发，双手撑在身后，嘴巴叼着易拉罐拉环，喃喃道：“你知道我哥最近的事吧……你说这以后多难啊？”

行骋叹口气，睁着眼开始数操场上空的星星了，数到第七颗，眼有点花，说：“没办法，你管好你自己吧。”

应与臣想了会儿，问他：“你不觉得有什么？”

一问这个问题，行骋也不知道哪儿来的勇气，盯着高三教室那儿窗口明亮的灯盏，眼里跟映了天边的星子一样，点了点头。

“我觉得挺好的。”

昨天晚上放学，行骋捎了两袋泡面、两个蛋，去宁玺家起灶。

那厨房的灯一亮，灶台火舌蹿上来差点把行骋的一对剑眉燎成匕首。

宁玺看不下去了，把行骋赶出厨房，打了两个蛋，煮得香辣四溢地端出来，两个蛋全给了行骋。

行骋拿筷子搅了几下：“哥，怎么有两个蛋？”

宁玺端着碗没坐着吃，眼皮都懒得抬，冷冷地答：“双黄蛋。”

放屁，他根本就没吃吧？

行骋迅速把面条一扫而空，又跑便利店去买了两个蛋，硬给他哥又加了一碗水煮蛋。

他哥低头拌面的时候，行骋一伸手捏上他哥的脸蛋，恶狠狠地说：“有我一份，那就肯定得有你的一份。”

后面行骋抢着洗碗，在厨房里面壁思过，想了好久好久。

晚上行骋一回房间，硬是咬着牙做题到一点半，把最搞不明白的历史卷子写了一张，背了好久的时间轴，把宁玺给他的笔记本都吃了个透……

电热水袋他拿给宁玺了，晚上暖床全靠抖，还跟宁玺说他有两个，上面一个下面一个，晚上热得出汗，总踹一个出去，自己留着浪费了。

明天开始他就不去校队了吧，但是打球也感觉挺必不可少的……

但是他再打真的就傻了，这成绩离二本线都差好大一截，高二了，没多久了，真的不打算好好在成绩上追一追他哥吗？

这周五就是冬至，宁玺的妈妈破天荒地给宁玺打了电话，说放了学让宁玺去一趟高新区，家里摆了羊肉汤锅，正好他周五放学，过去吃一点。

宁玺拿着手机，鼻子有点酸，倒不是因为他妈妈叫他去吃饭有多感动，只是觉得去年他妈妈就没记住高三周末只放周日一天，今年复读了还是这样。

对月考成绩不闻不问，生活上偶尔问候，宁玺表面上不咸不淡，但是心里面有多珍惜妈妈的这一通电话，只有他自己知道。

去年冬至的时候，他也被忘记了，中午一个人跑到学校附近去吃了一顿羊肉汤，回学校就吐了，晚上没去吃饭，看得行骋站在教室门口干着急。

宁玺没想到，因为自己没吃饭，行骋逃了晚自习，去操场背后要翻墙出去买羊肉汤，一条大长腿刚骑墙上，转头就看到校长在墙下面蹲着，手里拿了个手电筒。

他校队帮忙的那一群哥们，还在墙那头跃跃欲试，扯着脖子吼："行骋！能下去吗？"

行骋骑在墙上，看看这边的校长，又看看那边站着的哥们，绝望地一闭眼，对着他哥们做了个嘘声的手势。

任眉跳脚："现在知道怕了？"

行骋冷笑一声，心里面憋着笑："换你来试试。"

任眉三两下子就蹿上墙来，也骑着，一上去就傻了，两个男生对着墙下的校长干瞪眼。校长笑眯眯地问："训练有素啊，打算去哪儿？"

行骋也耿直："买羊肉汤，饿了。"

因为这事，行骋的爸爸那晚上摁着行骋的头，逼着他在家里吃了两个小时的羊肉汤，看得登门家访的班主任都傻了。

这年行骋倒没去翻墙了，一等到高三下课就想接他哥一起走了，找家附近的店吃一点意思一下。

行骋知道宁玺的妈妈找宁玺去吃饭，但没想到宁玺还真为这事请假了。

一整个晚自习他都没来，也没跟他妈妈说今晚有课。

行骋一个人站在高三教室门口，看着来来往往背着书包收拾好东西要走的学姐学长，有点泄气。

也怪他没跟宁玺说这晚要不要一起吃饭。

应与臣手里正提着个保温桶，拿了一双不知道哪儿去找的一次性筷子，满面愁容地在走廊上哼歌。行骋看到他就觉得逗，撞了他一下："今晚还有的吃啊？"

那保温桶里纯正的简阳羊肉汤味真招人稀罕，香！

应与臣点头："是挺好吃，但我们那边都吃饺子啊！"

行骋忍不住想翻白眼："入乡随俗，在这儿该吃什么你就吃什么。"

应与臣又开始愁了："送羊肉汤那位，就是我之前跟你说的。上次我在金港赛道出车祸，就是他撞我屁股上了！真跌份！"

行骋拍了拍手："缘分。"

这小学长爱车他知道，他也挺感兴趣，不过现在经济实力只玩得起六十八一颗的篮球，车的计划暂时搁置到二十多岁以后了。

赛车跟篮球一样，某种意义上来说是大部分男人所热衷的运动，里面擦出的火花，自然也是难以灭下去的，想当年他第一次跟他哥杠上也是因为一颗球。

行骋晚上一个人跑回家，吃了家里做的羊肉汤，跑到窗口去看了一下楼下亮没亮灯，管他妈妈要了去除疤痕的药膏，敲他哥的门去了。

他爸爸在家里抽烟把沙发给戳了个印，那火星子烧得响，迅速点着，行骋忽然就想起宁玺的手腕。

他拿去给他哥抹抹手腕，不知道有没有用。

他这门铃一摁，门开了，扑鼻而来的就是满客厅的烧焦味。

宁玺垂着眼，手里扯着一张数学卷子，手心攥了草稿纸，上面的方程式还看得清晰。

再往下，宁玺指间的火柴烧了一半，火星忽亮。

半边面容沉浸在烟雾里的宁玺，那么孤独。

行骋捏了捏手里的除疤膏，一时间竟然说不出话来。

他第一次，也是唯一一次，见着他哥这个样子，颓废而神秘，眼神淡漠，一边看火焰，一边写数学题，坐在客厅里开着那盏灯，自己买的那一方小桌上，还有小半张没用完的草稿纸。

宁玺抬起眼，定定地看着行骋。

他终于、总算……在行骋面前露出了最真实的自己。

在行骋曾经看不见的地方，他并没有表面那么优秀，也不是多么阳光。

笑，或者不笑，他都是他。

坚强，或者懦弱，他也都是他。

行骋说明了来意，宁玺挽起袖子就把手臂伸过去。

那疤痕只有指甲盖那么大，狰狞可怕，微微凹陷下去一些，呈深褐色。

行骋就跟手里捧了个什么似的，拿出棉签，不敢乱来了，一点点地给他上药，眼神就没离开过那一块疤痕。

行骋涂得慢，宁玺看他小心翼翼的样子，笑道："磨蹭。"

行骋一抬头撞上哥哥的目光，忍不住叹了口气："上辈子我们可能是仇人，你肯定拿剑刺过我的胸口……"

宁玺猛吸了一口烟，当着行骋的面，就这么坐在地板上，把上半身穿着的衬衫扯开半边，低声道："我的胸口上也有疤。"

行骋又跟被人打了一棒似的。

"看到了吗。"讲完这一句，宁玺深吸一口气，慢慢地继续说："行骋，这就是真实的我。"

十七岁这一年，行骋在某个夜晚的这一刻，忽然觉得在这座城市里，所有的灯都灭了。

他想起无数次因为宁玺而激起的斗志、成长的重量。

在这一处小客厅里，行骋安慰地轻轻拍了拍宁玺的背。

第十章 身高线

十二月初，高三全体又进入备战状态，即将迎来一月初的一诊考试。

宁玺天天一放学就在家里头悬梁锥刺股，行骋一紧张，体验了一把三过兄门而不入，压根不敢去招惹宁玺。

全市的高三学生在高考前都会进行三次全市的诊断性考试，直接出全市排名，包括周边所属的卫星城等，能看出来自己的成绩在整个市的水平。

石中的文科是全市最好的，宁玺的成绩在年级上又排名靠前，这次考试的排名对他影响颇大，重要性自然不在话下。

应与臣一个首都来的小孩，今年零诊的时候还没搞清楚状况，以为这种喊法是说的体检，还紧张了好一会儿："玺啊，怎么你们这儿体检还重重关卡，招飞行员呢？"

中午放学吃饭，宁玺都不出教室，行骋打了一份抄手过去。

清汤拌点小米辣，宁玺一口汤喝下去差点呛到，一双眼被辣得红红的，泪溢了出来。

趁宁玺忙着的这几天，行骋完全忘了一月初自己也要期末考试了，晚上一下晚自习就骑上自行车出去野。

一群高二的男孩子，刚刚摸清学校的套路，没有高三的紧张感，比高一的更踩熟了这一块地皮，正好是最浪、最管不住的时候。

这里是中心城区，往上推几辈，行骋和宁玺都算是土生土长的本地人，那会儿行骋家里还算队伍上的。

那时候，市里驻地都位于辖区内，行骋家里分的房子、工作单位，也几乎都在这一块地方。

城市的五分之三都在这个区，将军街、东城根街，这些地段都是行骋追着宁玺骑车遛过弯的地方，巷子旁的天桥下有家炒货特别出名，每年过春节的时候，片区里的小孩都要兜着袋子来装货的。

行骋领着一大群男生骑车从河边过，夜晚的灯光暗暗的，这条路上没什么人，一拐弯，行骋又看到了旁边从小对他来说就特别神秘的住宅区。

这儿以前叫什么山庄，现在换了个名字还更好听了。

行骋特别喜欢浣花的房子，独栋别墅，闹市深处静谧优雅，米杏色的外墙，方方正正，大气又古朴，肯定特别符合他哥的审美。

听初中的同学说，里面配套的还有独立藏书房、私人花园，治安也特好，那墙都得有一米厚……

行骋骑车绕路从那儿过了好几次，老了能遛弯！

他想远了。

以后肯定都没新楼盘了，这是个问题。

行骋绕到售楼部去看了下价格，心里“咯噔”一下，暗自想，先立个目标吧。

为了这么厚的墙，他也得努把力。

到了吃夜宵的广场，行骋一把车停下来就给宁玺发消息，脑子里的想法压根控制不住，问他哥，以后买二手房吗？

宁玺本来还在想，这小子是不打算好好读书想去卖二手房了吗？琢磨了一下，他不免有些触动，回了句：“有就成。”

行骋一边撸串一边连沙发要什么料子都快琢磨好了……

行骋把烧烤打包，回他：“别墅的话，其实二手房也还好。”

宁玺那边慢吞吞地回道：“不是这意思。”

那天冬至扑了个空的事，行骋没去问过宁玺。他有时候觉得，他跟他哥在家庭问题上永远做不到感同身受。

行骋能做的只有陪伴、守护，以及用自己的力量去让宁玺过得更好一点。

除了偶尔的行为被他哥冷眼相对，行骋过得还挺滋润的。

他现在算是不管跟宁玺说什么，都会有回应了。

行骋觉得自己头顶顶着一块帆，顺风顺水，万事大吉。

这周六高二依旧不上课，高三中午休息的时间稍微长些，行骋从球场上下来就去宁玺家吃饭了。

行骋特意去校门口打了两份牛肉米粉，拐进超市搞了两瓶红石榴汽水出来，一晃一晃的，一回到宁玺家，拧开瓶盖，全给喷身上了。

宁玺连笑都懒得笑他，拿抹布把地板擦干净了，扔碗池子里洗。

至于行骋身上的味，让他滚一边想办法，上卫生间去洗！

行骋要去洗身上的饮料，手上的护腕就得取下来，随意取了就往旁边的柜子上一搭。

宁玺坐在小桌子边往米粉里面放醋，眼睛尖，一下就看到了那护腕里圈有些不自然的红色痕迹，他拿起来一看，挨着皮肤的那一层，有一些浅浅的血迹。

深红而腥黏，他绝对不会认错。

行骋从卫生间出来，宁玺就把那护腕又摆回原处。

他虽然内向，但性格也直爽，抬起眼问行骋："护腕里面怎么有血？"

行骋被问得一愣，迅速反应过来。

昨晚他打街球赢了钱，上场自己打得太野受了点伤，回家光顾着止血去了，护腕沾没沾到血都没注意……

行骋把方便筷子给拆了，一边加辣椒一边认真地答："昨天打球伤了。"

宁玺有些怀疑是打架还是别的原因，但是看了一下行骋身上好像也没多大问题，逼着行骋把衣服撩起来看了才作罢。

但是宁玺还是改不了护犊子的习惯，面色阴沉，吃了没几口就忍不住问他："跟哪一群人打的，下手这么黑？"

行骋这下暗自叫苦不迭，要是随便说几个人，下回被他哥碰到了，不得给人在场上对付一把？

"就校队里齐鸣他们一起的另外几个人，估计没来区里打过街球，比较没路子。"

行骋说完就编不下去了，让他在宁玺面前撒谎简直要命。

他看了看宁玺的脸色，决定转移话题："哥，你花四五百给我买个护腕，哪儿来的钱啊？"

宁玺瞄了行骋一眼："攒的。"

这回换行骋不相信了："真的？"

每个月他妈也没给多少，他攒得下来？

行骋犹豫了一会儿，继续发问："为什么要买护腕？因为之前我也送了你一个？"

宁玺吃完米粉，拿过纸巾一擦嘴巴，懒得说话，弹了他脑门一下。

小傻子长大了，也还是大傻子。

宁玺说他："幼稚。"

一听这两个字，行骋还是比较敏感。他挺介意他哥笑他不成熟，于是他挺直了背脊，量了一下自己一米八几的身高。

身高这个问题，行骋还是很满意的。

宁玺家里面有一堵墙，量身高的，专门记录每一年有多高。长一截，就拿铅笔去画一条横杠，然后在旁边写一排小小的铅笔字。

到了某一年，笔迹变得秀气了一些，力度没那么大，行骋好不容易看清楚了年份，猜了猜，应该就是宁叔叔去世之后的那一年，来帮宁玺记录身高的变成了宁玺的妈妈。

往后还是每一年都有，直到宁玺的妈妈改嫁，铅笔印没有了，小小的宁玺好像就真的停留在那一年了。

但他恰巧是在那一年，真真正正地成长起来。

行骋比画了几下，笑宁玺矮，讨了一支铅笔过来，拿笔把自己的身高补上，再依照记忆，把被忘记的那几年一点一点地补上去。

两个人可以清晰地看到，在某一年的一个交会处，行骋的身高渐渐超过了宁玺的，永远在他的上面。

行骋伸手碰了碰那一处深灰色的铅笔印，说："我长大了，就永远比你高五厘米。"

——我永远罩着你。

行骋说完，踢了踢放在鞋柜边的篮球。那颗篮球滚到行骋的脚边，宁玺背靠着墙，扶着行骋的肩膀踩了上去。

——我永远罩着你，也永远保护着你。

行骋在石中读了两年，家里零花钱给得多，平时消费出手算阔绰，自然也有不少外债。

他这会儿天天为了他哥勒紧裤腰带，回家一阵倒腾才把课本里压的欠条找出来，还有些微信转账记录，总共算下来，得有一两千元。

应与臣一听行骋说这事，笑得不行，就你们这小孩子还流行欠钱不还了？

行骋两眼一闭，请了个饭局。

应与臣翻白眼："凭你这江湖地位，还愁谁敢不还你钱啊？"

一两千元对应与臣来说就是四个阿拉伯数字，没多少概念，他不太了解宁玺的事，也不知道这钱对这两个要过日子的人来说有多重要。

行骋打牌厉害得很，这几天揣着钱在桌上叱咤风云，赢了三四百，任眉一群人都喊着要行骋开个培训班，跨完年没多久要过春节了，这不得学一身本事回去宰亲戚吗？

行骋决定请个客吃饭后，心里琢磨，还得找个有取款机的地方吃饭。

周三下午一放学，行骋约着那几个人，带着兄弟，到校门口的小餐馆撮了一顿，一个二个都把钱给还了。行骋点了一下，一共差不多一千八九百元。

行骋还没成年，还没银行户头，找应与臣要了个号，全存了进去，加上杂七杂八的钱，刚好两千二百元。

这些钱，行骋不到万不得已就不挪，打算以后每周存几百，给宁玺备用。

行骋吃过晚饭又骑车跑了一趟护城河，一个人站在河边上盯着河对岸的廊桥灯火、霓虹招牌，满眼都是寂静的河面与闹市繁华形成的强烈对比，一时间有些恍惚。

岁月的车轮翻过一山又一山，带着行骋进入了青春的迷茫期，打得他措手不及。

他的成绩又下来了，总分刚刚四百，离去年的文科本科线还差了七八十，更别说能赶得上宁玺，考一所北方的好大学了。

关于学习，行骋知道自己从来就不是那块料，当初为了宁玺非要转文科也不是一时脑热，理科也就那样。

记得小时候，行骋才刚刚会说话就只认识挖掘机，买玩具都只要挖掘机，家里横竖摆放着十几台模型。他爸还笑他以后怕是要当全省最大的房地产开发商。

长大些之后，大人们再谈起这事都乐不可支，行骋酷酷地想，这太暴发户了，他要去做一些更帅气的工作。

再后来，等行骋明白了钱有多重要，才真正感觉到了生活给予的艰辛。

这条路，行骋认定了，哪怕再难再苦，要拿挖掘机开路，一点点地挖，都得弄一条路出来。

学校里，高三（4）班的同学们见行骋的次数也多了，有事没事他就送点零食上来，宁玺也不客气，一下课拆了包装就吃，吃得肚子圆圆的，一两个星期下来还长了几斤。

行骋每次一站在高三（4）班门口，看着宁玺做数学题的样子，表情恹恹的。

应与臣在走廊上碰到过行骋好几次，有一天没忍住，下了课出教室偷偷站老远看着高三（4）班的后门。

他看见比宁玺高了一截的行骋拿着瓶易拉罐饮料放在宁玺的头上，后者一把抓下来，行骋夺过去单手拉开了罐子。

“幼稚。”宁玺面上冷冷地说道。

行骋笑得不行，在窗外冬日阳光的照耀下，高大的身影就那么摇曳在宁玺身边，挺拔而坚定。

进入寒冬，各单位公司举办的篮球赛少了，街上打街球的人也少了，行骋一到周末就闲得不行，下周还有一次在交大打球的活动，宁玺说要给他补课，还没法去。

算了，球可以少打，但是宁玺给他讲课的机会很宝贵，不能缺了。

行骋拿着成绩单给宁玺吊下去过一次，看得宁玺直皱眉头，转身就找打火机。

他跳什么级啊！跳楼吧？

宁玺一边找一边给行骋发消息："考成这样？不如我给你烧了。"

宁玺还专门给行骋整理了一大本英文笔记，怎么背了大半个月，连个 be 动词都搞不清楚？

行骋眼看着楼底下伸出一只手，拿着打火机要烧他的成绩单，吓得赶紧拉回绳子，换了身衣服翻窗户就下去了。

一进宁玺的房间，行骋就被宁玺摁在书桌旁边，扯了一个草稿本过来。

"来，写一下 be 动词的所有用法。"

行骋哽咽道："哥，我没吃晚饭。"

宁玺不为所动："快写。"

"be 动词！我知道！一般完成时，现在将来时，吃完火锅时，偶遇我哥时……"

行骋有点激动，一张嘴那话就收不回来，听得宁玺一巴掌招呼上去："别贫！"

行骋盯着写满漂亮英文的纸看了一会儿，实在不行了，让他盯着看不懂的东西最容易想睡觉，等会儿要是看着宁玺的笔记睡着，他就凉了。

行骋闷闷地说："明天就月考了，我临时抱佛脚实在没有天赋。"

宁玺有点心软，也不太想逼着行骋去学他不喜欢的东西，但是看着成绩又着急，说："之前我说的语文你好好背了吗？"

一听这话，行骋迅速坐直，两眼发光："倒背如流！"

宁玺拿着课本盘腿坐在床上，手敲了敲床沿，点点头，说：“《记承天寺夜游》，背吧。”

宁玺捡了把尺子拿在手里，看他那样对着脑袋就来了两下，他一个激灵把目光收回来，咳嗽两声：“不是说一首吗？应该是古诗啊。”

宁玺皱眉：“背。”

行骋满脑子就记得一个词语了：“解衣欲睡……睡，睡……”

宁玺提醒他：“《记承天寺夜游》，就是怀民……”

行骋一拍大腿：“他们晚上不睡觉出来聊天，也像你跟我这样抽背吗？”

宁玺的喉咙一哽，有点来气，直接换了一个：“巴东三峡巫峡长。”

行骋接得顺溜：“云雨巫山枉断肠！”可惜根本就不是一首诗。

算了，敢情他就记得情诗。

“最后一个，《小石潭记》。”

宁玺手里的小戒尺打床沿打得哗啦啦的，一边翻页一边说：“潭中鱼可百许头……”

行骋声音大胆子更大：“九眼桥开了家谭鱼头，下周我带你去。”

宁玺沉默半晌，“啪”的一声把书本合上了，冷静道：“行了，回去。”

这晚上睡到一半，宁玺的电话响了。

手机的振动闹得宁玺有点烦躁，他挣扎着转过身来，一看手机屏幕是应与臣。

应与臣开场白就是一句话：“我……我心情有点不好，想找你聊聊。”

宁玺说话的声音都带着浓浓的鼻腔：“嗯……怎么了？”

应与臣那边传来叹息：“我总感觉我哥，我哥跟……唉。”

宁玺握着手机小声问：“你哥怎么了？”

应与臣说：“我哥跟之前跟我起冲突的那个做汽车生意的店长，好像快在一起了？还是在一起了，我都不清楚……”

宁玺还有点蒙，问他：“不是跟你起过冲突吗？”

应与臣又叹气："我倒不是觉得这样不行，只是我觉得我哥这次跟栽进去了一样，我有点落差感吧，我哥的精力都不怎么放在我身上了。"

宁玺咬着嘴唇说："希望你哥哥的对象能对你好。"

应与臣真的是受刺激了，小孩的失落感一上来，那简直就是天都塌了。

他估计在床上寂寞地翻滚着，听筒里还不时传来被褥的摩挲声："我觉得那个店长很善良……但是，可能跟我有点不对盘，我也不知道。"

"尊重他的选择就好。"宁玺回答。

第十一章 为你撑伞

这天上午的语文考试，考得行骋一身汗。

行骋就这么盯着试卷，一犯困，往卷子上亲了一口。

这磕得“咚”的一声，整个考场的考生都转过头来，看到是行骋，又不敢笑也不敢说什么，只得又闷闷地转过头去，讲台上监考员拿着戒尺一打，全部考生的背脊都挺直了几分。

行骋一抹脖子，认认真真地把语文试卷写完了，保守估计这次能及格，作文写得这么认真，头头是道的，他长这么大就没一口气写完过这么多字。

行骋一考完试，就跑去校门口打包午饭，甩开他一帮求着一起吃饭的兄弟，往高三年级走了。

这下午的试刚刚考完，行骋一出门，就看到宁玺急匆匆地往高二这边走，年级走廊上也相当热闹，叽叽喳喳地议论着，也不知道在说谁。

宁玺拖着行骋的手往楼上走，走到高三办公室外，行骋这才看清楚，应与臣跟他们年级校队那几个哥们在办公室里站着，旁边还戳着个应与将，紧锁着眉头，耐着性子听老师讲话。

宁玺把他拉远了点，说清了状况，大概就是应与臣交大那次的场子时间提前了，一大早去打球，就跟人起了争执。

校方这段时间压了不少打架斗殴的事下来，包括程曦雨他们在玉林遇到小混混逼得行骋动手那一次，要不是程家有关系，行骋这会儿估计都找不到学校读书。

两个人再一次见到应与臣是在第二天下午，这人背着包回来收东西，提了个大箱子，所有文具全往里面塞，书直接拿绳子捆着，旁边跟了两个穿黑衣服的男人，神情严肃，估摸着是应与将派给他的助理。

应与臣来道别的时候，脑门上还挂了彩，校队不少哥们都来送他。

他这一走就不是校友了，下次在区赛上见面说不定还是敌人。

应与臣那额间一点瘀青特别明显，看得宁玺直皱眉头。

看宁玺这么在乎自己，应与臣还觉得有点开心，毕竟这么冰山似的一个哥们，这化了一丁点简直说明自己在他心里有点分量。

应与臣拍拍他的肩膀，又看看旁边的行骋，眨了眨眼，跟宁玺说了句“首都见”。

他又握紧拳头，比画了一下，轻轻碰撞行骋的肩膀，笑道：“改天啊，你带你哥跟我约街球……”

那天，应与臣拎着篮球袋子和书包站在教学楼下，附在行骋耳边，特别认真地提醒他，别玩黑球了。

行骋抬眼，低声问他：“那你还能接受你哥的对象吗？”

应与臣想了好一会儿，点了点头，似乎有点纠结，又说：“就是有点刀子嘴豆腐心，人特别好……有空带你见见，你们应该比较有共同语言。”

两个都属于不搞事不舒服的主，嘴上贫得不行，又虎又傲气。

这回反倒宁玺来安慰弟弟了，说应与臣就是转个校，毕业了还能在一起玩。

估计也就他自己知道，自己心里有多难受。

行骋懊恼得很，自己这垃圾成绩能上个屁的首都。

应与臣走的第二个晚上，三个人约出来吃了顿夜宵。

最后宁玺把行骋送回了行家，行骋的妈妈急急忙忙地开门接儿子，道了声谢。

行家大门一关，宁玺站在外面，看着黑漆漆的楼道，忽然就想起自己上小学的时候。

那会儿是周末，他的妈妈好几天没回来了，大早上从外面回来看到宁玺在被窝里睡懒觉，拎着扫帚就打，骂他为什么不上学。

小宁玺脾气也是乖戾的，犟得很，被打了之后觉得妈妈还没打够，逼着他妈妈继续打，打到后面他妈妈躲到行骋家里去，说不打了，再打就打死了。

当年宁玺可能才七岁，红着眼挺直背脊站在楼道里，一张小脸苍白，被他妈妈拖着下楼……

他一边跌跌撞撞地下楼，一边回头望，看到行骋的妈妈抱着四岁的行骋站在家门口，发髻绾起，显得温柔而贤淑，目光柔情似水，全是真心实意的担忧。

说他不羡慕，是不可能的。

接下来的几天，逼近十二月下旬，应与臣打架转校的风波平息一阵，跟着闹事的那几个男生也挨了处罚，天天有事没事在操场扫地拔草的，行骋看着就来气。

没惹事不说，一惹了事全兜给应与臣，自己倒是没被开除，搁这儿除草呢。

高二月考一结束，行骋死了一半的脑细胞，在家里休养了一下，拉着宁玺在小区球场里来了一场单挑，惹得一大院子的小孩跟着呐喊助威。

行骋之前账户上那二千二百元还是没存住，取了一千元出来带宁玺去买衣服，倒是没想到宁玺也带了点钱，说得添一件毛衣。

行骋跟宁玺去买衣服，看他左挑右挑，就坐着看。

宁玺挑了件银灰色的毛衣，看了一眼标签，转头去看坐在休息椅上一动不动的行骋，说："跟着一起看啊，你坐那儿做什么？"

后来，宁玺试了三件，衣服全是行骋挑的，特别有眼光。

极简风，宁玺穿上特别酷，那套头衫一套到身上，宁玺的身板简直就是黄金衣架子。

行骋看着宁玺把三件都试完了，算了一下兜里的钱，把自己的那两件给挂上了衣架，吹了声口哨：“你那三件穿着都好看，都买吧。”

宁玺一边叠衣服一边说：“你不是也拿了两件进去吗？”

“我穿着不好看，有点紧，肩膀那儿设计得不好……”

行骋说完叹了一口气，说：“你稍微瘦点，穿什么都好看。”

宁玺被夸得快上天了，面上绷着：“夸张。”

付钱的时候行骋掏的现金，动作又快又稳，直接将纸币叠好递过去就给了，刚好整数，零都不找，宁玺手机支付晚了一步，抓着服装店的纸口袋瞪他。

今年冬天是旱冬，特别久都不下一次雨，时间久了人也觉得干燥，行骋站在商场里面，趁宁玺去厕所的空当，还跑去买了一瓶保湿喷雾，胡乱地塞到衣服袋的最下面了。

按生活习惯来说行骋就是花季雨季的钢铁直男，护肤这些根本不懂……

一出商城，行骋看到门口有卖气球的，就纯色圆圆的一个，那上面的卡通人物的动画片他们小时候还一块儿看过，两只开飞机的小老鼠，特有意思……

两个人三步一回头的，宁玺没忍住又瞟了一眼，行骋二话不说，拉着他就去买了。

一问价，说二十元一个，成，行骋半点儿不含糊，买。

这周六下午，宁玺还穿着校服，湛蓝的身影特别俊俏，手腕上露一截白，手上拿着个气球，藏在身后，板着脸往前走。

行骋在一边笑得不行：“你这么喜欢就好好拿着啊，藏身后做什么，又没人笑你。”

宁玺有点不好意思：“知道。”

两个人一个逗一个骂地走到地铁站，都要检票了，行骋才反应过来，带着这种气球不能坐地铁。

行骋大手一挥：“走，打车。”

宁玺皱眉：“太贵了。”

现在六七点高峰期，打车回去也得二十多，还不如把气球扔了划算点……

行骋单肩背着书包，身形高挑，用力地握着宁玺的手拖着往地铁口外走，认真地说："钱，都是纸。"

行骋一脚踩上电梯，比宁玺高了一级台阶，笑了。

宁玺周日一大早起床做了题，两个人约了一下，宁玺说博物馆新馆晚上要开到九点，去看看吧。

行骋打起十分精神，中午饭都没吃几口，拿着手机在网上搜博物馆那些老物件，试图记几个下来，看一下来历之类的，免得等会儿站他哥旁边显得那么傻。

结果傍晚两个人一去，宁玺看得起劲，行骋看得蒙，只顾着跟着他哥走，一直点头，就觉得好看，还行，厉害。

宁玺看他认真又飘忽的样，乐了："觉得怎么样？"

行骋点了点头："挺好。"

这国家珍宝呢，能不好吗？

行骋又跟着宁玺转了一会儿，拉着宁玺去了顶楼鸟瞰广场，宁玺在栏杆上趴着，眯着眼看，冷风吹得他浑身一颤，小声说："这儿整个布局就是个八卦图，太极蜀字，天书地画，你看，柱子旁边飞起来的龙……"

行骋看得有点饿，这广场大铜锅一样的配色以及那龙的造型，看着就像一盆火锅里面腾了两条黄鳝起来，还是鸳鸯锅。

晚上回去的路上，行骋回头看了一眼广场边的这博物馆新馆，彻夜灯火通明，也不知道九点之后里面是不是会发生什么故事。

围绕着市里中心心脏的广场四通八达，旁边就是博物馆、科技馆、美术馆、图书馆什么的，但那博物馆里掐指一算下来，不少都是本地地底下挖出来的物件。

博物馆里面挂的牌子说，这里遍地都是宝。

圣诞节平安夜他们在学校过的，行骋给高三(4)班全班买了苹果，一大箱红富士提上来发，看得宁玺一愣，他这是要干吗啊？

行骋说:“我爸收了太多吃不完，都放坏了，还不如拖学校里面来，你放心，我们班同学也有。”

宁玺这才没多问。

高二的成绩还没下来，全市通知诊断考试提前，高三元旦放半天，一月二号就进行诊断考试，考完补习半个月，大年二十八放寒假。

宁玺倒不觉得有什么，他一个“高四”的人谈什么假期？时时紧张，他还宁愿天天泡在学校里面。

家里冷，没人气，他待着难受。

跨年夜这天，行骋本来打算买一堆食材到宁玺家里煮火锅，吃完再去街上转转，上千人在 IFS 熊猫屁股底下喊倒计时，热闹！

结果他爸一通电话打过来，说爷爷在医院有点不好，一辆悍马 H2 开过来，停小区门口，就把行骋给装走了。

宁玺穿着羽绒服送他下楼的，两个人在家里鞋柜边说了好一会儿话，行骋郁闷又难受，这边没陪着他哥，那边爷爷又不好了。

行骋一上车，行骋的爸爸也着急，招呼了一声宁玺就急着打燃车子，车门都还没来得及关，车就开动了。

宁玺披着羽绒服，手里面攥着钥匙，外面风大，硬是跟着跑了半条街。

今晚跨年，大多数人要么在家里要么在人群密集的地方玩了，这闹市区的一条小街巷子里，树木茂盛，路灯昏黄，反而显得静谧而孤独。

宁玺一个人站在马路上，哈出一口气，拍了拍自己冰凉的脸。

锅里还煮着火锅底料，等会儿回去随便烫点素菜吃了，不然他这几天没怎么吃东西折腾个胃病出来，还真吃不起药。

宁玺洗漱完毕躺在床上，还有两个多小时才跨年，没忍住给行骋发了条短信，问他还回不回来。

行骋没回复。

宁玺翻了个身，把头埋在被子里，把卧室里的灯关了，拉开窗帘，就那么靠在窗边看外面有多热闹。

希望新的一年，对他和行骋都好一点。

元旦节，宁玺等了一天，行骋硬是没回来。

消息也没回，宁玺跑楼上去听了一下动静，确定行骋家里没人，那辆悍马也没回来，估计是爷爷那边出了什么状况。

宁玺吃了午饭，宁玺的妈妈打了个电话过来。

宁玺内心挣扎了一会儿才慢慢接起电话，一个人待了快一整天，说话的声音都有点涩："妈。"

宁玺的妈妈也觉得自己这会儿才想起来给大儿子打个电话有点不妥，估计这孩子昨晚也一个人过的，放软了语气说："晚上出来吃个饭吧，过个节。"

宁玺本来想拒绝，还是有点不忍心："在哪儿？"

宁玺的妈妈报了个地名和时间，交代了几句，就把电话挂了。

明明是晚上七点的饭局，宁玺现在就开始紧张。一面对真正意义上的"家人"，他总是这样。

五点钟，宁玺就换好衣服带着零钱，出门赶公交车了。车上人挺多，他抱着栏杆摇摇晃晃，盯着窗外淅淅沥沥的小雨，还有了些困意。

每次一下雨，他就想起行骋某一年打得偏向自己的雨伞。

小时候还是他给行骋撑伞，行骋总觉得他哥撑伞累，抢着要自己来，后面再大一些，身高差距出来了，拿伞的自然而然就变成了行骋。

再后来，宁玺就不跟行骋一起打伞了，两个人疏远了一些，各走各的。

后来的后来，又变成现在这样，行骋直接背着他走。

宁玺的雨伞拿在手里，那水花哗啦啦地转，飞旋出一片雨帘，雨过天晴后的阳光折射下来。

晚饭吃得并不愉快，宁玺的妈妈一直忙着照顾哭闹的弟弟，在餐厅还要调奶哄觉，后爸又不怎么管，宁玺也跟着手忙脚乱地递东西，一家人都吃得不痛快。

等小弟弟趴在妈妈怀里睡了，宁玺才有工夫喝几口汤，可惜食之无味，这一桌子菜都像下了毒，他怎么都咽不下去。

每一次他妈妈叫他出来，都像在他身上划一大道口子，就算往里面灌了蜜，那也还是腌得他疼痛难忍。

可就算是汲取这么一点点糖分，宁玺还是想来。

宁玺的妈妈问了几句无关痛痒的生活问题，又当面给了宁玺五百块钱，说没钱了再找她拿。

只要饿不死，宁玺从来不伸手要钱。

用过了饭，宁玺的后爸开着一辆二手小宝马，载着老婆孩子，在停车场里面跟宁玺干瞪眼。

宁玺有点难堪。他就是来跟他妈妈说几句话的，说完就走，站这儿可能被误会成想搭顺风车了。

宁玺的妈妈看着大儿子冷淡的样子，心里也不好受，招呼着他上车，送他回家。

宁玺拒绝不了。

他想了好一会儿，慢吞吞地上了车。

路上开到一半了，宁玺的妈妈跟他后爸吵架，车开得飞快，直接停在了一个路口，宁玺喘了口气，冷静道："我先下车。"

他后爸没忍住，说了句："明白人。"

"你还好意思说我儿子！你是个什么人？！你前几天……"

宁玺的妈妈破口大骂，骂的什么宁玺没听清，他接过妈妈怀里抱着的小弟弟轻声地哄，拍着背安抚，站在路边看人来人往。

都市繁华，歌舞升平，这城市之大，怎么就没有一个他能容身的地方？

宁玺摸了摸弟弟额头上的雨珠，两个大人还在车内吵架吵得不可开交，隐隐约约的骂人的词听得宁玺有些发愣。

他不太明白的是，决定结婚生子，不是因为爱情吗？两个相爱的人，为什么会吵成这个样子？

他一抬头看天空，下雨了。

等弟弟都又睡着了，停在路边的小宝马才关了应急灯，宁玺的后爸皱着眉招呼他上车。

宁玺揉了揉眼睛："不麻烦了，我自己回去。"

后爸没再说什么，宁玺小心翼翼地把小弟弟交给妈妈，轻声说了句注意安全。

这辆宝马一走，宁玺拂开了肩头的雨，掏出手机找回家的路。

宁玺盯着那路线看了好一会儿，看到屏幕上的水珠越积越多。

他站在原地寸步难行，脖颈、头顶、耳郭都灌入了雨水，铺天盖地，淹没了他的所有感官。

屏幕上弹出的是行骋发的消息："我爷爷走了。"

宁玺回复："你在哪里？"

行骋回："医院。"

宁玺猛地把手机揣进兜里，想了好一会儿，模模糊糊记得是在哪个医院。

他急得不行，直接蹿到路边打出租车，可现在下了暴雨，城里旱冬久了，个个都是不带伞的，都开始抢车，压根打不到。

宁玺被雨淋得呼吸都有点困难，喘着气找路，看了眼周遭的瓢泼大雨，连眼睫毛上都覆了水。

宁玺冷静地回了一条："等我。"

一向冷静的宁玺，做了件不冷静的事。

那一夜，他在寒冬之中，顶着倾盆大雨跑了五公里。

一路上宁玺耗了快一个小时，走走停停，穿小路过小巷的，他的手机也快没电了，问着路人才勉强坚持到军区医院门口。

他浑身湿透，从头到脚一股子刺骨的寒冷之气，夜风一吹过来，全身上下发抖的力气都快没了。

宁玺深吸一口气，喘着气跑到住院部门口，确实停了好几辆车，但是看了一大圈也没见着行家任何一个面熟的亲戚。他掏出手机就准备给行骋打电话。

宁玺刚把手机拿出来，就看到了行骋的一个叔叔站在住院部门口跟两个穿白大褂的医生说着什么，等那边说完了，行骋的叔叔转身去开车门，宁玺才跑过去问："叔叔，您好，我是行骋的朋友。"

那中年男人看他一张青涩俊朗的脸干净纯粹，回想了一下也觉得眼熟，便从后备厢里拿了条毛巾出来给他擦脑袋。

叔叔也才哭过的样子，眼睛发红，说：“找小骋吗，我捎你去？”

“嗯，麻烦叔叔。”

宁玺吸吸鼻子，刚才一路跑过来的雨淋得他双眼模糊，猛地拿手背一擦，呼吸都有点不顺畅。

叔叔招呼了宁玺上车，说行老爷子已经被送到东郊殡仪馆去了。

亲人病逝，一路上行骋的叔叔跟宁玺也没太多话，接连着叹气，开了一瓶矿泉水递给他，让他喝点水。

宁玺抱着那瓶矿泉水，点了点头，道了谢。

行家的人，他接触过的好像都是这样，特别会照顾人，也很热心肠……

宁玺回忆了一下自己的亲戚，实在想不起来，毕竟就连过年回去走亲访友都是很小时候的记忆了。

爸爸走了很多年，老家也只有奶奶在，奶奶还老年痴呆，家里就剩一个姑姑还在照顾老人。

再大一点，宁家也跟他妈妈甚至跟他断了联系，估计现在也没几个亲戚记得宁玺。

他跟家里的人感情都不深，从小疼他的人就少，说起来也是讽刺，二十年了，除了他爸爸，最心疼他的反而是比他小了三岁的邻居弟弟。

车停到了街道边，殡仪馆的停车处挤满了车，行骋的爷爷是个什么职务级别宁玺不知道，他现在只知道一头扎进雨里找行骋。

宁玺跟叔叔道别之后跑进殡仪馆大门，猛地刹住步子，愣怔着立在那儿，盯着这玻璃大门旁边镶嵌的木纹，越看越眼熟……

东郊殡仪馆……

行骋的爷爷刚过世，着急着赶来的人还不多，也正是这一点，才让宁玺想起来那年匆匆下葬的父亲。

那是他心里的一块疤。

行骋一脸疲惫地从灵堂里出来时，就看到宁玺站在大门口，两眼有些放空。

宁玺穿一身黑棉服，浑身落了不少灰，却又被水淋了个透彻，头发也是才浸润过的模样，就连下巴也挂了雨露。

宁玺的裤脚边卷起，因为奔跑，溅上了泥泞，他的嘴唇已发白得近乎看不清，他跌跌撞撞地朝这边走来。

他踉跄了几步才在行骋跟前站稳。

宁玺正想伸手去抱抱行骋，没想到弟弟双腿一软，直直跪倒在自己腿边。行骋抱住宁玺的小腿就不撒手，喉咙里传出一种近乎幼兽哀号的呜咽，大悲大恸。

宁玺心疼至极。

外面大雨滂沱，急风卷地，一阵闷雷骤响，劈在宁玺的身后。他感觉殡仪馆的地板都震了三震。

雷电交加的那一瞬间，宁玺弯着腰，下意识地抱紧了行骋凑在自己怀里的头，浑身跟着那雷声猛地一抖。

他身上有一股刺骨的潮气，行骋难受得整个人脑门都是蒙的，拼了命地去抱宁玺的腿。

长辈去世不久，宁玺总感觉冥冥之中有双眼睛盯着他们，心中难受非常，轻轻推拒一把，行骋却硬是跪着不撒手，双目赤红。

就好像当下……只有这种方式，只有在宁玺身边，他才能离这噩耗远一些。

从宁玺的角度看，能见着行骋腰上一截白麻缠的孝布，扎了个结捆在身后，拖下老长一条淌在地上，白得刺目。

殡仪馆外的大雨仍然在下，现在已经快十点，天空中一道惊雷又打下来……

雷迅风烈，火烧了身。

在雨里跑了那么久加上心里各种问题堆积在一起，直接导致宁玺被行骋送回家之后，开始发低烧。

宁玺从回家一直到早上五点，低烧不退，整个人软绵绵的，厨房里面行骋烧了三桶水拿毛巾给他热敷，都没什么效果。

行骋真的心疼，一边递水一边说他：“你是不是缺心眼？这么远顶着雨跑过来，明天还要考试……”

行骋一着急就想说重话，硬生生给憋回去了，看着他哥淡然的样子，半句话也说不出。

宁玺斜躺在那儿，湿透的衣服早已被换下，棉柔质感的睡衣让他觉得特别舒服，没忍住往被窝里钻了钻，小声说：“就是不缺心眼才这样。”

行骋语塞，心中除了感动就是懊恼。

他知道殡仪馆那边要自己去帮忙，还是没忍住把宁玺提前了半小时送到学校，逼着宁玺吃了早饭，自己又折回殡仪馆去守着。

九点整开始考语文。

宁玺这一宿基本上没怎么睡，头昏脑涨的，咬着牙把第一场坚持下来了。

这几年市内有些比赛风气不好，不少家庭有背景有这样那样后门的人拿着竞赛的奖准备保送，文科保送就更不说了，全年级按照每一年的成绩来看，毫无争议的就是宁玺保送。

文科的比赛相对理科要少很多，零诊考试分数下来之后，宁玺一直遥遥领先，这一诊成绩便是给他保送的一颗定心丸。

高考硬考到首都，对宁玺来说完全没问题，但保送的学校也非常不错，如果剩下的时间拿来做一些喜欢的事情，保送是个不错的选择。

哪怕那些本该给刷题和冲刺的时间……拿来认真做想要做的事也好。

宁玺也想要这一次机会，可是失去了。

宁玺低烧一直持续到下午四点半，文综都没考完，就叫监考老师过来了。

诊断考试相对严格，监考考官多是邻近学校的老师，也没几个认识他的，见这孩子垂着脑袋满脸通红，立刻就去叫了校医。

考试中断，宁玺放弃了资格。

宁玺被拉到校医室去躺了一下午，大家都忙着在考试也没多少人知道他病了。学校老师比较重视，医生围着他转了好几圈，说低烧不退是长期紧张，情绪不稳定，加上可能受了寒造成的，多休息休息，还考什么试啊。

宁玺咬着唇没说话。

体温测了又测，还是没降下来也没上去，他头疼得不行。

他就这么在校医室交了二十元的费用，哪儿都没去，把诊断考试的第一天躺了过去。

文综没有参加考试，第二天的英语和数学也没什么考的意义了，宁玺的身体也还需要休息，年级组特批了张假条，让他回去休息着。

行骋家里自从出了白事之后，这几天行骋都没回过家。

宁玺吃过了药趴在床上看书，脑袋昏昏沉沉的，差不多是傍晚了，听着外面院里家家户户锅碗瓢盆碰撞的声音，看一群小孩子抱着篮球追逐嬉戏……真的不习惯。

他翻身下床，披着衬衫，摘了耳机，看着手里的书，忽然就想笑。

以前行骋说最佩服他的就是能一边听歌一边背英语课文，半个单词都不会出错。

宁玺翻出床下的一个木箱子，几日不擦，都落了不少灰，一掀开盖子，里面码得整整齐齐的全是行骋每次从楼上吊下来的东西……

小时候的陀螺、挖土机、赛车模型、玩具枪都有，那会儿行骋没闹明白为什么他哥老是拒绝收他的玩具，甚至干脆要了钱跑去买芭比娃娃，吊了一个下来，金发碧眼的，差点儿被从小就好面子的宁玺追着砍了一条街。

那会儿每次宁玺在家里挨了骂，被罚站在窗边，一拉帘子，总能看见院子里上蹿下跳的行骋。

行骋也不光顾着玩，每逢炎炎夏季，就去院子里后面的水塘里抓一两只蜻蜓过来，再小心翼翼地捧到他哥的窗前。

宁玺靠在床沿安安静静地回忆着。

九岁那年，蜻蜓一飞出来，放走了宁玺的整个夏天。

行爷爷的头七一过，行骋按时返校。

东郊殡仪馆离这里有一段距离，行家这段时间不少人直接住在附近的酒店没有回家，行骋是长孙，更得不到空闲。

他这几天落得了空才给宁玺打个电话，嘘寒问暖一阵，忙前忙后的，人也身心俱疲。

行骋才回学校没多久，任眉他们一群人就冲上来抱着他递作业本：“兄弟抄作业吗？”

都知道行骋家里面出了点状况，没有人敢去触他的霉头。

高三这天被拉去体检了，行骋跑了两趟高三（4）班也没有抓着宁玺人在哪儿，压着一股子郁闷情绪，回了班上。

任眉开口就说了宁玺丢了保送资格的事，行骋心里也明白到底是因为什么，一拳头差点打到班里的墙壁上去，铁了心想凿一个血洞出来。

大家都不是小孩子了，都要为自己的言行负责任了。

另一边，宁玺闭着眼慢慢回想着自己十二岁之后的这八年做了些什么，又在青春里失去了什么？

他好像跌入无边的深渊，拨开了另外一个属于大人的世界。

好像许多人都是这样吧。时间在身后像一个无情的人，不停地踹着前面那个踉踉跄跄行走着的孩子，催促着他长大……

——我终于长大了。

——我长大了。

——我怎么就，长大了？

宁玺迷迷糊糊地睡着前，想起以前自己读高三的时候，行骋高一。这人总是明明起了个大早，但是偏偏要压着快迟到的时候才到学校，在高三门口晃一圈，碰着了还不经意地打个招呼，喊一声早。

他每次在楼上弹吉他也要给自己发一段语音，生怕自己听不见似的。

也不知道那把吉他行骋现在还有没有在弹。曾经拨给自己的旋律，他都还记得吗？

行骋感觉每天上学的路都宽敞了不少。

家门口街上那些飞驰而过的汽车也不再占道，路过小区门口的几个小学生头上扎的花，行骋也觉得没那么晃眼。

枯黄的树叶铺满了整条街。

没过几天，高三诊断成绩下来的前两个傍晚，行骋听说校门口的报刊亭到了最新的招生考试报，还没下课就拉着他的几个哥们去给宁玺抢。

他们区是重点高中最多的一个区，每条街道上报刊亭里卖的考试资料都是被抢得热火朝天，更别说石中这路的。

下课铃还没响，行骋率先摸出去，装了肚子疼又装腿痛。他一个校队重点培养的未来的国家运动员，来守最后一节自习的班长也不好说什么，便由着他去了。

任眉第二个跑出去，直接跟着行骋翻墙。两个人一出学校就往学校附近的报刊亭跑，硬是守着来送货的人把招生考试报挂上了，一口气买了三本。

再加上放学之后行骋那些兄弟去帮抢的，一共十本，宁玺拿到手的时候都惊呆了。

他深吸了一口气，没闹明白怎么抢了这么多，收了两本，剩下的八本全让行骋原价转卖给高三的同学了。

行骋抢得累，自然没原价，一本多收了五块钱，赚了四十块钱。

晚上回家的时候，他跑去最好吃的一家烧烤摊，给他哥整了顿夜宵。

行骋怕夜宵凉了，拿校服包着吊在手腕上，一路上骑着自行车，飞驰过大街小巷，携着阵阵凉风，奔到了他哥跟前。

夜风撩起校服的衣摆时，他总会想起之前被高一女生高价卖过的一张照片。

他和宁玺都穿着湛蓝色的校服，在篮球场上拼搏，势均力敌。有一簇阳光从他俩中间绽放开来，将两个人的轮廓勾勒得特别漂亮。

行骋还记得那场比赛开始的前一节课，他整节课都非常紧张，拿着圆规和笔不停地转，差点一个尖头扎到任眉的手背上。

这一晃到了一月中旬，高二（3）班的课程也到了期末。

行骋晚上也没什么时间去骚扰他哥了，玩命一样在卧室里背书，背得行骋的妈妈一到了晚上又熬鸡汤又熬大骨头汤的，补得行骋浑身舒坦，背书背到后面，索性不背书了，先吃夜宵。

行骋偶尔借着给他哥送汤的理由，摸着黑从楼道里下楼，看宁玺复习得都没什么精神了，有些心疼。

行骋伸手摸上他眼眶下的黑眼圈，还是没忍住说了他几句："你这是要考七百五吗？"

宁玺知道他弟弟心疼他，回道："你能考我的一半分数了吗？考到了再来说我。"

行骋被噎得说不出话，一提到成绩他就是哑巴。

行骋把装好的汤碗往小桌子上一放，喊了句"晚安"，瞬间蹿出了房间，跑回去背文综，好像找回了消失的力量。

行骋感觉，自己又长高了一点。

其实从小到大，行骋的家庭观念特别重，家庭教育相对传统，三观极正，什么古代的现代的新的旧的，他爸妈都懂，文化程度也挺高。

对青春期少年的教育，他爸妈自然也要放得开一些。

行骋在他爸妈心里，其实除了爱打架，也没什么大毛病。

可是行骋这段时间翻窗户，翻得他爸爸疑心大起，毕竟当兵的出身，看阳台上那脚印就觉得不对劲。

后来行骋也觉得动静有点大了，开始想方设法地遮盖鞋印。

这么一遮，他爸想得更多了，下意识地就觉得他是晚上跑出去上网了。

行骋的爸爸盯梢那天，恰好行骋那晚上没汤喝，自然少了一顿他哥的夜宵。

他翻到一楼也没急着进他哥的房间，反而撒丫子往小区门口溜号，走了几条街看到夜宵店，打包了一份粥回去。

这是第一晚。

第二晚，行骋的爸爸依旧在小区里等行骋，没等着，灯光太暗，也没看到他往哪儿翻了。

第三晚，当爸的也是个急性子，直接在行骋翻上窗台的时候把门打开了。

当过兵的老爸喊声跟一片炸雷似的："站住！"

行骋浑身一激灵，要是按照他以往的性子，绝对当着他老爸的面敢直接跳下去，但想到跳下去受连坐的还有他哥，想想就算了，乖乖一转身，长腿搭上窗台不敢动了。

岂止是不敢动，他半句话都不敢多说。

紧接着，行骋的爸爸对他进行了起码一小时的教育。

他竖着耳朵听，手心里面还攥了块费列罗，是他下午从任眉那儿抢来的。手里的金锡箔纸被他摸得响，掌心热得发烫，再多握会儿都要化掉。

他太脑壳疼了。

那晚上行骋自然是没如愿以偿，一个人被他爸爸罚了站军姿，靠着墙根站到后半夜。

最后四五点了，行骋站直了身子不敢睡觉，连半点腰都不敢弯。

他站得笔直，一双眼紧紧盯着客厅里的黑暗处，试图想从中找到一点光亮。

罚站之前，行骋还以内急为由，跑到卫生间去猫着给宁玺发消息。

X："不过去了。"

勿扰："啊？"

X："困，先睡了，你早点睡别太晚。"

勿扰："好。"

等到宁玺回复时，行骋的爸爸在卫生间外面敲门催他，问他是不是想在卫生间里面罚站？

行骋不敢多留了，迅速把手机关了机揣兜里。

那一年的行骋，轻狂执拗。

每个从二楼翻到一楼的晚上，他都那么义无反顾。

从天空降落的一瞬间，他只为了那一片大海。

第二天下午放学，行骋跑到高三年级去等宁玺。

行骋答应了他，等诊断考试结束了，要带他去九眼桥那边吃鱼，还特意定了位子，说要个靠窗的，风景好。

那边说预留靠窗的好位子要多交三十块钱，行骋一咬牙，成。

临近期末，高三放得稍微早些，行骋站在教室门口的台阶前都要打瞌睡了。下课铃一响，他摆造型的毛病还是没改，立刻站直了身子，双手插兜，盯着高三（4）班的后门。

穿着校服的男生女生陆陆续续从他面前走过，基本上都回了头。

行骋却一点没被影响，只是看着他想看的方向，去寻找等待的人。

饭后，他们乘公交车，正是傍晚时分。

难得一见的是，他们遇见了粉色的天空。

公交车上有不少穿校服的学生，有才下班的大人们，也有一些欢呼雀跃的小孩，他们大多拿着手机或者睁大了眼，去看窗外的景色。

这日的傍晚，天边的云彩近乎透明，整个天空呈现出一种纯粹的粉红色。

云层较厚，水汽临界，太阳光角度较低，橙色的光发生折射，上空云层的粉色将这座城市包裹出了一股草莓味道。

公交车在闹市区走走停停，急刹车连着好几个。

宁玺的耳畔都是市民对今日粉红色天空的惊呼声，行骋也在看这难得遇见的粉色天空，小声说：“看外面。”

宁玺点点头，没吭声。

两个人看着这一路的粉色，随着公交车上桥下桥，窗外的风景也被映衬得更美。

宁玺直视着前方，看这片粉红天空下的城市，高楼大厦，人来人往，以及已经微微亮起的路灯。

宁玺抬头看了一眼行骋，在他眼中，行骋的眼神恣意明快，整个人在这样粉红的背景下，显得纯洁、懵懂、自然又神采飞扬。

天边的月儿已困意渐起，车内的光亮明明暗暗地映着两个人稚嫩的面庞。

公交车向前行驶，往前追逐着一只衔着玫瑰的白鸽。

就在这样山雨欲来的家庭氛围中，行骋迎来了他高二的寒假。

一月初的期末考试因学校要求补课给推到了中旬，熬到了二十号，终于算是放假了。

今年的春节是二月中旬，算下来寒假有四十天，行骋这下又有好玩的了。

高二比高三提前半个月放了，考完期末考试，一群男生照旧跑到走廊上把书往楼下扔，高喊一声“解放了”，又冲进教室里捣鼓抽屉，把草稿纸、文具袋全部抓出来塞进书包，撒丫子就要飞奔回家。

楼上高三的宁玺自然听到了楼下的呐喊。

一群青春期荷尔蒙分泌过度的学弟，他管不着，但是里面有他弟，那这事就得说说了。

行骋刚丢了一本写完的数学练习册下去，就看到宁玺从楼上下来，站在楼梯拐角处，手揣在校服衣兜里，皱眉道：“行骋，捡上来。”

任眉正抱着一摞书出来，在后面狂笑：“行骋！快去啊！”

行骋二话不说，跑下楼了。

高二、高一放寒假的这个晚上，学校搞了一次春节文艺晚会。

由高一、高二的同学参与演出，高三的同学下来观看放松。

会场设在学校操场上，校方花了些价钱搭了舞台，安排高二的同学坐到最后面，高三坐前面，高一坐中间。

偌大的操场上，全校的学生穿着校服裹着外套，坐在搬下来的凳子上，仰着脖子去看台上的表演，歌舞小品，好不热闹。

整个石中的天空，看似无边无际的黑暗之中，台上那一簇簇星光火种，将一张张年轻的面庞照亮。

文艺晚会上的歌曲都是一些KTV必点曲目，全校大合唱也成了每年的惯例。

熟悉的旋律一响起，操场上的气氛开始沸腾，灯光照在台上，下面的学生们都纷纷拿出手机打开手电筒，跟着旋律一起摇晃手臂，奉献出一大片璀璨星海。

行骋就是趁这个时候，从最后面的位子偷偷绕过会场，蹿去了前面高三的位子。

宁玺每年都是坐在最边上，正安安静静地看着，忽然就看到行骋蹲在身边。

行骋手里抓了根荧光棒，“啪”的一声就给扳了，那荧光色慢慢地亮起来。

行骋把它扣成手环，轻轻戴在宁玺的手上。

那一夜，在年年都有的学校举办的文艺晚会上，宁玺第一次把手腕举起来。

他仰起下巴，去看手腕上那一抹微亮的蓝色。

舞台上的声音比较大，现场气氛也很活跃，行骋说话的声音大了一点：“喜欢吗？”

宁玺听不太清楚，下意识地回道：“啊？”

现场的音响声还是太大，行骋也来劲，扯着嗓子吼：“喜欢吗？”

宁玺这下听清楚了，看了一下那根荧光棒，难得将笑容挂到脸上：“喜欢！”

就在这种现场热烈的气氛之下，反正周围的人都忙着欢呼尖叫，场上的热舞也跟着带动了音量……

行骋压着嗓子，声音一出口带着少年的磁性。

“喜欢现在这样吗？”

宁玺被刺得一激灵，声音也大了：“喜欢！”

虽然行骋已经预料到答案，但是宁玺这时候脸上的快乐与青涩，是行骋好久好久都没有见过的。

这是他们高三年级毕业前的最后一次校方办的晚会，再下一次，估计就是毕业典礼了。

行骋忽然想起一年前的毕业典礼，他在台下坐着，看着台上一个个笑着拿奖学金的学长学姐，心里五味杂陈。

这些拿重本奖学金的学生里面，本来也应该有他哥哥的。

节目进行到一半，行骋蹲得腿麻，抓着宁玺的校服的袖口，跑到操场上人群密集的后方，找了个最后一排的位子，两个人坐下了。

宁玺的心跳得极快，手腕上蓝色的荧光棒还特别显眼，似有了生命的脉络，在黑暗中一晃，像是一条海豚，纵身跃出了海面……

舞台上一个歌舞节目刚刚谢幕，前面坐着的所有人都站起来鼓掌尖叫，欢呼声萦绕在操场上空，台上大灯四射，闪耀的射线将行骋的半边脸都映出了棱角分明的轮廓。

期末成绩下来的时候，行骋正在桌游室里面跟一群兄弟斗智斗勇，脑子都快烧糊涂了。

桌游室里烟雾缭绕，行骋被呛了好几口，点着的人只得把烟给灭了。

期末成绩是直接发到班群里面的，任眉打开了一个个地看，征求了同意之后开始念，念到行骋，还愣了一会儿。

任眉把微信退出又点了进去，都不敢相信自己的眼睛："行骋，你考了四百多？"

行骋没搭理周围的一阵惊呼，手里还拿着牌，有些紧张："四百几？"

任眉简直惊了："四百三十，还差四十分就上本科线了！"

行骋哼哼一声笑，志在必得，脸上表情装得又凶又傲，嘴角微微翘起的弧度还是出卖了他的乐呵，拈起一块牌砸在桌上："能在首都读个什么学校？"

这回分数总有他哥的一半了吧？他进步那么多，还不得讨点奖励？

任眉见不得行骋这样，损道："拉倒吧，你这成绩，上个本地职业学校差不多。"

其实他也不是损，就这成绩，也只能读个专科啊。

行骋叹一口气，拿起手机看了看日历，差不多还有十天就要过年了，宁玺都还没放寒假，估计要大年二十六七去了。

刚刚放寒假的时候，行骋跟着他爸妈开车去了一趟西北那边，一路上带了不少牛肉干之类的东西回来，倒腾了一些给宁玺送过去。

高三还在补课，宁玺每天六点就起来，摸着黑去上学，晚上九十点才下课。

行骋自然就每天跟着他哥起，怕被他爸发现，也不敢翻墙了，只得一大早出门，七八点吃了早饭又回来，在家里打扫打扫卫生，帮妈妈买买菜。

免得这么大一个人，招妈嫌。

那本多出来的招生考试报，宁玺给应与臣送去了，两个人对了一下志愿发现一个首都一个本地的，压根对不上。

应与臣本来是想考回去，但估计是因为他哥，又有点想留在这里了，但两个人的成绩，去哪儿都不是问题。

宁玺是铁了心要离这里远一点，也开始在招生考试报上看首都的学校。

去年宁玺是打算报人大的，今年如果能考得更好，那就报更好的学校。

总之他就是想离这个地方远一点。他几乎快被家庭和经济上的压力折磨得喘不过气来。

他想起别人的初中、高中，都在昏昏欲睡的下午，趴在课桌上小憩，耳边是蝉鸣鸟叫，窗外阳光正好。

而自己，是被迫学习，窒息而不屈，甚至怕睡着，敢拿圆规往身上扎。

宁玺知道，学习是他唯一的出路。

行骋没有利用寒假的时间去找寒假工，反倒是跟着他爸跑了几趟公司，学会了骑摩托车，帮人送东西赚了点外快。

他觉得骑摩托和自行车完全是两码事，要是他年纪再大点，估计敢直接上他爸的悍马H2，去街上招摇了。

在行骋风里雨里的同时，宁玺又开始为这一年春节要不要去他妈妈家里过节而发愁。

去年春节他去吃了团年饭，还没待到春晚播小品就撤了，也没打车，一路走回来的。

市里外来人口特别多，其实外省的还比较少，大部分是省内各大城市的，一到了过年过节的，基本上城里都空了。

大年三十晚上风吹着又冷，宁玺拐去二十四小时超市买了袋泡面，揣着零钱走回家了。

宁玺付钱的时候，看到了收银员阿姨怜惜的目光，心中一痛，一想到她大年三十也还在这儿上班，叹口气，说了句新年快乐。

是啊，新年快乐。

去年他都过得这么落寞，今年更不知道该何去何从了。

就怕今年行骋邀请他去楼上过年，他不敢去。

大年二十六的这一天，高三总算放假了，行骋在校门口等了两个多钟头，红石榴汽水都喝了两罐，才等到他哥背着书包出来。

两个人回了一趟家里，行骋双手揣在外套里，脚上一双黑皮靴，在门槛上一踩一踩的。

行骋这天穿的夹克，藏蓝色，胳膊上两道红白斜杠，裤子也跟校裤似的松松垮垮，单肩吊着背个NIKE的包，头发一抹，酷死整条街。

这衣服的好处挺大，拉链拉开能装个人，里面还有兜，有纽扣，能挂东西。

他这会儿跟宁玺在一家电影院门口的夹娃娃机旁边，花三十块钱夹了七八个娃娃，拿不了，直接挂在衣服里面了。

行骋专门指着像女孩玩的玩具夹，夹了就挂衣服里面，硬币投完了，衣服拉链一开，里面挂得满满当当的。

宁玺实在看不下去那几个有蝴蝶结的玩偶了，说他："多大的人了还跟小孩一样，夹这么多粉红色的干什么啊？"

"你小时候不是挺喜欢吗？什么草莓蝴蝶结的，我看隔壁楼张阿姨那个丫头，每次戴个樱桃发夹出来，你就盯着人家看！"

行骋一边说一边笑，从里面拿了几个娃娃出来，继续说："这八个你拿回去放卧室里，一点装饰都没有，没点人情味……"

宁玺听了前半句，都无语了："你怎么小时候的事都记得这么清楚？"

行骋搭着他哥的肩膀："我念念不忘呗，一直记得你老看人家！现在那姑娘也挺……"

宁玺猛地停住脚步，把玩偶往行骋怀里塞："你自己拿着玩吧。"

行骋知道自己话说得不对，低下头说："我错了，哥，我错了！"

电影院门口这么多人呢，行骋惹了不少注意，宁玺退开，数落他："你少在我这儿犯浑，要夹娃娃自己夹去。"

行骋一听这话，把手摊开：“钱。”

宁玺从兜里直接掏了一百出来砸在他的掌心里，瞪着眼说：“去抓五十个再回家。”

第十二章 红石榴汽水

那天宁玺揣了七个玩偶回家，排排坐，放在了床角。

行骋拿了一个抱在怀里，心里还是挺得意，坐在床边笑他：“你不嫌挤得慌？”

宁玺面无表情地说：“比你的占地面积小。”

行骋被他哥又堵了一句，但已经习惯了，脱了外套躺了半个身子在床上，手上蹂躏着那一个小猫玩偶。

“你看看你，就跟猫似的，脾气大又傲娇，不开心了就挠两下……”

宁玺毫不客气，上手就掐行骋的半边脸蛋：“你说啥？！”

他哥下手没有留情面，行骋被捏得腮帮子酸痛，眯着眼喊：“疼疼疼……”

老虎屁股压根摸不得。

行骋靠在床边，认真看着宁玺气鼓鼓的侧脸、微微颤动的长睫毛，以及卫衣袖口挽上去露出的一截手腕。

轮廓、神情，分明就还是个十几岁的少年模样。

他的哥哥太美好，让时间都不忍心亲手将他送入大人的世界。

除夕那天晚上，宁玺照旧去了他妈妈家里吃饭，还是春晚都还没开播多久就道别回家。

小弟弟一直在哭，妈妈跟叔叔忙得一团糟，家里又来了好几个不熟的亲戚，他简直如坐针毡。

宁玺帮着妈妈招待完客人，把茶水都沏好了，拿着两百元的红包出了家门。

他脖子上围着行骋前几天给他的围巾，卡其条纹的，纯羊绒，一摸料子，大概能猜出这多少钱。

这好像还是个牌子货，手感也太好了。

他把半张脸埋进围巾里，裹紧了羽绒服，一个人走在除夕夜的街道上。

路灯有些暗淡，这几条街道上的树叶纷纷落下。偶尔有车辆飞驰过去，连带起一片片落叶，翻飞至夜空中。

宁玺一边走一边抬头去看天边悬挂得高高的月亮，到了后面，他好像在追它，步子加快起来，气喘吁吁地奔跑过两条街。

市内禁止燃放烟花爆竹，年味少了很多，树上挂得稀疏的红灯笼一闪一闪，倒还昭示着一些美好的寓意……

往事犹如飞鸿印雪，踏着岁末的歌，流浪到千里之外。脚下只是过了几步，就好似落入了岁月沟壑间。

宁玺跑着跑着，速度就慢了下来，眼睛忽然瞄到天边的一颗星，很亮。

他停下了脚步，站在几乎无人的街道上，头顶飘落几片枯黄的叶。

他给行骋发了一条短信，看着街道上驶过的出租车辆，基本上都挂着“空车”的红牌，在夜里十分刺目。

宁玺继续走着，每过一辆车，就在心里默默道一句，新年好。

宁玺走了一个多小时，拐进了小区的那一条街巷，觉得这条路的路灯似乎比以往更亮了一些。

宁玺抱着手臂没走几步，兜里的红包都已经热乎了，整张脸被冷风吹得冰凉，一哈气，眼睫上都像起了雾霜。

他刚刚过了一条人行横道，就看到路边上站着一个人影。

那人一米八五的个子，裹着件深灰色的羽绒服，年前跑去剪的短寸……

行骋板着脸，不说话时一副凶傲相，背着手站在夜里，朝他的方向看过来。

宁玺忽然又有了跑步的动力，也不觉得累了，穿过这一条街道，朝着行骋的方向小步奔过去。

宁玺万分感想涌上心头，没想到在大年三十这天晚上，还有人能陪他一起度过。

宁玺吸了吸鼻子，问他："叔叔阿姨允许你出来？"

"我们家客人多得很，我跑出来玩会儿，他们顾不上我。"

行骋伸手把哥哥脖子上的围巾系紧了一点说："凉。"

宁玺看着他，点了点头，没再说什么。

两个人本来是并肩在街上走的，结果不知道为什么，忘了是谁先跑起来，变成一前一后地你追我赶……

他们刚跑到街道尽头的十字路口，天边忽然开始落雪。

宁玺抢了先，肩头落了雪，慢慢放缓了步子，转身去看紧追不舍的行骋。

半大的少年立在漫天的小雪之中，黑色高领毛衣将面容衬托得更加俊朗，双肩包照旧只背了一边，以往冬天容易长冻疮的手在今年似乎只是冻得有些发红。

这个寒假的时间过得很快，快到宁玺都不记得每天看了什么，复习了什么书……

大年三十夜，风雪良宵。

后来的后来，无论过了多少年，宁玺依旧记得，那年的冬天，下了一场雪。

除夕的后半夜，行骋的爸爸给行骋打了一通电话，行骋气都还没缓过来，只得跟他爸说，跟任眉、宁玺他们在外面玩，等一下就回家。

半夜四点，行骋才跟宁玺一起回了小区里。

两个人站在楼道里，行骋往上走了一步阶梯，认真地说："新年快乐，哥！”

宁玺难得笑弯了眼，做手势催促着他赶紧回家，说道：“也祝你快乐。”

寒假结束的最后一天，行骋听说应与臣回来了，本来打算跟宁玺一起去机场接机。

应与臣在电话那头还在打游戏，边打边骂傻队友，虽然骂得小声，但是气势仍然不减当年：“别来接我了，哎哟，又打我！”

行骋拿着电话忍着想挂断的冲动：“你几点到？”

“啊？我凌晨到……”

“凌晨不行，我哥明天起不来。”

这句话刚说完，行骋就挂了电话，应与臣被队友气死了又被行骋气死，猛地灌了口果汁：“这都什么人啊！”

应与臣一回来，就跟校队的兄弟们约了一场球，约在一个街球场。

他转学去的那个学校校队也不错，倒是自己还矮了不少。

话说回来，都好久没上街球场赚钱了，行骋还有点手生，最近一次还是期末考试前，上场十分钟，没赚多少，赢了四分溜了。

行骋平时再贫，场上的注意力也很集中，只做不说，球风又狠又利索，打得应与臣那一队节节败退。

应与臣一个三步上篮进了球，看着记分牌上又得两分，对着行骋挑衅：“跑这么快，你要不要屁股上插个火箭，满场飞？！”

行骋爽朗一笑，知道他在别扭什么，直接把球扔给任眉：“你上，我来防他！”

上有政策下有对策，应与臣跑到宁玺旁边把他扯了过来：“你去防你弟弟……”

场上比赛就成了行骋压着应与臣打，包夹之后区域联防，直接血虐高三队。

打完比赛，应与臣靠在场边摸自己的腰，咧着嘴笑：“真的是老了，干不过你们这群小屁孩……”

宁玺的高三下学期，在一个阳光明媚的早晨开学。

过年期间的一切落寞早已烟消云散，通通化作行骋给的每一分力量，鼓励着他将这高中的最后一段旅途走完。

每一年都有高考生因为解放而雀跃，殊不知自己即将面对的是一个更大、更复杂的世界。

高中的烦恼只有高考，而大学不止这些。

陪伴着三月和煦春风的，依旧是早上二两的牛肉面、街角酸奶店的紫米饮料、傍晚放学守在教室门口等他下课的弟弟、回家路上两个人边走边吃的夜宵……

进入高二下学期，行骋也乖多了，出去打街球的机会少了，下课放松也懒得去看任眉他们，全往高三跑了。

偶尔周末他就跟着去KTV，吼几首歌。

有一次宁玺从楼上下来去文印室领资料，老远就见着行骋领着一群男生站在走廊边上，行骋一仰下巴，吹了声口哨。

宁玺无语，转身要绕道从另一边走，刚转过去就碰上任眉，笑嘻嘻地打招呼："玺哥好！"

宁玺又转身，还是从行骋面前走过，刚走过去，就被行骋伸出手臂给拦住："收过路费。"

宁玺愣了，反应过来之后，伸手拧了一下行骋的耳朵，把随身带着的单词本拿出来拍在行骋的胸膛上。

"抄一遍，今晚吊给我。"

说完宁玺继续往前走去。

任眉看行骋的耳朵都被拧红了，没忍住大笑起来，惹得行骋瞪眼："看什么看，男人的勋章。"

——他是我哥，该管教！

行骋拿着手里的单词本晃了晃，贴在胸口拿得端端正正的。

行骋看着宁玺远去还不忘回头的背影，忽然想起来除夕夜那天晚上宁玺给他发的短信，很简单，就一句话。

"农历的最后一天，祝我与你常相见。"

所以那一晚，行骋猛地关了手机，飞奔出去。

英语单词本，行骋从上课抄到放学。

他的字又特别大，好不容易写完了，自己一不小心，手肘碰到汽水瓶子，汽水全洒在纸上，字晕开了一些。

还好，字看得清楚就成。

说实话，抄单词这段时间，行骋还新学了好几个，认真去问了发音，等着晚上在他哥面前表现一下。

行骋回家拿绳子拴口袋的时候，还往里面放了一块费列罗。

上次因为爸爸逮着他，那块没有送出去的费列罗他一直惦记着。

宁玺拿到单词本看了又看，实在没忍住，一个电话把行骋叫下来了，见面就开始训他："你的字怎么这么丑？"

这高考可是占不到好，一点儿不工整，阅卷老师看着都烦心。

行骋这天喝了好多碳酸饮料，越喝越来劲，这会儿嘴里都有股果味："字如其人，这叫潇洒。"

宁玺无语了，斜眼瞄他。

怎么这人长得人模狗样的，字能够丑成这个样子？一篇作文下来，估计得被扣好几分卷面分吧？

行骋知道宁玺的字好看，但还是没忍住，说："你写一个我看看？"

宁玺垂下眼，捏着笔在纸上写了一个自己的名字，银钩铁画，骨气洞达，笔锋好看得就跟宁玺这个人一样，每一下都如水如风。

行骋挑了支红笔，绕着宁玺的签名画了个符号把它框起来。

宁玺看了下："无聊。"

行骋把笔捏着一转，笑道："你不是说字如其人吗？这就是你。"

宁玺手疾眼快，伸手捏住行骋的耳朵，被手中的灼热感吓了一跳，冷着脸骂他："小浑蛋。"

"我就浑蛋，就浑蛋怎么了？你拧，你使劲拧我！"行骋就是个爱被瞎折腾的，被骂了还享受得很。

这句说完还不够，行骋嘴上还是在耍浑："你不也浑蛋吗？"

宁玺气结，张着嘴半天反驳不出来一个字，手上还真用了点力气又舍不得，屈起膝盖挡着："我迟早教训你……"

行骋一下子往后退："怎么教训都成！"

春风过柳，绿意盎然。

晴日的微光在眼前变成朵朵红桃，映在三月里。

高二下学期的第一次月考成绩出来了，四百五十多，行骋如果一直保持这个成绩，高三本科线基本稳了。

但是在石中这样一个一步三学霸的校园里，他这个成绩，简直就是拿来吊车尾的。

况且现在宁玺的高三复习进入冲刺阶段，最后两个多月，哪儿来的时间再给他补课？

行骋深知不能拖他哥的后腿，只得认认真真地每天按时上课，还特意提醒任眉，要是自己上课上着上着一不小心睡着了，就把自己掐醒。

结果证明，告诉任眉根本没什么用，两个男孩脑袋凑一堆一起睡觉，大半个上午就这么过去了。

每天上午，就只有课间操的时候，行骋稍微清醒一点。

行骋还记得高一的时候刚刚来学校，每天做课间操，他就到处找他哥的身影，偶尔站在他哥前面的空地做，他都很紧张。

行骋读初中的时候就出名了，更别说上了高中，惹是生非更是“游刃有余”，虽然不像古惑仔那样喊打喊杀，但哪个兄弟出了事，行骋不会坐视不理。

行骋家是军人家庭，他爸只是嘱咐要有个度，别被开除了，哪儿找更好的学校给他读？

行骋就不是学习的那块料。

但是偶尔望着宁玺的背影，行骋会觉得，自己一定要找一种方式跟上，在生活的各种方面，都要跟上。

初中那会儿行骋还是个在KTV吼《乱世巨星》《沧海一声笑》的男孩，等今年七月底一过，他就要成为一个真正顶天立地的男子汉了。

天气转暖了些，上球场的人多了，行骋又找区里的一个大哥要了一场球赛的名额，一场一百块钱，拿十个助攻五个两分球，这钱就能拿下来。

场子定在迪卡侬球场，就在公路旁边，高高的网隔着场子，里面全是穿着各色球服踩着各种几大千的球鞋、挥汗如雨的球员，偶尔有几个街球大手，换着场子打，一次能虐一大拨人。

行骋这次换了双好点的鞋，鸳鸯款，就是左右脚颜色不一样，一身黑短袖，那气场、那身高，能崩掉场上所有的人。

一米八五其实在打篮球的人里面算不上特别高，但是行骋就胜在眉眼长得硬朗，眉心一皱，嘴角的笑挂上一丝挑衅的意味，着实唬人。

这天下午阳光很好，一场下来一个多小时，行骋所幸没受什么伤，领了一百块钱，又被一个电话给喊到另一个区去帮忙了。

那边的场子他很少去，第一是怕打黑球遇到应与臣，第二就是没什么熟人帮忙盯着，要是在球场上惹了什么事，一个人还真不好收拾。

大部分打球的人都讲义气，抱团一块儿玩，行骋再牛，踩了别人的场，这不是上赶着找事吗？

可是这一场，是平时帮他找活的兄弟拜托的，他再不想去也得给这个面子。

行骋到的时候一身的汗，手腕上还裹着练柔术绑的胶带，另外一只手没力气了直接拿嘴咬，一边撕一边走路，脚上鞋带系得很紧。

他一拿到球，打得势如破竹，直接切断对方传球的方案，快攻拿下第一血，一时赢得场边不少赞叹。

这边的篮球班子他没见过几个，在市里参加比赛的那也是学校里面的队，学校的能跟社会上的比吗？

行骋知道锋芒毕露必遭截杀，动作稍微收敛了些，也没上一节打得那么狠，后撤步一个跳投，又进一球。

这里不需要他出风头，拿到钱就行了。

半场休息的时候，场边有几个一看就二十出头比他年长的女人抱着手臂过来，做得亮闪闪的指甲在阳光下晃得行骋眼疼。

行骋再怎么为生活屈服，在这个问题上分毫不让。

“行骋！”

行骋身后炸开一声熟悉的叫声，他头皮都要炸了，一转身，就看到应与臣一身的汗水，脸蛋累得通红。

他怎么又碰上这人了？

行骋看他在隔壁场上打得累，主动跑过去："你怎么在这儿？"

应与臣瞪眼："我还想问你呢，你认识你的队友吗？"

行骋不吭声了，他兜里还揣着一两百块钱。

他接过应与臣买的水，拧开盖子把矿泉水浇在胸口，任由凉水将衣领打湿，发出一声舒爽的叹息，认真道："你别跟我哥说。"

因为自己跟宁玺关系好，应与臣也算把行骋当成弟弟看，自然是见不得他这样子不顾自身安全的："上次你怎么答应我的？"

应与臣在家里一直是老小，全家上下都宠他宠得不得了，遇到个比自己小的，从小想当哥哥的瘾一犯，严厉得很。

"跟你说过不要出来打这种球了，说不听，是吗？"

行骋刚才在场上被撞了一下，手臂被不知道哪个缺德货没脱下来的腕表划了条血印子，疼得龇牙咧嘴，哼哼着回答："我知道了……"

他哥这不是冲刺了吗？一大堆复习资料要交钱的，晚上他哥学习还得吃夜宵，这都要钱啊。

这种话他没办法跟应与臣说，因为应与臣根本就不明白没钱是什么滋味。

应与臣撸起袖子正准备开始教育他，话都还没出口，就听见身后响起了熟悉的声音："你怎么在这儿？"

这声音一出，行骋下意识地捂住手臂，以为自己出现幻听了。

宁玺穿着一件白短袖，脚上穿着行骋给他买的那双篮球鞋，站在应与臣身后，盯着傻愣住的行骋。

他进场子的时候就看到他弟弟了，半胳膊的血印子，几乎快刺痛他的眼睛。

应与臣下意识地挡在行骋身前："玺啊，你怎么这么快就来了？"

宁玺皱了皱眉，言简意赅道："打车。"

应与臣一时间找不出话来，只得问："你不是说坐公交车过来？"

下午他约了宁玺过来找他玩，没想到刚好碰到出来接活的行骋，而且结合之前的那一次偶遇，看样子行骋在这里赚钱，宁玺根本不知道。

宁玺的目光就没离开过行骋。

他回答道：“还没走到公交车站就觉得心慌，打了车。”

说完这句，他还是没忘记行骋在这儿，追问道：“行骋，你怎么在这里？”

他不是说下午跟任眉他们玩桌游去了？

行骋心里“咯噔”一下，咬了咬嘴唇，在他哥面前撒了谎，估计得交待在这里了。

他绕过应与臣，深呼吸一下，说：“我来打球。”

宁玺看了他一会儿，应与臣根本不敢说话，只见宁玺慢慢蹲下身子去把鞋带系紧了些，问他：“谁把你的手弄成这样的？”

行骋慌了，他哥这是要上场去把场子找回来呢。可是他这就是给人打活，能计较这些吗？！

他伸手去把宁玺揽过来，小声地哄道：“就一点点，你就别上场了，要高考了，万一伤着个什么……”

应与臣在旁边看得心惊胆战。

他知道宁玺这人矛盾得很，一颗心又软又狠，可现在那眼神，要把这场上的人全给单挑一遍似的。

宁玺是什么人，吃盐都比行骋多吃三年，眼看着这架势，这儿刚刚干了什么，他能不清楚吗？

宁玺被行骋牢牢抓住，愣怔着，也不挣脱，耳边的呐喊声、叫好声还在持续着。

就着这个姿势，他盯着行骋道：“你别跟我解释。”

行骋都快咬着舌头了：“哥，就一个小比赛，我帮朋友打打……”

宁玺一听行骋还不承认，快红了眼睛，也顾不得应与臣在旁边站着，猛地一抬头道：“你别骗我！”

行骋还在辩解：“我没骗你。”

宁玺不说话了，直接伸手去摸行骋的裤兜，行骋还来不及躲，里面两张一百元的钞票掉出来，落到场地上。

宁玺慢慢蹲下身子去捡起来。

站在一旁的应与臣看得暗自咋舌，这事根本插不上话。

拼了一下午的命，行骋这么牛的球技，才赚两百块钱？

可这事，他能掺和个什么劲？

行骋眼看着瞒不住了，宁玺那眼神，心里跟明镜似的。

那两百块钱被宁玺握在手里，小心翼翼地把折叠的边角抚平。

他沉默着没说话，把钱塞回了行骋的口袋里，垂着眼吸了吸鼻子。他似乎都已经听不清嘈杂的背景声，已经模糊了。

宁玺问他："多久了？"

行骋老老实实交代："半年了。"

他总算明白，行骋平时给他花钱为什么能花得那么大方，确实都是自己赚的，那能不大方吗？

他却还一而再再而三地没有拒绝，这些可都是血汗钱。

行骋看着他哥站在场边不说话的样子，忽然想起来，以前校队每次赢了球赛，宁玺都累得不行，也是这样站在场边低着头。

行骋为了想去抱抱他，在场上大出风头，下场之后拥抱了整个球队的人。

每一次抱住宁玺时，行骋都觉得像在加油站加满了油，还能够在场上跑下来好几节。

宁玺哑着嗓子问他："你觉得你这样做……是在对我好吗？"

行骋一时间不知道怎么回答，只得点了点头，说："嗯。"

那时候的行骋，什么都不懂，自顾自地野蛮生长，以他最愿意的方式，去做着所谓的他觉得为了宁玺好的事情。

宁玺叹了口气，太重的话说不出口。

他不觉得行骋有什么错，只觉得反倒是他伤害了行骋。

宁玺好不容易整理好了情绪，抬起头，入目的便是应与臣和行骋担忧的神情。

行骋的眼神里有自责、愧疚，以及心疼。

这些情绪，宁玺也看得分明。他根本半句不是的话也说不出来，现在又有什么资格去指责行骋做得不对？

宁玺故作轻松地笑笑，手臂紧张地放在身侧，带着复杂的感情，开口了。

“行骋，你要喝红石榴汽水吗？”

第十三章 逆流而上

行骋愣住了。

他想过宁玺会指责他，会让他以后不要再这样，或者是和他冷战，哪怕是大吵一架，都完全有可能。

但是行骋没有想过，在这种时候，宁玺会轻轻地问他一句要不要喝汽水，语气里带着小心以及懊悔。

那天下午的街球场上，行骋就这么站在阳光底下，手上猩红的血印子发着热，他似乎却感觉不到疼痛。

行骋上前一步，低头去看宁玺眼睫下投出的一片浅浅的阴影。他忽然觉得，好像在世界上的这一刻，只有他们两个人。

他还没来得及回话，宁玺扔下一句“去买汽水”，转身就走。回来的时候，他捧着三瓶红石榴汽水。

应与臣一瓶，行骋一瓶，宁玺一瓶，三个半大的少年喝得直打嗝，一边吹口哨一边笑。

下半场，宁玺在场下监督着行骋打完。

他哥在场下面无表情地盯着，行骋不敢造次，更不敢为了多拿点钱去耍点什么招式，在最后一节用运球消耗了比赛时间。

突分、换防，行骋手臂发力，一个后仰跳投，结束了战局。

他们跟应与臣一起在街边的面馆里吃了晚饭，道过别，行骋在路边挑了两辆共享单车，背着自己的黑书包，一路慢慢地跟在宁玺后面。

傍晚的滨江东路车水马龙，廊桥上餐厅的灯光金碧辉煌，映得河面波光粼粼，一不留神，好似碎玉落在其中。

沿路杨柳依依，春风拂面，吹散了这座城市冬日最后的寒冷。

宁玺一直憋着话，骑得飞快，行骋铆足了劲跟上，边骑边喊："哥！你慢点！"

"你跟上我！"

宁玺难得任性一回，晚风吹乱了他的发。

行骋抓紧了把手："你说什么？"

宁玺慢了点速度，按着铃铛："跟紧我！"

他回答完毕，头也不回地穿梭在非机动车流中。

这句话像给行骋喂了油似的，他哼哧哼哧往前骑了几十米，飞驰过一处红绿灯路口，俯下身子冲过长桥，才终于追上了宁玺。

行骋正想跟着宁玺过街，只见路边红绿灯的绿灯正在闪烁，宁玺一蹬脚踏，直接跟着前面的电瓶车流冲过人行横道，又遥遥地把行骋甩在后面。

行骋握着把手一乐，他哥还来劲了！

他正准备跟上去，人行横道的绿灯变成红灯，大路上停着让行的车流迅速前进，又开始缓缓涌动起来。

宁玺在街对岸对他招了招手。

红灯一变，行骋像百米冲刺似的，蹬着自行车就往前冲，越过人行横道，还没到宁玺身边，就看到他哥又上了座，往前骑了！

行骋的斗志已经被激到最高点，他使尽全身力气往前骑着，就像这一下追上了，就能真正把他哥追上似的……

后面越骑距离越近，行骋的脚上不敢松懈，再近了，才发现是宁玺停了在等他。

宁玺右耳上挂着一只耳机，另一垂散在胸前，面朝他，把车停在了路边，身边是按着喇叭飞驰而过的非机动车流。

行骋的速度渐渐慢下来……

他骑着车兜过去，别住宁玺的前车轮，笑了一下："你溜得太快了！"

宁玺把另一只垂落的耳机别进领口，一挑眉道："自己骑得慢。"

"你耳机里在听什么，有没有我熟悉的歌？"

行骋上半身前倾，伸手去够宁玺的耳机，差点栽下来。

听了半句都没有，就那调子，乐得行骋把耳机一放："这歌我会唱！"

宁玺一听，又蹬上脚踏往前骑了，行骋跟着掉转了车头，保持着一米的距离跟在宁玺后面，也顾不上旁边有没有人，将声音放大了些唱。

宁玺脚上动作加快，飞一般朝前骑着，行骋这下半点不含混，又骑车又唱歌，声音都带喘的。

少年的嗓音带有青涩的磁性和与生俱来的豪放，如春风过耳，再浸没在嘈杂的人群之中。

行骋又追着他唱了半条街，声音越来越小，宁玺一回头，看他脑门上冒着汗，眼眸里却有万丈光芒。

宁玺朝身后喊道："我换歌了！"

行骋加快了脚上动作："可以点歌吗？"

宁玺回吼："你又听不见！"

——耳机在我耳朵里，你得意什么啊？

行骋迅速答道："我听得见！"

——我当然听得见！

紧接着，他追上了一些，一点不担心球衣裤兜里那两百块钱会不会给骑丢了，这都不重要！

行骋紧张着，眼看着两个人穿过了滨江东路的最后一段路，伏低了身子飞速骑过转弯，在靠近差不多两米的位置……

行骋右手撑在扶手上，另一只手做成喇叭状，好像不这样，他哥就听不到似的！

行骋朗声道："我要听，《那些年》！"

耳边风声呼啸而过，路灯照亮着前方的大道，不断有非机动车超越过他们，朝着不知名的方向奔去……

就是这么一瞬间，在和无数人擦肩而过的这么一瞬间……宁玺做了一个影响他一生的决定。

他半眯着眼，脚上的动作根本不敢停，扯着喉咙喊了声："好！"

行骋猛地将自行车甩停到另一边，掉转了车头，朝着前方大喊："哥！掉头！"

这会儿周围吵闹得紧，晚高峰时期的机动车辆拥堵着，车主估计都已经急躁得不成样子，也不管罚款不罚款了，个个都使劲按着喇叭，像是在比谁更嘹亮一样。

两个人说话的方式全靠吼了。

宁玺自然听到了，掉转了车头，没闹明白："去哪儿啊？"

行骋道："广场！"

宁玺不解地问："干什么啊？"

行骋已经蹬上车了："拜一拜！"

宁玺匆匆忙忙地跟上，听完差点笑出声："然后呢？！桃园三结义吗？"

行骋说："对！我们去小区门口！"

宁玺加快了速度，追上一些，这么说话太累了。他咳嗽了几声，喉咙被夜风呛得有些干涩。

"不进去吗？去做什么啊？"

行骋直接说："再拜一拜！"

宁玺又问："然后呢？"

行骋大着胆子说："去学校！"

宁玺一愣，却还是跟着弟弟骑了一段路，大周末的，还傍晚了，去学校，学校有什么好拜的？

他还是问了出来："我们去学校做什么？"

行骋脸皮现在比城墙根还厚："结拜完毕！然后回家！"

还没等宁玺回答，行骋加快了脚上的速度，蹬着车带领他哥逆行了一小段路……

到广场还有很长的一段路，两个人一前一后，尽量骑在最边上，不去挡别人的道。

面朝他们而过的每一个路人都扫了他们一眼，眼神淡淡的。

尽管只是不经意的一眼，看得宁玺有一种被窥视的感觉……

他多么想把校服就这么拴在身上，顶在头上，以湛蓝的颜色去迎接头顶的月亮，就这样宣告全世界，这是他们呼啸而过的、无畏的青春。

明明是初春里微风凉凉的夜晚，这风吹得两个人的心都暖烘烘的。

行骋在前面骑得卖力，时不时回头看一眼宁玺，就像特别害怕他跟丢了似的，那摇摇晃晃的样子，看得宁玺心惊胆战："你别老回头！"

行骋压根不听，骑十来米就要回一次头，惹得宁玺骂："骑你的车。"

行骋兴奋到爆炸，快乐到爆炸，想长出一对翅膀来，领着他哥穿越过这川流不息的城市，去往另一个僻静之处。

他在心里默默念着，默默庆幸着……

他行骋，在十八岁未满的这一年，遇到了长这么大以来最好的事情。

宁玺没再说他，只是认认真真地看着路，他偏过头去看周围的车流，整张侧脸正好被路灯照射出了逆光的效果。

晚上九点半，两人回家了。

行骋回到家被爸妈训斥一顿过后，一身汗，跑去冲了澡。

洗完出来浑身潮气，他也顾不上手上的水还没擦干净了，急着点开宁玺特别动态的页面。

从来没有在空间留下任何一丝痕迹的宁玺，终是发了一条动态，只有一句话。

"今天，我们是逆流而上的鱼。"

天气渐渐回暖，倒春寒一过，校服里面内搭的连帽卫衣就换成了短袖。

石中校服本就薄薄的一件，勒紧了拴在腰上是轻而易举的事，也是行骋骑车时候的必备，偶尔把校服后面的“石中”两个字露出来甩在屁股后面，一路火花带闪电，似乎在宣告着，靠自己考上跟他哥一所高中是多么了不起的事。

这是全市最好的文科高中，地处一环路边，沿路绿树成荫，春夏交界一到，午后阳光铺洒地面，蝉鸣鸟叫。

对这座城，在行骋的童年记忆里，有一半都是和宁玺有关的。

大中午骑着车从一处小学门口过去，行骋看着三三两两的小学生背着重重的书包，手里握着一张张同学录，忽然才反应过来，原来还有两个月多一点就要到毕业季了。

以前宁玺六年级毕业也买过这个东西，行骋吵着闹着要了一张过来写。他比他哥小了三岁，那会儿还在念三年级，没闹明白为什么性别选项只有“MM（妹妹）”和“GG（哥哥）”。

于是他自作主张，在旁边写了个“DD（弟弟）”，画了个钩。

家庭住址他都写得明明白白，电话号码连他爷爷、奶奶的都写了，梦想写的宇航员。

他写的留言板更有看头，字歪歪扭扭，现在都记不得了，只记得画了一幅画：蓝天白云、太阳、比太阳还大的小鸟、篱笆和绿树花草。右下角一个大大的房子，烟囱里飘着波浪号，门口铺了石板路，中间两个男孩，都笑眯眯的，头上三根毛。

他们牵着手，说“你好”。

高考倒计时已经进入两位数，宁玺每天过得那叫一个滋润，连中午饭后吃的酸奶，都是行骋骑车去奎星楼买的印度蜂巢酸奶。

宁玺拿勺子把面上铺的一层蜂巢给摊平了，再和着酸奶舀一瓢起来，舌尖卷过勺子，甜得发颤。

因为学习紧张，高三（4）班一到了午休时间，教室里除了堆积成山的教辅资料，还有趴在课桌上做题的同学，热得心烦气躁，却还是得咬着牙看书。

教室里的风扇没有开，说是觉得风吹着容易昏昏欲睡，大家都更愿意热着。

行骋端着宁玺吃了一半的酸奶坐在他前桌的位子上。

班上的人对这个高二的超帅小学弟天天跑过来已经见怪不怪了。

宁玺把笔拿在手里，行骋看了看四周，就十来个人，都在埋头做题，便说："你安心做你的题，不用管我。"

宁玺换了尺子在三角形上画辅助线，说："你自己吃点。"

一放学就骑车去了，好歹这么远呢，折腾个来回还买了碗面，估计他弟弟自己都没怎么吃饭。

宁玺说完这句话，窗外起风，春意吹入教室内，卷得窗帘的一角翩跹而起，外面的阳光泻了进来，在宁玺的手边铺开。

行骋挑了支黑笔，一点点地在书本上面画东西。

等他画完了，午休时间也差不多到了，他一个高二的人也不好意思在别人冲刺班上待太久，便站起身来："我先下去了？"

宁玺抬头望了他一眼，迅速低下头去写公式："好。"

说完，他撕了一张便笺叠起来扇扇风，暗道一句，天气变热了。

等行骋卷着脱下来的校服吊儿郎当地走了，宁玺左手去翻页，才发现他弟弟在他的书本上又画了一些乱七八糟的简笔画。

宁玺无语，心中暗骂一句幼稚鬼。

宁玺也没心思做题了，打算休息一小会儿，趴在书页上闭上眼睛。

风吹过他的额角，阳光在他的眼睫之上铺开，勾勒出一抹金边。

宁玺享受着这春日里的温暖，抿了抿嘴角。

操场上篮球碰击框架的声音隐隐约约的，同宁玺耳边同学小声吟读诗词的声音交织在一起，渐渐扩散开去，越传越远。

他趴在桌上，慢慢地把高考倒计时拿橡皮擦擦了，再改成"四十五"。

还有一个半月。

周末行骋跟宁玺去了一趟书城，买试卷来做，因为高三剩下的时间没多少了，再不抓紧时间刷题，到了最后一个月，身体根本扛不住。

宁玺抓了几本书翻阅，边选边说："这本、这本，还有这本……"

行骋惊了："这么多？"

宁玺没抬头去看他："对，乔子跃他们都在做这个，老师推荐的。"

学霸难道不是天生自带学习功能，怎么一个两个天天都这么努力？

宁玺像是看出行骋在诧异什么，叹了口气："你以为他们真跟你们似的，天天训练打球，完了回家就睡觉？"

学霸都是要加班加点的，那些在人前玩得疯的，人后吃苦受累得很，宁玺每次上晚自习回头给乔子跃他们几个高三的队友递卷子，没哪次他们是在玩的。

行骋没话说了。他这段时间确实有点懈怠，天天一回家倒头就睡。

两个人在书城逛了一大圈，宁玺揣在衣兜里的手机忽然就振动了一下。

行骋看他都不拿出来，随口说了句："哥，你有新消息。"

宁玺头也不回，手上拿着书腾不开手："嗯。"

行骋按捺不住好奇心："我看看？"

宁玺点点头，侧过身去，把衣兜靠近了行骋一些。行骋把书放到一只手上摊着，空出一只手去掏他的衣兜。

宁玺差点儿把书都掉地上。

行骋咧着嘴笑，气得宁玺瞪着眼说不出话来，他简直想一篮球把这个人砸晕在这里。

行骋拿着手机去看微信消息，发现是之前校队里的一个女生和一个备注都没有的女生，几乎同时给宁玺发了一条消息："你的生日是多久呀？生日是几号可以知道吗？"

宁玺这条件，受女生关注很正常，估计是两个女生商量好了一起来问的。

行骋把手机拿给宁玺看，后者接过去看了一眼又塞回给行骋："这种情况你怎么回？"

行骋当机立断道："你别把难题丢给我。"

接下来的一周，行骋发现宁玺现在也会随手给他带好吃的，会鼓起勇气敲开自己家的门，对着自己的爸妈说一句“叔叔阿姨好”。

宁玺算是这段时间做题做累着了，反正是吃不胖的体质，一到晚上九点、十点就跟行骋约着去小区门口的馆子吃夜宵，时不时弄个海带炖猪蹄的，拌点辣酱。

两个人一起吃了好多好多顿饭。

行骋听说现在还有一辆专门吃美食的公交车，每一站都是名小吃，等他哥哥高考结束了，带着他哥去坐坐。

学习这件事上，行骋是主张宁玺劳逸结合的，现在得了爸妈的允许，天不怕地不怕，也不翻窗户了。

有时候夜幕星星点点，行骋在宁玺家边笑边自豪地说道：“我把英语第五册的单词背完了！”

“得意什么？给我背的？”宁玺白了行骋一眼，扭过头继续看书。

“那倒也不是。”行骋耸了耸肩。

现在离高考时间越来越近，一项项放松活动也提上了日程。有时候胆子大了，天气也越来越热，两个人干脆骑车到更远一点的烧烤广场上去吃个人仰马翻，再一路唱着歌回来。

行骋给宁玺夹菜：“多吃点海带，治咳嗽的，黄瓜也吃点，清热解渴……”

宁玺被塞着吃了好多，夹了一筷子韭菜扔行骋的碗里，难得使坏地说道：“吃。”

“我不需要！”

行骋在宁玺上高三的时候研究过食谱，一下就明白过来，还有点蒙。

宁玺藏着嘴角的笑，作势要夹回来：“不吃算了。”

行骋抓住碗，拿筷子直接扒拉：“吃吃吃！”

高考倒计时的数字越来越小，小区里的绿化区域繁杏新荷，四月到了下旬，反倒是夏浅胜春最为可人。

高二（3）班就这么迎来了四月的月考，行骋做卷子做得迅速，等一下有任务在身，晚了又得挨教练削一顿！

现在行骋的成绩比他们那一群兄弟好多了，试卷自然也成了共享试卷，任眉在后面拿支笔戳他的背，戳得行骋咬着牙拼命写……

太难了，他不想考了！

监考老师走着走着背对他们了，任眉看时间不多，急坏了，压低声音说："机读卡、机读卡！"

行骋沉着冷静地把涂得乱七八糟的机读卡往右边空的地方一摆，小声道："你别全抄，记得改几个。"

旁边桌的哥们脖子伸得跟长颈鹿似的，一边瞟一边跟行骋使眼色。写完了交卷了搞快点去操场占场子啊，等一下还有比赛呢，动作晚了就没地方放浪了。

等他边跑边穿校服地出了考场，站在考场门口，一拍脑门，看样子他是全年级第一个交卷的。

他这写题速度跟他这个人一样，又急又准，估计这次机读卡也错不了几道。

要是英语能及格了，行骋又有资本在他哥面前显摆了。

行骋按捺不住心里翻滚的小激动，趁着这会儿走廊上没有督查组的老师，往高三的走廊跑去。

行骋双手插兜，装了一下路过，慢慢地从高三（1）班门口走过，紧接着高三（2）班、高三（3）班，之后就是高三（4）班……

他路过高三（4）班的窗口的时候，咳嗽了一声，假装不经意地朝里面望了一眼。

教室本来就安静，行骋这一咳嗽，声音虽然不大，但是宁玺耳朵灵，还是听到了。

他也朝窗外看过去，行骋看他们还在上课，本来不想多逗留，但是一看到他哥也见着他了，脚下根本挪不动步子。

宁玺眼看着行骋身后慢慢走来了高三的年级组长，直接给他做了个"快走"的手势。

行骋还以为他哥在跟他不好意思，剑眉一挑，眨了眨眼睛。

宁玺赶紧转过头去，头都大了一圈。

行骋被年级主任训了半节课，没能去抢占到场子，也没时间去打球了，在办公室里面立得笔直，兜里电话炸了似的振动。

年级主任瞪着他，已经管不了这些浑小子带手机来教学区域了！

他一摊手道：“谁的？”

行骋憋着笑，迅速看了一眼，把手揣进兜里：“任眉的。”

年级主任说：“我来接。”

行骋半点没犹豫，忍着笑意把手机递过去，那边的人一接起来，破口大骂：“行骋，你怎么回事啊？人呢？”

紧接着，年级主任一开口，那边的人就傻了，迅速挂了电话，没再打过来。

行骋咳嗽一声，心想等会儿回教室又要挨任眉一阵埋怨。

宁玺一下课就到年级办公室门口站着听，数了一下行骋在里面待了多久，终于没忍住叩了门进去，说有事要谈。

临时扯的事也不是很重要，但是宁玺这种成绩好表面看着又乖巧的学生，就是受老师待见，老师硬是留了他十来分钟，好好规划一下高考，争取考个漂亮的高分。

宁玺跟老师谈完话之后跑到走廊的窗户边往球场望，这是离那里最近的位置。

宁玺看了一会儿，回了教室上晚自习。

高考即将来临的最后一个月，行骋放了劳动节长假。

他也还是哪儿都没去，忽然开始奋发图强，没跟着他爸妈出去自驾游，将换洗的衣服裤子往行李箱里一塞，拖着箱子就住宁玺那儿去了。

他也不烦宁玺，每天早上起得比宁玺早，除去两人打打闹闹浪费的时间，每天睡眠倒还是充足。

宁玺都不用去小区门口吃饭了，早上洗漱穿戴完毕，就能看到行骋提了两碗面、一杯燕麦奶，在门口一边换鞋一边招呼他吃早饭。

“还有一个月了，你得养好，做做准备。”

宁玺听他这么说，抬头笑道："倒是像你高考。"

行骋跟着挑眉一笑道："也差不多。"

宁玺吸了口燕麦奶，拿筷子搅搅面条，懒得反驳，让这小子傻乐去吧。

行骋亲自护送着宁玺去上学，又一路骑着车回来，睡个舒舒服服的回笼觉，掐好闹钟，等会儿中午去接他哥哥放学……

他手里拿着路上领的宣传单，两张，折了两个纸飞机一路揣回家。

家里一百多平方米，不大不小，缺这样少那样的，就这样也成了他和宁玺给予彼此温暖的港湾，两人在夏日里蓬勃生长着。

晚上睡着太热，电风扇起不了太大作用，五月的夜晚闷热非常，行骋就跑去小卖部提两瓶冰可乐来，往床上一扔。

两个人夜里复习功课，行骋背不了题，只有挨训的份，多被打了几次就记住了，古诗词一口气背得顺溜，总算搞清楚了中华大地有哪些大江大河、山川湖海的，气象也学了不少，地理勉强及格问题不大。

他望着天花板，一掐手指道："哥，我推算出明天要出太阳。"

"地理不是给你看天象的。"

宁玺不理他："刚刚五月，哪天不出太阳？"

看宁玺不理他，行骋咳嗽了一声："本人晴转多云。"

宁玺抱着被子转过来，拿凉凉的手背去冰他："转晴了没？"

行骋看计谋得逞："多云转彩虹了！"

偶尔宁玺在窗边写作业，老远就看到一架纸飞机从窗外飞进来，上面夹张字条。宁玺一抬头，看到行骋站在小区里，手里拎着新买的冰垫。

快收假的那一天晚上，小区里不知道谁家养的鸡一个劲地打鸣，叫得行骋都要神经衰弱了，下意识地就担心会影响到他哥哥的睡眠。

他不知道宁玺那会儿也正想把那只鸡抓去炖汤。

下一秒，行骋就收到宁玺的短信，问他睡了没。

行骋心里一亮，问他要不要去街上走走。

宁玺愣了一下，却没有抗拒。

凌晨一点多，行骋带着宁玺，也不怕花钱，打了辆出租车就到广场边上。

广场坐北朝南，地处市中心。像完成某种仪式似的，两个人在午夜无人的广场上吹着满面的风。

劳动节收了假，高考真真正正进入了最后的倒计时阶段。

宁玺的生物钟彻底规律起来，早上他不提前起太久，晚上也不折腾着睡。行骋还算懂事，没去打扰他哥。

教室课桌上的书都被清理得差不多了，只剩下一些特别有用的。

以宁玺的成绩，最后的时间他只需要调养好身体，归纳总结错误，高考的时候，就不会出太多差错。

宁玺家里人这段时间没来找过他，他已经都快忘了那些不愉快的事情了。

行骋像他生命里的一束光，在黑暗里拼命地将他照亮。

宁玺拿橡皮擦了课桌上的倒计时，改成了“二十七”，又在旁边贴了张小条，写了“八十七”。

这算是他和行骋最后还能天天在一起玩的日子。

有些顾虑和决定，他还没有完全想好，也不能让行骋知道。

五月，蝉鸣鸟叫，夏风一吹过来，桌上的凉糕滚烫。

宁玺最近爱吃甜的东西，行骋更是见天地跑到隔壁街道去给他买，两个人没事就跑到学校天台上去坐着。

石中地处市中心，占地面积不大，虽然是仿古建筑，但楼层修得高，人往天台上一站，能将大半个主城区尽收眼底。

他安安静静地往嘴里送吃的，看着眼下城市中的街道河流，忽然觉得陌生。

在一座城市里生活着，他却只是熟悉这一小块地段，身边天天擦肩而过形形色色的人，可是有谁认识谁？

时间使更多人因缘分走在一起，再由岁月的洪流将他们冲散，散至城市的每一个角落，变成多年以后的一声好久不见。

已经有同学开始陆陆续续地离校，有的选择回家复习，有的选择了去教辅机构做最后的冲刺，宁玺自然是天天还往学校里跑的那个。

他开始格外珍惜在校园里见着行骋的时间，两个人一身蓝色校服，好像这是唯一穿过的差不多的衣服。

午后的阳光很美。

校园广播站也开始放一些关于毕业的歌，什么《青春纪念册》《再见》，让宁玺不得不想起去年的夏天，五月底也是这般场景。

一切仿佛就在昨天。

应与臣也开始收敛了，不到处玩，天天在家里复习，听说他哥哥感情上最近像是要闹分手，扯得正厉害，他根本不敢触他哥哥的霉头。

宁玺知道行骋是拿应与臣的哥哥应与将当作榜样的，只得叹一口气，也是世事难料。

他知道临近高考不能着急，但还是有些紧张。

虽然说这确实不能完全决定以后的人生，但对宁玺这种家庭出来的孩子来说，高考真的关乎着命运。

放学时间，这天行骋中午打比赛，宁玺翘了课去看，决定放纵一次。

他跑去校外买了两瓶百威啤酒，到操场边坐着，一口一口地抿。

行骋正在场上凶猛地跑着，没想到他哥居然翘课下来了，一不留神差点被球给砸了一下，还愣在那儿。

宁玺靠坐在场边，白色短袖的袖口挽高了一截，露出手臂，拨弄着地上的易拉罐，长腿搭在台阶之上，见着弟弟转头过来了，举起了那瓶啤酒。

宁玺的眼睫在阳光下显得特别长，白净的脸蛋被晒得微红，对着行骋，或是对着远处的蓝天，又或者是对着这一片他奋战了四年的土地……他笑弯了眉眼，说：“干杯！”

路边绿树蝉鸣——

六月要来了。

第十四章 六月六日

暑雨初晴，学校院墙边蔷薇满架，好似吹了一操场的香。

时光伴随着夏风，毫不喘气地朝着六月狂奔而去。

多年后的宁玺，一直到大学毕业都还记得，那是高考临行的前一天，阳光明媚，铺满了操场上偌大的绿草地，像是在给予他们一群即将奔赴战场的高三学子最美好的祝福。

最后一节课，依照往年的规矩，班上所有同学都把自己的名字写在了黑板上，班主任泣不成声，辛苦了三年的班委全部起立，领着同学向她鞠躬。

他们在校服上签字，认认真真地把书全部收好，桌椅板凳摆得整整齐齐。

班主任挨个数落着班上的同学，告诉他们高考的注意事项，一遍又一遍地强调，甚至还开始调侃起来，不少同学都笑到了桌子下面。

笑到最后，大家又开始哭。

这天提前放学，下午只用上两节课就可以走了，大家却舍不得似的站在原地，有的女生哭了，有的男生，也哭了。

宁玺回想起自己偶尔上课用手机看 NBA 的文字直播，下课就到处有人串班，男孩站在走廊里打闹，女孩对着小镜子画眉……

就像歌词里唱的那样，会不会有一天时光真的能倒退？

教室里的同学终于开始陆陆续续地离开了，不少人已经走出了教学楼，忽然听到楼下高一、高二的学弟学妹们开始为他们喊楼。

高三的学生停下了脚步。

学弟学妹是在逃课喊楼，现在应该是上课时间。

宁玺在教室多待了一会儿，走得晚，明显听到了一个熟悉的声音，猛地跑到窗边往下望，只听得到一浪高过一浪的集体呼喊。

“梦想成真！放手一搏！”

“石中牛！”

他也跟着跑下楼。

宁玺站在教学楼下往上望，看到全校的人都出来站在各年级的走廊上，纸飞机和横幅全拿出来了，混杂着高三年级从楼上扔下来的漫天纸页，好像天女散花……

这都是飞扬在空中的梦想，被夏季的烈日照得闪闪发光。

宁玺个子高，站在一大群高三的人当中十分醒目。他正急着在高二那一层的走廊上寻找行骋。

他一下就看到行骋那一群兄弟，十多个大男孩都脱了校服，穿着统一的红黑色篮球队队服，把校服绑在胳膊上，全部举了起来，一个劲地乱挥。

他们不断喊过口号之后，单独在嘈杂声中喊了一遍校队要参加高考的学长的名字，助威打气，声音都快喊哑了。

他们没有喊宁玺的名字。

宁玺的脸上带着笑站在原地，仰着头看行骋。

他极少在外人面前笑，可是这天根本控制不住，看到行骋就心情好，想把这种愉悦心情传达给他。

漫天的纸页落得差不多了，零零碎碎还有一些从楼上飘下来。

行骋眉眼生得俊朗，身高出类拔萃，站在那儿像个标杆，见一帮弟兄都没喊了，忽然把手举起来，朝着宁玺的方向大吼了一声。

“宁玺！”

宁玺猛地一愣，目光迅速锁定在行骋身上。紧接着，他听见校队剩下的学弟们跟着行骋的指挥喊道：“金榜题名！”

行骋笑着，一使劲，从高二的楼层上飞下来一架纸飞机，像是拿大纸叠的，不偏不倚地飞向宁玺的方向，宁玺跟着跑了几步，伸手接住。

学弟学妹们还在喊高考的口号。

宁玺看那纸飞机里面有字，便拆开看了。

上面就一排小字："×× 国际机场至首都国际机场。"

行骋甚至还画了个箭头符号，是本地到首都的。

宁玺一笑，傻不傻啊。再怎么也得是他乘飞机回来找行骋啊，哪儿有高三了还到处乱跑的？

眼前蓝天白云，教学楼上站着自己最好的朋友，手里拿着可以不断往前的飞机，宁玺突然明白了这架纸飞机的含义。

腋下突然像生出了双翼。

阳光有些刺眼，宁玺眯着眼看到另一栋楼的走廊上，教导主任和一群老师明知已经上课了，却也没有阻止这一场"喊楼"。

是啊，人这一辈子就这么长了，"再见""你好"，也就是四个字的事。

可能每一届的学生，都是在要彻底离开这所学校的时候，才会真正爱上这里。

有一次宁玺看高二传上来的学校要求填的理想大学登记簿，人家同学，写大学名字写得规规矩矩，清一色的"×× 大学""×××学院"，他在办公室里瞟了好几眼，没忍住问老师能不能看，老师下巴一抬："你看。"

宁玺伸手去翻，高二（3）班，弄出来的名单按首字母排的，那一行就是行骋一个人，五个字：离北大近的。

宁玺的青春漫长而短暂。

如果要用一个画面代表他的这段青春，那大概就是行骋带领着一群校队的战友在教学楼上为他呐喊的模样了。

恣意，快活，连纸飞机携来的风中都带有甜味。

他生命中的四年就这样没有了，下一个四年在大学，那下下个四年，又将在哪里？

有些面孔今后也不会再见了，有些故事永远不会再继续，但是大家都有梦想，都不会止步于此。

感谢一切，让他们在这最灿烂的季节拥有过最美好的时光。

高三（4）班宁玺，请金榜题名。

用力爱着，再接再厉。

七号、八号，宁玺高考考了两天，石中作为该区的考场，全校也放了假。

七号一大早，行骋就起来了，从楼上给他哥端了妈妈煮的蟹黄粥下去。宁玺想拌点老干妈喝粥，行骋不让，抱着那一罐老干妈视死如归。

行骋怕他哥吃辣坏了肚子就麻烦了，又跑上楼拿妈妈热的牛奶，后来怕早上高考交通不畅，行骋的爸爸主动请缨，开着那黑色悍马，亲自把宁玺送到考场，负责接送。

去考场的路上，两个人凑一块儿给应与臣打了电话，那边乐得哈哈大笑，说昨晚梦到考场上可以吃冰激凌，还很可惜没有在一个考点考试。

应与臣正跟宁玺说着话，行骋冷不丁说了一句："打得太久了，差不多挂了啊，你别念叨得我哥忘了古诗词。"

应与臣开了扬声器，在那边吼："平时怎么没看出来你变脸跟翻书似的呢？！"

他这嗓子吼完，又传来一个低沉男音的一声咳嗽，吓得应与臣喉咙一哽，瞬间降低了音量悄声说："我哥嫌我吵了，我先挂电话啦。宁玺，好好考。"

宁玺捂着麦克风没忍住大笑，说："你也加油。"

行骋跟屁虫一样跟到了考点门口，美其名曰提前感受气氛，其实就是背个黑书包在门口等着，拿着矿泉水、纸巾，一米八几的个子立在家长中间，活像棵小白杨。

他现在仍然随时都是能为了宁玺抡别人两拳头的毛头小子，但更多的是学会了如何去为宁玺着想。

还有记者以为他是迟到的考生，满眼惋惜，忍住了去采访他的冲动。

上午十二点语文一考完，行骋紧张得很，眼睁睁看着他哥从考生大军里跑出来，站在门口可劲寻他，好在行骋穿的蓝色短袖，宁玺一眼就瞄到了。

两个人一起喝着汽水流着汗水往街对面停着的悍马上跑，行骋的爸爸问了一下情况，宁玺信心满满，说没多大问题。

七号晚上，宁玺没有复习，骑了车跟行骋一起环着河边转了好几圈，折腾到了八点多，又蹬着车回去洗漱睡觉。

行骋的妈妈见着行骋顶着满脑袋汗回来，戳着他的脑门就开始骂。

“你带着你哥混什么呀？明天高考，你还要得那么欢！过了明天你就高三了！”

“我知道了，妈！要得，晓得，没问题！”

行骋一边点头一边求饶，提着鞋往卧室跑，脚底跟抹了油似的。

行骋倒是紧张得一晚上都没怎么睡着，翻来覆去的，明天一上午的科目考完，下午稍微轻松些，考完了就真正解放了，等明年这个时候，自己估计也能一冲出来就去找宁玺……

如行骋所愿，宁玺八号发挥得很正常，考场上没打瞌睡、没走神，认认真真做完了题，检查了一遍又一遍。

最后一场考试结束的铃响了。

哪怕大家不是在自己的学校，不是和自己朝夕相处的同学们在一起，整个考点的考场内都爆发出雷鸣般的欢呼。

宁玺坐的靠窗的位子，记得那天的阳光很大，把试卷都烤得有些温热。

他抬起眼去看窗外那些欢呼雀跃的考生，看他们抹眼泪，看他们头也不回地离开，离开他们人生中最后的高中教室。

希望大家，明年也都不要再来了吧。

宁玺一出考场，走得很急，急到一边走一边扔机读笔，扔中性笔，最后把准考证和身份证往书包里一揣，朝着考点门口飞奔。

老远他就看到行骋站在门口等他，这小子不知道怎么还挤到了家长团体中的第一排位置。

宁玺没半点犹豫，当着这么多考生家长的面，不去管横幅上大大的“高考”二字，也没顾着有没有媒体记者在门口举着摄像机候着，跑到了行骋身边。

他抬头看向行骋，感觉眼底热热的，像有什么情绪要夺眶而出。

行骋边蹭边把他往人群外拖，喃喃道：“解放了，自由了，宁玺，我们都自由了……”

宁玺那么清楚，能独自一人去外地念四年书代表着什么，脱离父母的管控范围又代表着什么。

从这天开始，宁玺就彻彻底底、完完全全自由了。

宁玺站直了身子，弹了他脑门一下，任行骋拿纸为他擦汗，哼哼着说：“明年就该你了，你也加油。”

宁玺停顿了一下，还是说：“我觉得我考得非常好，应该没问题的。”

行骋闻言，兴奋得像条大狗似的。

“我就知道，我就知道你是最棒的！”

他们两个人，穿着短袖背着书包，一起过了考点门口的马路，朝着停在不远处的悍马跑过去。

都疯闹累了，宁玺边跑边往肚子里灌汽水。

宁玺看着回头等他的行骋，笑弯了眼，好想说一句谢谢。

等成绩的日子，漫长而无畏。

就好像他忽然成长到了一个临界点，对前方充满期待，做一切都那么勇敢而有底气，不怕任何磨难。

那会儿的行骋和宁玺，高考结束之后连着疯玩了好几天，全市大街小巷都逛遍了，一天骑了三十多公里，第二天两个人屁股痛得躺了一天。

宁玺的妈妈打电话来问成绩，宁玺的语气不咸不淡，他却也还是紧张，说要二十三号才能下成绩，这段时间就先不用管他。

妈妈打了一千块钱过来，宁玺给认真收好了，说以后留着用。

好像高考完了，他的心态好了挺多，天天有行骋陪着疯闹，一起打街球、夹娃娃、看电影，去特别小的苍蝇馆子吃饭……

两个人一起去参加街头品牌投篮大赛还赢了钱，夹娃娃夹了一堆晚上抱到夜市去卖，总的算下来，还是拿了几百块。宁玺开了个户，连带着之前攒的钱，全存进去了。

高考过后的夏天太美好。

行骋天天都去楼下的西瓜摊，将西瓜切成块，切成瓣，换着花样逗宁玺吃。

两个人拿着一个勺子躺在床边，去看今晚的月亮圆不圆。舒坦得直哼小曲，偶尔拿起吉他就想弹点什么。

都市的天，亮了又黑，黑了又亮。

而他们的两颗青葱少年心，发着热，也发着光。

高考成绩下来的那一天傍晚，河边的余晖很美。

宁玺刚吃完晚饭，五六点的样子，正和行骋一起散步，往市中心的方向走。

他的手机收到了教育局的简讯，那时他只当是别的简讯，把手机拿出来，只是匆匆地看了一眼。

只那么一瞬间，宁玺像是浑身脱了力一般，一下转过身，在大街上，不管周遭有多少散步的人，直接把行骋抱住了。

本来这一天行骋的神经就高度紧张，看他哥这样子一愣，颈间有些湿热的液体流下，更吓得他动都不敢动，他狠命抱着他哥，往桥边一步步地挪。

宁玺脑子里不断回放着那个数字，心脏一阵狂跳。

三位数，六打头，第二个数字也是六，第三个数字是零。

六百六十分，刚好还凑了个整。

高考发挥得很好在宁玺的预料之中，但是这个成绩让他直接蒙了头，去年的省文科状元也就六百六十三分。

这个成绩他上北大基本没什么问题，但是……

他抬头看了行骋一眼，深吸一口气，紧接着是那种，释然的、终于放松的一声叹息。

行骋见宁玺不说话，哄着他把手机拿过来看了，一激动，不小心扯了河边垂了半截的柳枝，心里没太大个数，又兴奋又纠结地问："哥、哥，你这分能不能上北大？"

宁玺闭了闭眼："能。"

行骋猛地牵起宁玺的手，两个人没命似的跟着滨江东路的行人道跑，再往深了去，绕过草丛树林，不顾头上昏黄的路灯，不顾路人侧目，行骋一边跑一边大喊。

宁玺在后面跟不上他的脚步，面上挂着笑，听行骋一转头，对他说："哥，走，去北京上学了。"

北京。

在大部分高考学子心中留存过的梦想，他宁玺终于在奋战了一年之后，将自己的梦想变为现实，收入囊中。

那一夜，宁玺在后面慢慢地走着，看着前面身形高大的弟弟，仿佛看到了十多年前那个小糯米团子，抱着篮球一边走一边倒退。

"哥哥，你别不理我啊。"

"哥，这球怎么这么圆？为什么那么多人要抢一个球，买个新的不就得了吗？"

"哥哥，你要去哪儿上学啊？我的成绩差是差了点，但我可以努力。"

"宁玺哥，我现在篮球也打得特别好，你让我跟你切磋切磋呗？"

"哥，你看看我。"

宁玺的成绩，毫无疑问地又成了同学之间的议论热点，毕竟今年的省文科状元出来了，在一所外国语学校，比宁玺多了八分。

这个分数，宁玺肯定要读北大，全校人都这么认为，应与臣也是。

应与臣转了学成绩依旧很好，机灵劲全用到了学习上，高考考得也很不错，六百三十七分，刚好可以读一本的法医专业，也挺好的。

宁玺因为常年自己一个人睡，晚上睡不着便翻来覆去，有些惧怕这些东西，但还是没忍住问了一句法医学今年的收分线。

应与臣纳闷极了：“你问这个做什么？”

宁玺小声说：“你不说我就问老师去了……”

应与臣的声音提高了八个度：“你不会要为了行骋那臭小子读本地大学吧？你明年让他自己考到北京不就成了吗？”

宁玺急忙把听筒声音调小了些，那边忙着拆外卖的行骋像没听到这句话似的，看他哥朝那边望了，还笑着点点头。

那眉眼、那神情，看得宁玺喉头哽咽。

他没再多说，慌忙直接挂了电话，恢复一贯冷淡的表情，把手机调了静音，再像没事人似的给应与臣发消息。

宁玺解释完了，拿着手机慢慢站起身来，把套头衫的帽子取了。

面对即将到来的分离，就好像他欠了行骋一首手写的诗，而这个约定没有期限。

行骋端着饭菜走过来，在小桌子上铺了报纸，招呼着宁玺坐下吃饭。

他正想说这桌子质量还不错，用了大半年都没坏，下次再往家具城走，再捎一张，拼张大的，吃吃满汉全席……

他一抬头，就听到宁玺正在对着自己讲话。

“我忽然好想回到高中。

“想在篮球场上，再看看你。”

高考成绩一公布，忙碌的毕业季到了，天气又热了几分。

行骋还没放假，但是都期末复习了，他们也正式成了高三学生，平时上的课不多，自然空闲了不少时间出来陪他哥玩。

宁玺见不得行骋这样，书都不看，天天在家里待着看杂志看、小说，偶尔随笔写两句。

宁玺也只是扯过来拿钢笔一下下地描那些字句，再撕下纸揉成团，任它们碎成片。

整整三个月，他都还没想好要怎么过，跟行骋约了七月底到西北玩一回，八月份也还想跑一趟海边。

学校要发奖学金，宁玺算了算，那钱加上行骋家给的一些，两个人足够穷游一次。

他跟行骋余下还能痛痛快快待在一起玩的日子还有多少，他不知道。宁玺一直不是乐观的人。

这几天他为了填志愿的事跑了几趟学校，教学处的老师轮番给他做思想工作，连应与臣身在北京，都每天打几个电话。

应与臣那边正在北京玩得开心，天天在家玩了还不够，呼朋唤友，乐得自在。宁玺还真想不通，应与臣怎么就要读回来了，毕业之后那不还得回北京吗？

“你别犯傻啊玺，我知道你一直想考北大的……”

宁玺咳嗽了一声：“我还在考虑。”

应与臣真的气坏了：“考虑什么，志愿都填了吧？”

“还没，明天去找个网吧。”

宁玺又喝了一口柚子茶，嘴里酸甜的味宁玺很喜欢，他舔了舔嘴角：“你别担心。”

那天宁玺握着招生考试报看了很久，认认真真地跟他妈妈说，想报本地大学。

他这个分能读本地最好的专业，以后出来的话应该也还是好找工作，在本地的话……什么事情都要方便一些。

在这之前，他没想到过，有一天真的会因为别人动了择校的心思。

以前他们高三的时候他就特别不能理解为什么会因为另外一些人去做影响自己的人生的决定。

现在他彻底明白了。

在这一刻，宁玺又深感自己的无能为力。

行骋还不知道这些事情，满门心思都扑到怎么带他哥放松心情上面去了，免不了挨爸妈一顿骂：“你看看你能考多少分，再看看人家，甩你八条街！”

行骋边跑边乐。他倒是稀罕听别人说他哥，感觉骄傲得很。

离填志愿结束还有两三天，放了学行骋就找了家超市买好雪糕，两根哈密瓜味的，找了老板要冰袋装好，一路挂在自行车把上，穿过了小巷。

今年石中考得还不错，重本率特别高，学校领导和老师心情好得很，这段时间对高一、高二的学生管制稍微松了些，行骋常常上课往窗外望，心底期待着暑假。

行骋揣着两根雪糕进屋，宁玺旁边添了个小电扇，呼啦呼啦转，吹起他的招生考试报边角。

他正趴在桌上往草稿纸上抄着什么，小台灯的亮度调到了最高。

行骋走过去把雪糕拆了递到他嘴边："哥，你怎么开始看别的学校了？"

"好甜，哈密瓜的？"

行骋随口一问，舔了点尝味，宁玺手上的笔没停歇，回答他："我妈那边的亲戚的小孩今年考得不好，让我帮忙看看学校。"

行骋拿着雪糕喂他，自己也吃："男孩女孩？"

宁玺把草稿纸上的重点画好，合了笔盖一下敲上弟弟的脑门，佯怒道："你管得宽。"

"什么我管得宽？跟你同龄还这么近！"行骋直接咬下一口雪糕，给冰得牙齿发颤，眉一皱，气势还有那么点唬人，"要我说这丫头就该再努力考一次北京……"

宁玺听他弟说这话，除了想骂几句他犯浑，心底还有一丝丝愧疚。他压根不知道怎么告诉行骋，他想报本地大学。

没有那么多冠冕堂皇的理由，不是什么离不开家乡，只是因为行骋而已，只是因为他离不开他弟弟。

行骋忽然想到什么似的，一边收拾垃圾一边问宁玺："你初中的学校让你去给高二的学生发言，你想好说什么了吗？"

行骋站起来把塑料袋打包装好，继续道："好像是周二，我下午课少，应该可以逃一节去看你。"

他这些日子也在考虑怎么样在这最后的时间里好好多看他哥哥几眼，怎么去打持久战，但是没想到宁玺也在考虑，考虑如何能一直看着他。

校服都还没来得及脱的少年拎着一塑料袋的雪糕棒、吃完的番茄薯片包装，手里拿着小扇子，正对着他笑。

手腕上的青筋有些明显，较高的身形在门框上隐约投下剪影，连他侧脸上的轮廓光线，都将他的气质勾勒到了极致。

宁玺没有想过他楼上的小屁孩弟弟能长成这个样子。

"行骋，我必须跟你说一件事。"

宁玺想了无数句坦白的开头，但是没想到自己脱口而出时显得那么慎重。他慢慢站起身来，把那一袋垃圾轻轻放在门口，把愣住的行骋推进了屋，随手关上门。

宁玺抓起手边一瓶矿泉水拧开盖喝了口，才镇定下来，掐着瓶身的手都有些发颤："我想报本地大学。"

行骋一听，愣掉半秒后反应过来，确认了一遍："本地大学？"

瓶身被宁玺捏得变了形，他深吸一口气，点了点头："对。"

行骋像是一下被闷头打了一棒，人都还有点不清醒，问他："为什么？这分上不了北大？"

他哥哥一直想读人大和北大他是知道的，这次高考他哥也发挥得非常好，这个分按理来说不可能读不了北大，他也是知道的……

"我一想到，"宁玺说，"去北京的话，可能我一个人生活，很难。"

这些都是借口，宁玺想说的不过只是一句"很难见到你"罢了。

其实行骋一望他哥的眼神，是能猜到一星半点原因的。

行骋的怒意和难受的感觉齐齐涌上心头，他半分不想耽搁到宁玺，大学对宁玺这种家庭的小孩来说，真的足以改变一生。

行骋的导火线本来即将一点就燃，但一听到他哥说的那句"生活很难"，心一下就软得不成样子。

"宁玺，你听我说。"

行骋的语气连劝带哄："你先去北京待一年，我高考完了就马上去找你，或者我有假期的时候，也可以去找你。到北京的机票打折的时候还是不贵，我都看过了，就五六百块钱……"

一提到钱，宁玺就沉默了。他不得不去想前段时间行骋打黑球赚钱给他买东西的事，这简直是他心底的一根刺，隐秘而疼痛。

宁玺浑身都僵硬了。

他张嘴，摸不清现在行骋的情绪，只得慢慢地说：“我如果在这里，很近，一两公里，骑自行车不花钱。”

“哥，”行骋开口，“我知道你是因为我。”

行骋仿佛在跟自己讲话：“我说过会去北京找你，那我肯定会去，也会努力考过去！”

宁玺没吭声，皱着眉在听。

行骋像是叹气一般努力让自己的情绪镇定一些，仰头深呼吸，攥紧了拳：“你别不信我。”

宁玺盯着衣角的褶皱。

宁玺解释不了别的，千言万语根本出不了口，慢慢地松开攥着衣摆的手，面上仍带着似乎不化的冰道：“读大学是我自己的选择，可能北大不适合我。”

“可这不是我想要的！”行骋哑声道：“我想要你什么都好，样样优秀，不会为任何事烦恼……”

包括钱、学业、家庭，乃至一切阻挠你的东西。

行骋现在所有的火气都上了头，声音不自觉地大了起来：“如果要因为这个影响你读大学，那么你不用陪我！”

他最怕又最期待的事情终于出现了，他那么直接而强硬地影响了宁玺的生活，但是这种感觉又是如此痛苦。

他猛地往后倒退一步，看着宁玺手里的塑料瓶跌落到了地上，弹起来滚至他的脚边。

他怎么就管不住自己这脾气，怎么就口无遮拦，说了这么伤人的话？他慌忙想给他哥道歉，又说不出口，瞪着眼戳在那儿。

行骋如今气急攻心，又觉得难挨，自责全转化成了哽咽，卡在喉咙里硬是吞不下去。

“我想你一直陪着我，但是不想因为我影响到你该走的锦绣前程，”行骋的目光紧紧锁着宁玺的眼，“你明白吗？”

宁玺只是点了点头。

行骋一下把头抬起来，盯着宁玺家里那刷得雪白的墙壁。那墙根还留着宁玺小时候留下的脚印。

难受是难受，宁玺招牌式的冷淡表情转瞬间又挂上了脸。

两个人沉默一阵，都憋着气，行骋刚想开口："我……"

"我……"

宁玺也开了口，给呛着了，咬着下嘴唇说："你先讲。"

行骋站直了身子，也不跟他多客气了："哥，你真的相信我，我一定会过去的，我去广场那雕像面前宣誓，去河边许愿！"

"你去河边起个什么作用？"

"你没听说过河里的僵尸？要是我考不上，它们就全跳出来吃我……"

宁玺一伸手，把行骋的嘴给捂住了，憋着气骂："你别说不好听的话。"

行骋假装正经地咳嗽一声，这火气莫名其妙地就没了："你是舍不得我被他们吃。"

"那还是你被吃吧。"宁玺说着，也不废话了，去窗边抓过一件黑格子衬衫披在身上，鸭舌帽反着往头上一扣，抓了口罩戴好，揣上钥匙就要出门。

行骋在后面愣着喊："哥，你上哪儿去啊？"

宁玺一转身，傍晚的余晖在他身边画了道剪影："吃饭啊，到点了。"

行骋急忙拢了外套跟着追，眉一皱道："带我啊！"

宁玺手里本来就拿着给行骋的口罩，边拆包装边走过来，行骋接过扣在耳朵上，轻轻把口罩套了上去，鼻梁捏紧。宁玺见状，打趣道："最近雾霾严重，别给捂傻了。"

志愿填报截止的前一天，行骋猜都猜到了他哥要等到时间快到了才会去网吧，直接翘了一天的课要跟着，得看着那志愿表交上去了才作数。

宁玺拗不过他，这段日子心里也安心了不少，加上应与臣那边一天三四个电话地教育他，只得顺着最开始的意思报了北京大学。

宁玺提交的时候，眼看着网页刷新成功，手都在抖。

上交了志愿表的当天，行骋骑着自行车跟宁玺跑了一趟古街。两个人进去的时候还是饿着肚子，出来就撑得不行了。虽然说一般情况下，本地人很少去那儿，但偶尔去一趟倒也还不错。

后来行骋看见了店家卖的自酿酒，又买了两瓶石榴荔枝的，两个人边走边喝，差点被一口甜味齁死。

宁玺确定了要去北京，行骋心里有千言万语想讲，但似乎都化在了这甜甜的酒里。

行骋希望，宁玺在北京的时候，如果哪一天特别想他了，那回忆一定要是石榴味的。

六月即将过去的那一个周末，石中举办了毕业典礼。

高三人不多，大部分考得都不错，挨个上台领了奖励。宁玺站在最前面的一排，着统一的校服，下巴微微仰起，皮肤越发白净，眼眸眯着，总带着些没睡醒的意味。

宁玺想起他高一入校的时候，对这里充满了向往与勇气，到了现在，仍然对这一段时光有着美好的回忆。

他经历了复读、失落、打击、成绩下滑，乃至家庭纠纷，都挺过来了，因为他身旁并非空无一人，有老师同学，有教练队友，有应与臣，有行骋。

头顶的追光打得很亮，台下几乎座无虚席，那一瞬间，宁玺觉得他似乎拿到了属于自己的一切。

应届毕业生们准备了好几个节目，又唱又跳，大荧幕上也不断回放着他们三年来的点点滴滴，好像就在昨天。

挥洒过汗水泪水的塑胶操场、天空中成群结队飞过的鸟、教学楼前从不枯萎的小花、走廊拐角处总是趴在地上晒太阳的猫。

当年的行骋和他，一个学渣一个学霸，一个高一一个高三，一个楼上一个楼下，看起来是那么近，又是那么远。

后来的行骋和他，从平行线变成相交线，互相追逐。

那一天的毕业典礼在欢呼声和哭声中谢了幕，那是宁玺最后一次穿着校服，和行骋遥遥相望。

宁玺站在舞台幕后，透过厚重的暗红幕帘悄悄看着台下：前来祝贺的家长、感慨万千的老师，以及坐在高三席位最中间，一直不肯离去的行骋。

他忽然意识到，长大是慢慢变成独处，是发觉自己永远没有长大，就好比他一对上行骋，就永远是那个童年时在卧室窗前写练习册，却望着零食从楼上吊下来的发呆的小哥哥。

高三复读算是撞了墙，但是他感谢这堵墙。

好好学习，不仅仅止步于高中三年、大学四年，应该是一辈子。

他永远记住了毕业典礼上面年级主任的致辞，前途正是因为未卜，所以无量。

芙蓉花每一年都会开，人也会永远是当初的少年。

行骋进入了高三，暑假放得格外短，七月中旬放的假，差不多八月底就得返校，这还是他选择了不补课，像任眉那几个被家里逼着去补课的，得到八月初才能放假。

录取通知书下来的当晚，宁玺的妈妈和后爸开着车来把宁玺接走，找了饭馆请了些亲朋好友吃饭，收了不少礼金。

宁玺全程面无表情，只是客气地点头、夹菜、敬酒、喝到最后一点点地抿，抬头看着头顶挂的大红色横幅，“北京大学”四个字，刺痛了他的眼，一时间竟然没闹明白自己这天出席的目的是什么。

但宁玺总是这样，家长说什么就会去做，因为他明白那是妈妈。

那晚上的月亮挂得很高，宁玺看得晕晕乎乎，最后就那么趴在饭桌上睡着了。

他醒的时候是第二天，日上三竿，行骋坐在床边，拿手去掐他的小腿肚。

昨天的那家饭馆偏僻，行骋硬是问了好多人才打听到，摸过去的时候，宁玺的妈妈站在宁玺旁边打电话，满眼焦急，催着她男人来把儿子抬回去。

行骋晃悠悠地过去，双手插兜，认认真真地喊了句“阿姨好”。

宁玺的妈妈一下还没认出来这小子是谁，看清楚了才犹犹豫豫地开口："哎哟，这不是行骋吗，来接宁玺的？"

行骋点点头，没多说话，慢慢蹲下身子把宁玺扛上背，随手从桌上顺了块紫薯糕含在嘴里，甜腻了一路。

回家已是深夜，宁玺喝得多，就着一地月光，有一搭没一搭地唱歌。

行骋憋住笑，把被子往上掖了些。

宁玺中午一起床，脑海里只记得一些零星片段，抓着被子下床，腿脚一软，腰上拴了件衬衫就往厕所跑，吐倒是没吐，就是有些头重脚轻。

行骋捧了本旅游手册在一边拿着荧光笔勾勾画画，怕是平时学习都没这么认真过，边看边念。

宁玺洗漱完回来手里拿了杯行骋泡的蜂蜜水，一仰头干了，问他："确定去坝州了？"

"西北太远，这时候是旺季，我们去客运站那边坐车往里面走就行，坝州还算安全，我有几个同学家也在那里。"

决定放弃西北之行是行骋想了很久的，毕竟就他跟他哥两个人，在那边落了单不太安全，反正以后机会也多，多跑跑也没事。

行骋约了队里两个坝州的朋友，说到了好有个接应。行骋只恨自己年纪不够还学不了车，不然早开车自驾游了，还坐什么大巴车。

行骋认认真真地把旅游路线给他哥讲了一遍，宁玺只觉得吃的东西还挺多，其他都随着行骋去安排了，住宿也确认了一下，瞪着眼问："没订旅馆？"

行骋憋着没吭声，为什么决定去云顶花海，因为那儿能看星空不说，还是夏日露营的好地方。

这几天他还得抽空跟他哥去一趟医院看一下高原反应，不然压根不敢往里面走。

行骋在日历本上重重画下一个圈："八月八日，就这天出发吧。"

第十五章 一路平安

七月底，录取通知书下来了，封皮赤红，左边一个“贺”字，右边端端正正地写了宁玺的名字，再往下是校长的签名，“宁玺”两个字，被写得筋骨具备，看得他心底忍不住地高兴又迷茫。

通知书下来之后宁玺回了趟学校，任眉他们一群还在补课的学生站在走廊上和他打招呼，后面教务处主任手里裹了报纸，往学弟们头上一个敲一下，骂他们不学学宁玺，成天就知道玩。

一个小学弟从一楼跑到露天的地方，指着天空喊：“嘿！又有战斗机！飞这么低！”

另外几个男孩从他身后钻出来，顺着手指的方向望去：“哇——”

那一天宁玺站在教学楼前的空坝上，穿的便服，白色衣袖挽起短短的一截，仰头去看教学楼上挂的大钟，忽然就好像看见了时光的流逝，看见了四年前的自己，也是这样站在当年还陌生的楼前，憧憬远方。

成长对他而言便是如此，不停在前行，也不断在失去，常年的形单影只影响了他的判断，他已记不得拥有过什么。

童年时的自己令他怀念，家庭美满，无知无畏，只惦记放学后小区门口五角两支的搅搅糖。

行骋跟着爸妈去了趟门，再回来时已是八月初，带了点火锅底料回来。

傍晚时分，两个人盘腿坐在客厅里，锅里冒着翻滚的辣油，碰了杯。

宁玺托着腮，听行骋讲那座山城，热情四溢，高楼林立，列车从楼宇间穿堂而过，风声呼啸。

他们的杯子再一次碰撞，里面的汽水还冒着泡，行骋问他："最近怎么总爱喝红石榴味？"

宁玺说："就是想。"

——想那段时光。

他们的故事，从零零散散拼凑成了一段完整的时光。

那时候的每个早晨，行骋都在小区门口等着那二两牛肉面，再像护草使者一样，把宁玺送到教室。

每个中午，校门口的小面馆，有永远坐在一堆兄弟中间寻找宁玺的行骋。

半年里每个夜晚翻上翻下窗台的时光，是他们青春期里最美的记忆。

八月七号，多云，没有转晴。

行骋醒得早，五点半就迷迷糊糊地起了床，收拾好包袱跑到楼下去，拿钥匙开了锁，发现宁玺闭着眼，还安安静静地睡着。

他把闹钟调晚了十分钟，靠在床边望窗外有些阴郁的天色。

两人到达客运站时已经七点多钟，正值旺季，高速公路上排起了长龙，下雨天让气温骤降，雨点忽大忽小，砸在车窗玻璃上，大巴车开得摇摇晃晃，宁玺本来也没睡好，想闭眼，又想多看看四周。

接着开始走国道，行骋没睡着，看路标上的字，想起那一次地震。

学校教学楼前掉了好多石头下来，他在教室里被震得甩起来，站都站不稳，慌张地跑到操场上，看到宁玺的肩膀上戴着大队委的徽章，冷静地带着班上同学疏散。

再到后来，他八月八日的生日，满八岁，全世界都庆祝奥运会去了，他一个人捧着蛋糕在家里吃奶油，连他爸妈都不理他。

行骋没忍住跑楼下送了蛋糕给宁玺吃，正看到宁玺一脸倔强地站在家门口挨骂。行骋眯着眼，顺着墙根蹭过去，想给人尝一口。

他们中午吃了牦牛肉锅，蔬菜水果拌着饭吃，行骋吃爽了，端了油茶过来，一边喝，一边拿防晒霜出来给宁玺。

行骋在护肤上还是有点像钢铁直男，看了防晒霜好久没往身上擦，结果中午紫外线太强，走了没几步就晒红了手背。宁玺一边骂他一边递给他防晒霜。

他们又坐了两小时的车，转乘的大巴车才终于到了县里。来接应他们的同学早早就等着了，都是高二的小学弟，穿着防风衣，脸颊被冻得有些红，有些害羞地跟宁玺打招呼。

考了北大的学长，在学校里的传言又那么牛，总是让陌生人有些距离感。

云顶花海在大山的顶上，看云海日出，看星星看月亮也都没问题，附近居民的家后面一片山都是杜鹃花。

这个地方还算未开发的旅游景点，只有当地人带路才能玩好，行骋一路跟着宁玺走。

路上行骋看着野山鸡从他们面前趾高气扬地走过，宁玺手里拿着草根晃它："今晚做一份高原大盘鸡。"

他们到的时候已经是傍晚了，盛开了的绿绒蒿、紫菀花看不真切，海拔已经高了，还好两个人高原反应不严重也没多大感觉，另外一个土生土长的男生还有点想吐。

花海附近只有一户人家，专门做帐篷租赁生意的。他们领了两个开始拆，行骋看了看这一望无际的原野，对着他哥们说："你们扎远点。"

有一个人没闹明白："怎么了？"

"我哥脸皮薄，他晚上要换衣服。"行骋说。

一群人收拾完吃过晚饭已经是星河天悬，往草地上铺了一块露营布，四个男孩躺在上面仰望着黑漆漆的天，手边放着买来的青稞酒，一点点地抿。

行骋的兄弟说："我们这里的小孩十多岁就开始喝了，玺哥，你试试好不好尝，要是可以，我开学再给你带点！"

另外一个敲他的脑袋："想什么呢，玺哥开学都在北京了！"

宁玺喝得也豪爽，入口的酸味已淡去了，笑着答："你多给行骋捎点。"

"我说行骋怎么最近成绩那么好，原来是因为跟玺哥你关系好，要是将来行骋也考了北京的学校，你们又近啦。"

行骋抿着杯口边的一圈小酥油，点了点头，不知道在对着谁说话。

"北京，我是肯定要过去的。"

行骋掏出手机，让他们帮忙给他和宁玺照一张相。

头枕群山，面朝星河，远处是一望无际的花海，哪怕在夜里，也透着股沁人心脾的芬芳。

他们互相道了别，各自在那处居民家里用过了澡堂，行骋浑身被烧的水洗得冒了潮气，钻进帐篷里的时候，脸都还是热乎的。

行骋带宁玺出来，特别怕以他的性子觉得这样走山看水无聊："还算好玩吧？"

"挺好的，我还没怎么体会过大自然。"

宁玺说，原来语文课本上的群山环绕、溪流淙淙、大地广袤，都是真的。

宁玺叠好脱下的袜子："其实跟你一起，走哪儿都有趣。"

行骋看看帐篷拉链缝隙外无人的高原，轻声开口："以后就多跟我出去走走。"

眼看着时间过了零点，八月八日了。

"生日快乐，行骋。"宁玺说。

行骋一晃神，现在已不知到了几点，整个原野都静谧下来，没有虫鸣声，也没有鸟叫声。

宁玺想起自己幼年时攀在篮球架上看着对面街道吹来的草屑，分不清是天亮着还是天暗着。

晨起河谷之中是万亩花海、山涧薄雾，空气里弥漫着一股酥油茶香。

夜里下过细雨，行骋拉开帐篷链子，半掩着宁玺的脸，把头探出去张望，原野上的生物都已醒来，绿的绿红的红，各自又活得精彩纷呈。

行骋看远处天边挂了彩虹，明晃晃的，从山脉边缘直插入花海之中。

行骋的两个同学早已洗漱完毕过来招呼他们起床吃早饭，宁玺听到这么大动静，却是半点要醒的迹象都没有。

“宁玺，”行骋俯下身子说，“太阳晒屁股了。”

“嗯……嗯。”宁玺不耐地哼唧几声，闭着眼转过身，任由脸上洒了层阳光，暖烘烘的。

行骋难得看到他哥赖床，舍不得再叫了。

行骋拍去屁股上的草屑起身，招呼着他的同学：“走，去端面，让我哥再睡会儿。”

其中一个人换了民族服装，脖子上围了一圈厚绒，取下来边走边打趣行骋，笑说：“你咋对玺哥这么贴心？！”

行骋朗声一笑：“他是我哥啊。”

出发前往河谷的路上，行骋手里拿着杯之前装好的牛奶要宁玺喝，宁玺受不了那山上挤下来的腥味，皱着鼻子说：“你自己喝……”

行骋不乐意了：“一天一杯奶，强壮中国人呢，你必须喝。”

“你怎么跟我爸似的……”

宁玺说完猛地收了声，不知道是对着空气还是对着哪儿，小声地说了句：“对不起啊，爸。”

行骋也知道自己貌似“闯了祸”，一口气把牛奶干了，又吃了两块水果，在大巴车上摇摇晃晃地睡了。

河谷很大，四处都是还未开的梨花，行骋的同学介绍说这里一到了三月份，漫山遍野都是梨花，那种忽如一夜春风来的感觉，真如书上写的那般美不胜收。

行骋站在公路旁，望着这偌大的山林，未等他说话，宁玺便认真地说：“等明年梨花开了，我们再来一次。”

他的弟弟并没有回答他，回应了一个笑容。

第二日早上晨起和第一夜玩闹后一样，宁玺一觉睡到日上三竿，行骋端着二两面站在床前，觉得这面条不争气，怎么他哥都还没起来就坨成面饼了？

土火锅特别好吃，行骋往里面一直加蘑菇，看得宁玺心惊胆战，这臭小子真不怕吃多了撑着。

回来的路很堵，于是大早上两个人五点就醒了，慌慌张张地收拾好准备出发。

等上车的时候，行骋最开始买的两包特产都被他吃光了，还剩一小袋在手里攥着，看宁玺来就往人嘴里塞一块：“好吃吗？”

宁玺坐好了系安全带，说他：“你几岁了？”

行骋乐得也系上安全带，假装打了个哈欠，顺手比了个数字，说：“比你小三岁。”

几个小时的车程，宁玺睡得安稳，路走了一半，行骋支撑不住也倒下了，两个人在大巴车的软座上沉沉入睡。

大巴车在雨中行驶着。

平安抵达已是夜里九十点，高速公路上都堵了好几个小时，行骋忽然有了一种很强的归属感，彻彻底底感受到他和宁玺终于回到家了。

他们这一趟旅游拍了不少照片，宁玺一张张地存起来，分了些钱出来，打算哪天印了放在钱夹里。

虽然这种方式已经是以往才会用的了，但宁玺骨子里其实就是一个比较传统的人，觉得这样把行骋揣在钱夹内走南闯北，上哪儿都不会再害怕。

八月中旬，彻底入了仲夏。

晚来有艳丽的火烧云燃了半边天，街巷门口坐着下棋的老头们凑桌搭台，捧了盖碗茶听堂倌唱喏。

离大学开学的日子越来越近了。

行骋期末考试考了四百八十分，刚压过文科本科线，爸妈高兴得不得了，特准了他暑假疯玩一阵。行骋站在阳台上对天发誓，他要是高三不好好读书，那简直天打雷劈，十恶不赦。

宁玺在楼下听得清清楚楚，穿着短袖跑上去敲门，开门就骂他满口胡言。

宁玺不知道的是，行骋默默地在心底加了一句："要劈，劈我一人就成，我欠！"

两个人疯闹着回宁玺的住处。

应与臣在北京玩得乐不思蜀，想起来了给宁玺打个电话过去。

行骋不是还要高三努力考北京的大学吗？应与臣打算给行骋送六个核桃补补脑。

后来三个人有空电话连麦扯皮，行骋说十句话宁玺回一句，当然，应与臣能说二十句。

行骋思来想去还是打算走走体育这条路，争取能上北体，实在不行就北联，不过都是挺不错很难考的学校。

应与臣边连麦边吃西瓜："嘿，你放心吧，你哥在北京我还能不照顾着吗？"

"你不是考回来吗？"行骋想想就有点憋，"我这还真半年才能见一次。"

宁玺听了许久没出声，忍不住了："就四个月。"

应与臣吐了籽，笑道："对啊，行骋，你要死不活的做什么？有空我捎上你回北京看你哥呗。"

"你跟你哥玩一块儿去了吧，还……"

应与臣的音调明显低了些，两人隔着电话都能想象出来他愁眉苦脸的样子："别提了，我哥出那么大车祸，现在还躺着，过几天才能出院，我哥还带拐棍呢。"

行骋有点紧张："没事吧？"

应与臣摇了摇头："没大事，就是伤筋动骨一百天，我看着心疼。"

行骋和宁玺询问了一阵情况，确定没有大碍之后，也放心了许多，虽然说没怎么见过应与臣的哥哥，但两个小孩难免觉得有种难言的关切感。

夜里的小街巷很美，未黄的银杏叶偶尔落到街面上，自行车轻轻碾压过，溅起一片青色涟漪，路灯昏黄，照亮路边小摊夜里摆的吃食。

夏天宁玺能一天洗三次澡，小风扇呼啦呼啦地转。遮挡住的窗帘一角被吹得翻了面。

行骋的头发剃了个圆寸，后脑勺下的颈项间系了一个小观音坠在胸前，凉凉的。

行骋怕他哥喝坏肚子，买了一瓶冰镇可乐放在家里，插两根吸管，就着窗外的风，听宁玺给他念篮球时报。

现在是NBA的休赛季，没多少赛事可看，但宁玺还是乐此不疲地翻阅报刊，再拿报刊折叠起来一下下地扇，要是有特殊用途，裹起来打行骋的脑袋倒也方便。

这座城市的夏日热是热了点，但处处都热闹，城里的景点更是挤满了人，夜生活丰富得很，酒吧街灯火通明，连酒馆里抱着吉他弹唱的歌手都多哼哼了几首歌。

行骋的吉他弹得烂，仿佛除了一首《2002年的第一场雪》其他就什么也不会了。

当年行骋靠这首歌没能成功吸引到他哥的注意力，第二天便喜新厌旧地忘了他还有把小吉他，过段日子再捡起来弹，也不知道楼下的哥哥有没有在听。

行骋想去学《成都》，宁玺不让，说怕以后在外地听到这首歌徒增念想。

行骋问他，那要听什么？

宁玺托腮想了一会儿，抱着碗糍粑冰粉一口一口地往嘴里喂山楂，说，《北京北京》吧。

过了没两天，步入八月下旬，离北大开学的日子近了，宁玺提前买了机票，那天握着手机盯他的航班号，盯到自己都能背着。

行骋看了那时间和登机口，想问宁玺怎么不买火车票，但是没开口。

一千多的机票，宁玺估计又攒了一些时日。

宁玺订票的那一晚上，行骋抱着吉他下来了，坐在卧室的床沿上，修长有力的手指轻轻拨动着弦。宁玺也听不出来音调准不准，只是用指尖搭着膝盖，有一下没一下地跟着和。

行骋少年青涩的嗓音正值变声期，恰好有种说不出的低哑感，唱得修改过的词都裹挟一股浓浓的情。

“北京，北京。”

北京好沉重，北京又好让人向往。

这里的夏天真的闷热，又真的好温暖。

去机场的路，宁玺在手机导航上看了百来遍，只是没想到时间竟能过得这么快。

日子就是这般，该长的长，该短的短，有人慢悠悠地在街边吃茶听戏，也有人在拥挤的地铁站被人群淹没。

人们向往着慵懒，又向往着充实。

八月最后的日子，逼近北大开学报到日，行骋带着宁玺去采购了不少开学要用的物品。

拉着行李箱，两个人蹲在房间里一起打包。

宁玺的生活自理能力很强，但是他没有住过校，行骋也没有，但那些住宿的风言风语听得多了，不免瞎操心起来：“哥，北京那边晚上估计还是热，带床凉席吗？还有这个饭盒……”

“那是学校，”宁玺憋着笑道，“不是自己家。”

行骋不乐意了：“不是说要把学校当成家吗？我初中那会儿上学还抱西瓜。”

宁玺说他：“你还挺得意？”

行骋没搭腔，把宁玺的薄睡衣裹成卷塞进行李箱，又去收洗漱用品，说：“怎么觉得要逃跑？”

宁玺说：“成啊，你好好考，考好了当逃兵去。”

“你还有这想法？”行骋挪了过来。

行骋低声问道：“去哪儿？”

宁玺假装想了会儿，认真回答：“回来吧。”

“真回来？”行骋问。

“不回来还能去哪儿啊？我们的家都在这里……”宁玺舔了舔嘴唇，有种不适应的干涩，“我想念高中了。”

九月初，天朗气清。

近日连夜暴雨，这里难得有如此天气。

机场的延误出港率较大，航班排起了长龙，不少旅客滞留一夜，出发大厅泡面都卖得火热起来，二十四小时营业的餐厅人满为患。

乘客透过机场的透明玻璃往外看，能看到又下起了小雨。

但是这场雨依旧留不住宁玺。

宁玺昨晚上睡得早，选择了提前出发，五点半就起了，洗漱完毕冲了个澡，弄好差不多六点半。

晨起还有些凉，他裹了帽衫，悄悄合上家里的门，提着行李箱，对着这一方天地闭上眼，郑重地说了声“再见”。

行骋买的小桌子没能带走，他托了应与臣，有空来帮他寄到北京。

宁玺家住在一楼，客厅里稍显潮湿，宁玺鼻间萦绕着那股味，久久不散，似乎只有行骋也在的时候，客厅才会变得干燥亮堂，充满让人好好生活下去的希望。

夏日的早晨天亮得早，小区院里不知道谁家养的鸡又叫起来，各家厨房卧室的灯陆陆续续地亮了。

楼上住三楼的秦奶奶戳着拐下来，手上拎着菜篮：“宁家小子，这是上哪儿去啊？”

宁玺一回头，露了个笑：“秦奶奶好，我去读大学。”

秦奶奶停了脚步，从篮子里掏个皇帝柑给他：“上哪儿的大学？”

宁玺说：“北京大学。”

“哟！北京啊！出息喽！”

秦奶奶夸了宁玺五六分钟，喜滋滋地走了。他剥开那柑橘，吃得满嘴甜。

宁玺一步步小心翼翼地提起行李箱下楼梯。

他不想让行骋送他。因为知道下一次见面会是很久以后，会让人难受，他还不如在未来得及道别的时候就离开，显得不那么依依不舍。

可是宁玺走到单元楼门口时，就看到行骋家那辆车停在那里。

行骋的爸爸从后视镜里看着自己的儿子，撑了一把伞，在雨里等楼上的宁玺。

这天晨里的雨，分明是下得不大的。

两个人往后座上一坐，宁玺张开掌心，往行骋手里塞了两瓣柑橘。

“你哪儿来的？”行骋问宁玺。

宁玺目光朝窗外看去：“得的奖励，甜吗？”

行骋顺着他的目光看去，怔怔地答道：“甜。”

路上不堵，他们用了差不多半小时就到了T2航站楼，从到达层上去，机场流量从早晨到达了高峰期。

明天估计是各地大学开学报到的日子，机场停车场里挤满了车，排着队在等待。

行骋的爸爸怕耽误宁玺的时间，就先去停车了，让行骋带着宁玺去换登机牌。

两个人去拿了票，又去买了奶茶和吐司。行骋拆完吸管拆包装，让他上飞机之前吃点，别到了北京喊饿，机场离北大还有一段距离呢，路该怎么走等会儿给他发过去，别丢了还得去北京捞人……

宁玺掐了他一把：“你今天真能念叨。”

看着宁玺一口一口地吃东西，行骋忽然不说话了。

行骋盯了一会儿，拿手弄了弄他哥哥的帽衫，手心里起了薄汗，提醒道：“吃完了擦擦嘴，得提前一个半小时安检。”

宁玺知道行骋在想什么，淡淡地道：“一个小时也行，我查过了。”

行骋又说：“早点进去吧，多休息一下。”

宁玺的目光不甘示弱地回应他："飞机上可以睡。"

行骋被他紧紧看着的那一刻，又败给他了，只得说："那再待会儿。"

机场里的路人行色匆匆，都在前往各自的方向。

等宁玺"咕噜咕噜"地把奶茶喝完了，两个人有一搭没一搭地聊着天，各怀心事，说不出口。

明明"分别"这两个字在他们看来是那么遥远，但是这一天又来得这么快。

两个人总要长大，总要各奔东西，就像滚滚东流的大河，将回忆投掷进去，奔赴向远方。

宁玺一看时间："差不多了。"

他慢慢起身，又慢慢地把奶茶盒与吐司包装扔进垃圾箱里，买了瓶矿泉水喝。

行骋也拿过去喝，一口凉水下去，脑子清醒了不少。

他们站在安检口附近，看着身边的人一个又一个地进去，时间又过了十分钟，谁都没舍得先动脚步。

行骋最终开口打破沉默："走吧？"

宁玺深吸一口气，把行李箱拿过来自己拖着了，再从兜里摸出身份证和机票，抬起手臂摸了摸行骋的头。

四个月，十多年来，他们都没有分开这么久过，如果大学开销太多，寒假宁玺可能还要留在北京打工。

宁玺去看一个个过安检的旅客，下了决心，捏紧了手里的证件。

他眨了眨眼："行骋，我走了啊？"

人来人往的安检口，无数人拖着行李箱捏了机票走得急促。

行骋看着他说："一路平安。"

说完，他帮宁玺背上刚刚垮了背带的书包，拉过行李箱，用脚底去蹭机场滑溜的地板，不去看宁玺。

"要记得我。"

宁玺忽然很想哭，但忍住了。

直到他真真正正道了别，转身的那一瞬间，眼泪不受控一般疯狂往下掉。他拼命地克制住自己回头的冲动，知道行骋还在原地站着。

宁玺的眼睛直直地盯着前方。

这一去山高水远，隔了大半个祖国，除了明年春节，还真的不知道两人什么时候能够再见。

宁玺想过很多次他和行骋分别的场景，在小区单元楼下，或者在机场安检口互相笑笑，潇洒地送别，但没想过是这样的，明明就是两个平时都利索的小伙子，现在却如此不舍。

宁玺很少哭，兜不住眼泪，安检的时候不免让安检员一脸惊奇。他们见过的机场离别流泪的人太多，但像宁玺这样一个大小伙子，还真是少，大概是有不舍的人，或不舍的事。

自己真是魔怔，还哭上了。

宁玺没管他们的表情，压根不在乎。他拍照，盖章，过安检，直到顺利入了关，没忍住隔着雾玻璃偷看一眼，依稀还见着行骋在安检口站着，一动不动。

宁玺向前走了几步，行骋也跟着走了几步。他忽然觉得脚下千斤重，仿佛再也迈不开步子。

行骋眼睁睁看着宁玺拖着行李箱走了，一下就像泄了气一样，站在原地一动不动，还有点恍惚，仿佛现在已经到了寒假，他是在这里接宁玺的飞机。

直到手机振动了一下，他掏出来看，是宁玺发的消息："我快登机了，你回去了吗？"

行骋松了一口气，转过身去，正准备边走边回消息，一抬头就看到他爸站在远处的盆栽旁，脸上看不出表情，身形像山一般，直直地望着他。

行骋不知道他爸是什么时候到的："爸，玺哥走了，我们回去吧。"

行骋他爸紧皱着眉，轻声道："走吧。"

行骋的爸爸看了他一眼，转身走了。

行骋慢吞吞地跟在后面走，一路下了电梯到停车场找车，车门开了他没坐前排，跑后排钻进去，冷不丁听到他爸喝了一声："坐前面！"

行骋到前排坐着去系安全带。

从机场回家的路不远，行骋一路上没说话没玩手机，只盯着窗外的风景，又把窗户摁下来一点吹风，抓了一把头发，把涌上喉间的咳嗽压了回去。

开车的行骋爸爸忽然叹了口气。

行骋一下紧张起来，座椅靠背都调直了，坐得端端正正，感觉下一秒他当过兵的老爸能开了车门把他扔机场高速上去。

“你也想去北京读书吗？”

行骋愣了一下，诚实地点头：“想。”

“好好考吧，”行骋听到正在开车的父亲如是说，“考上了就过去读。”

第十六章 你的我的

这么多年，行骋看得出来自己父母对宁玺的疼爱与关照。

不过他爸他是了解的，面冷心善，跟宁玺在性格上还颇有相似之处。以前宁爸爸在世的时候，两个邻居也常在一块儿互相取对方的报纸，交换着看，也有偶尔打篮球的时候，他爸说那会儿他们部队里面，也有打得很厉害的，常让他想起那些日子，那些一去不复返的年少气盛时光。

他爸爸现在这个态度，反而让他有些不安，从回家到现在未跟他说过一句话，妈妈端着两碗煎蛋面过来放了筷子，唤他过来吃。

行骋倒了杯牛奶喝干净走过去，再敲了个水煮蛋放到面里，拿筷子一点点地搅，不敢违逆他妈妈。他记得以前小时候就是这么被逼着吃鸡蛋喝牛奶，才冒了这么高一截，还多亏了当妈的管得严，不然不知道得长成什么歪脖子树。

行骋的爸爸在客厅里来回走了几趟都没坐下来吃饭，行骋吃面的速度都快了，怕他爸正找东西抽他，把求饶的目光投向妈妈，后者连看都不想看他一眼。

当妈的还是没忍住，咬着牙看自己的儿子：“你呀！”

“好好学习吧，”行骋的妈妈都想把面扣儿子的脑门上了，“别不学好！”

行骋猝不及防地被他妈妈拧了耳朵，半句痛都不敢吭地说道：“是是是！”

“真想去北京？”行骋的妈妈继续问。

行骋不敢吃面也不敢躲，坐在板凳上捧着面碗认真道：“对。”

行骋的妈妈将杂志一卷打他的后脑勺上，打得行骋一缩脖子，回头一看，还是本《红秀》，这么厚的书打过来，想要命不成？

行骋咧着嘴，眼前的面条都快凉了：“打我干吗啊？妈……”

“你这有认真读书的样子吗？你们这代小孩怎么回事的，都想临时抱佛脚！有没有点规矩，有没有点责任心啊？！”

行骋被当妈的训得一顿蒙，想了一下好像是这么个理。

“行骋。”

在客厅里坐着抽烟一直没说话的爸爸，灭了烟头朝这边看来。

行骋推开椅子站了起来，特别勇敢：“爸。”

爸爸又从兜里摸了一包烟来抽，夹起滤嘴塞到嘴里，缓缓道：“你成年了，我管不了了。”

紧接着，行骋的爸爸继续说：“等上学了就把手机交了，周末再用，你这样考不了北京的。”

行骋一愣，收手机？不用手机这不要人命吗？可是，他爸又仿佛在跟他谈什么条件，后半句“管不了了”，他可是没有听落下。

行骋站直了，说话底气特别足：“爸，那如果我考去北京了……”

“那是你的本事，”行骋的爸爸的面孔隐没在烟雾里，“上了大学该干什么干什么，你也还年轻，未来谁说得准呢？”

他不是没年轻过，也一头热血撞过墙，这小孩性子随他，他都知道。况且他正面临高三，万事得先顺着他来。

北京。

宁玺到的时候是上午十点多，落地之后才感觉到北京的燥热，脱了帽衫拿在手里，出了廊桥上传送带，去取托运的行李。

他站在首都机场的到达口，去看外面湛蓝的天空，忽然想起行骋穿着校服的样子，掏出手机准备给他回个电话。

可是拨号的时候，宁玺又犹豫起来，刚刚难受成这样，劲还没缓过来呢，到底打还是不打啊？

明天石中高三就开班了，今晚行骋指不定要闹腾闹腾，别玩兴奋了又给忘了时间……宁玺平时绝对不会这么多事，但他现在在外地，感觉自己孤身一人，能够记挂的就是故乡的人。

行骋中午到了学校之后，电话回过来了，老老实实地把早上的事告诉了宁玺，两个人在电话里沉默一阵。

“叔叔，”宁玺咳嗽了一声，“收了你的手机？”

行骋抓住重点，凶神恶煞地叨叨他哥：“你感冒了？走的时候套的那件衣服是不是脱了，北京冷吗？还是飞机上空调开得低，没要毯子吗？”

宁玺头都大了：“不是……你先跟我说，叔叔收了你的手机吗？”

行骋答：“对啊。”

“学弟，前面得拐弯，别光打电话不看路。”

宁玺那边忽然传来一个男声，听得行骋愣了愣，直接问他：“谁？”

“学校里来接新生的学长，”宁玺说，“他带我去宿舍楼。”

行骋心里出现了一种落差感，明明往日这个时候陪着宁玺走路提东西的人都是他，可是现在读了大学就有新认识的人陪着宁玺了，自己只能隔着个电话说话，连人都见不着。

行骋不吭声了，宁玺连着“喂”了几声，没闹明白弟弟怎么了，惹得那边帮忙的学长一脸好奇地问：“跟家里人打电话吗？”

宁玺点点头，确认了一下电话没有挂：“是我弟弟。”

手机上备注的字很大，宁玺也丝毫不遮掩，那个学长眯了眯眼，确实看到“弟弟”两个字，但还是胸有成竹地说：“刚才看你打电话的表情，不像是亲弟弟。”

宁玺有点猝不及防，但也没有否认，只是淡然地笑笑。

“北京很大，特别海淀这边，大学多，事也多，什么人都有。”学长带着宁玺到了男寝楼下，停了下脚，继续刚才的话题，“晚上没事出去玩的话，要注意点，人杂，出什么事你可以给我打电话！

你把你的手机给我，我来输号码，不麻烦。”

学长帮了这么多忙，又接待他，宁玺实在不好推却，便把手机拨号的界面调出来，把手机递给他。

学长拿到宁玺的手机，也不知道是有意还是无意，“不小心”摁到了通信联系人界面，反复点了两下，发现通信录里存的号码和通话记录都删得只剩一个人，就是“弟弟”。

他朝宁玺笑笑，输下了自己的名字：邢飞也。

宁玺揣着手机回宿舍，跟另外的室友打过招呼，在床沿边坐好，给行骋打电话。再不打，明天开学了，他们就没法再天天联系了。

一想到这儿，宁玺就只得暗示自己得坚强点，撑下去，等到明年的九月，两个人在北京，他得趁着这一年打工多攒点钱。

晚上去食堂吃饭的时候，宁玺又碰到了邢飞也。他也有点惊讶自己这一副生人勿近的表情还能有人来打招呼。

邢飞也只是笑，买了两罐红牛带宁玺走了一圈校园，认真地聊了天。

邢飞也是北京人，算是经常在海淀区玩的，一听宁玺想找份工作，思来想去，就只记得有酒吧还招侍应生，但他摸着下巴看了宁玺一会儿，摇了摇头：“不成。”

宁玺有点蒙：“为什么？”

邢飞也叹气，笑道：“那种地方容易惹是生非。”

宁玺没话说了，只得点头，说：“等周末了，我去逛逛看。”

昨晚行骋等到宁玺回了寝室才睡，两个人打了几个小时的电话都没挂，宁玺不能说话吵着室友，只能听行骋讲话，他打字，遇到想笑的时候，憋得难受，咳嗽几声，行骋还要在电话那头笑他。

九月，离别与初遇都在此展开。

自从宁玺走了之后，行骋收敛了不少，明显比以前要稳重得多，没那么躁动了，有空也不下楼去找场子打球，趴在桌上写地理题，一圈一圈地在山脉上画重点，记名字。

行骋盯着题，热得脱掉校服外套披在肩膀上，迷迷糊糊地又睡着了……

行骋开学第三天，应与臣的学校还没报到，天天待在家里面，不知道是闲的还是真好心，开着车跑石中来，给行骋抱了几箱六个核桃。

“体贴！”

行骋随手开了一罐，仰脖喝了一口，任由汗水顺着下巴流进背心：“够我喝一个月。”

应与臣靠在他的小跑车边上笑，手里转着打火机：“补补脑，有什么事给我打电话，我答应了你哥得好好照顾你。”

“你又开始抽烟了？”

行骋一听到他哥就乐，一拳轻轻砸到应与臣的肩膀上，说：“你还照顾我？你自己都够呛。”

应与臣皱眉，做了个鬼脸，笑道：“我都读大学了！我哥都没工夫管我，你管我？”

应与臣那小红帽跑车特别招摇，他在石中门口一踩油门，整条街都能听到那令人瞬间兴奋起来的声浪。

行骋守着那几箱饮料站在校门口，想掏手机给任眉打电话让他叫兄弟们下来抱罐子，结果一摸兜才想起来没有手机。

他认了，把箱子一个个搬到保卫处去，再自己拎了两袋上去，喊任眉他们下来帮忙。

开学这才没几天，任眉作为监督行骋上课不打瞌睡的第一人，困得比行骋快，睡得比行骋久，行骋都懒得说他什么了，还是得靠自己。

任眉遮着眼睛睡觉，趴着睡觉，什么姿势都睡不舒服，半眯着眼拱到行骋身上，被行骋拧着脸蛋拧醒了：“干什么啊？”

“别往我身上拱，”行骋开了罐核桃汁递到任眉嘴边，“提提神。”

任眉一口气喝了一半，把封好的白色礼盒从抽屉里拿出来，上面还绑了粉红蝴蝶结缎带：“你看这个。”

行骋没想那么多，伸手要去拿，任眉“哎哟”一声把盒盖摁住了，神情带着些得意：“隔壁班的女班长送我的。”

“出息，乐成这样。”行骋冷眼看着他傻乐的模样。

任眉不服气，想数落他以前收到宁玺的礼物的样子，但是碍于人家现在相隔千里，才悻悻地闭了嘴。

高三放学一回去，行骋钻进房间里半小时没出来，当妈的在门口端着牛奶敲了半天的门，行骋死活没开。她急得不行，儿子拿着剪刀就进去了，这不是没有不让他考北京吗？！

行骋还是怕他妈妈着急，剪了一半，提着校服出来，面上表情恹恹的：“妈。”

“哎哟！你这个臭小子！”

她差点把牛奶给扣在儿子的脑门上，抓着行骋手里的校服骂：“这衣服好端端的，你剪它干什么啊？”

“没剪衣服，”行骋伸手去把衣服拿回来抱在怀里，“我把拉链剪下来。”

说完他接过牛奶一口气仰头干掉，把卧室门关了。

行骋趴在书桌上，手里面握着那一条拉链扯了又扯，长叹一口气，快两天没联系上宁玺了。

他哥在那边的真实情况怎么样他都不太清楚，估计大学课业也繁忙。虽然是大人了，但是他一想到他哥，就总怕没人照顾他哥。

行骋给宁玺留了任眉的手机号，说有什么事或者每天做了什么想说的，就发给任眉，他随时都可以看。结果他拿着手机守了两三天，硬是没等到什么消息，就只有宁玺第一天发过来的四个字：“你放心。”

行骋憋着一口气，有好多好多话想告诉宁玺，却不知道宁玺在电话的另一头，本来打了很多字，但是想了又想，深吸一口气，把字全部慢慢地删掉，换成一句“你放心”。

行骋开始翻衣柜和书柜，从新华字典里面扯了两百块人民币出来，凑上之前暑假攒的一些小钱，往兜里一揣钥匙，穿着件背心，去鞋柜换鞋就要出门。

“九点多了，你去哪儿啊？”妈妈还在碗里拌面，厨房里鸡汤的香味闻得行骋肚子都要叫了。

行骋是成年人了，平时外出家里管得少。他从鞋柜上的钱盒里拿了二十块钱出来当作车费，系紧了鞋带，勉强笑着跟妈妈招呼了一声：“我出去一下就回来，就半小时。”

还好今晚他爸不在家，不然他出门估计还得被训斥几句。

行骋一路跑出小区，夏末的夜风吹得他头脑发昏，沿着街走了百来米，好不容易才在路口看到一辆空的出租车。

行骋告诉了司机目的地之后，靠在后座，把脸侧到临窗的那一边，发现每一处行驶而过的地方都有他和宁玺的回忆，那些事情就好像发生在昨日。

行骋记忆深处的宁玺，站在饭后的晚风里，目光淡然，温和带笑，偶尔会板起一张明明就生得稚气的脸，叫他快快跟紧。

到了目的地，行骋付钱下车，半点不犹豫，就近找了个摊，买了部百来块钱的老人机，最老的款，能打电话、发短信，但是发短信打字有点够呛。

他又找了个马上要下班关门的营业厅，也不管是冒牌的还是真的了，掏钱办了张实名制的卡，塞到手机卡槽里，拨通了那个他在心里倒背如流的号码。

里面预存话费只有二十来块钱，行骋没什么概念，都不知道能支撑多久。

九点多，他也不知道宁玺是在上课还是回宿舍了，一无所知。

宁玺发现有人给他打电话的时候是九点五十五，刚上班半小时多，手机关了静音一直在衣兜里振动。他正在帮客人倒酒，压根就不能分心去接电话。

北京租房子的价格他问过了，如果每个月周末兼职做下来，等明年行骋来的时候，应该还能租个十天半个月，只能先这样做着，到时候再想想有没有别的办法。

这里是海淀区一家江湖酒馆，属于清吧，一堆人来这儿喝自酿酒的，全古风装修，台上的DJ都抱把琵琶，中国风电音，服务员也得统一穿汉服，行动有些不方便。

宁玺等了两天才等到这么一个机会，邢飞也找到他说这个新开的酒馆还算不错，总比去那些慢摇吧伺候喝醉了蹦迪的客人强得多。

十点过一点，生意正是高峰期，宁玺一直感觉兜里的手机在振动，没来由地觉得心里一阵慌张，就感觉是行骋，找了个空当去厕所，都还能听到里面有喝醉的客人在呕吐。

“行骋？”

宁玺接了电话，听那边没人吭声，又说：“是你吗？”

“是我，哥。”行骋喘着气。他已经在街头站了半个多小时了。

听那边有鸣笛声和风声，宁玺堵住另外一只耳朵，冷静着去听：“你这么晚了还在外面？”

行骋的电话杂音太大，再加上估计电话卡有问题，信号不好，他只听清楚了后面几个字，连忙答应了几声，宁玺那边太吵，还是没听清楚，急得又问了一句：“你在哪里？”

“我在家附近，”行骋说，“信号不好。”

他举着手机一路往前走，看信号格一会儿三格一会儿四格：“哥，你等我一下！”

行骋整整跑了两条街，信号才终于满格。他听出来那边不对劲，问宁玺在哪里，可是宁玺已经在厕所待了太久，况且又不断有客人进来，他没办法，跟行骋说了句“先挂了”，又把手机揣回兜里。

他还没想好怎么跟行骋解释在酒馆兼职，行骋是肯定不会让他去做兼职的。但是弟弟为了钱跑去打黑球的事情，他至今都忘不了。

外面经理在催他了，宁玺迅速发了一句：“早点回家。”

宁玺忙到夜里十一点半，还有两个多小时才能下班，这会儿客人基本都来了在位上喝酒，服务员都渐渐闲下来，宁玺才去看手机上的消息，全是行骋的未接来电，最近的一条是短信，就一个字：“哥。”

宁玺喉咙里跟被什么东西堵住了似的，他说不出话来，去消防通道里点了根烟。

等烟草被火苗点燃的那一刻，宁玺猛吸一口，忽然得到了一种解放的快感。他开始觉得自己这件事情做错了。

他在北京无论做什么事情，都不应该建立在“行骋会担心”这五个字之上，况且行骋的手机明明被收了，刚刚这么晚他还在外面打电话，多半是找别人借的手机。

他拿出手机给行骋回了个电话过去，接通的那一瞬间，宁玺蹲了下来。

行骋还在外面。

宁玺手里的烟灰止不住地往楼道的角落弹，火星蹭着白墙落下，在他脚边堆积成了灰，用脚尖轻轻一踢，似乎仍有余温。

那边信号似乎好了，行骋在街头，穿着背心，跟宁玺讲了应与臣来给他送“核桃”，讲他中午只吃蛋白粉、牛肉和鸡胸肉，跑两千米，还要做深蹲、俯卧撑。宁玺问他累不累，他想了好一会儿，才认认真真地说了句——好累。

行骋有点冷了，抬头去看街边的路灯，告诉了宁玺任眉的事，还说了那件被他暴力卸了拉练的校服外套。

宁玺抖了下烟灰，指尖被烫得一痛，笑着说：“以后别折腾你的校服了，多大了还这么幼稚？”

行骋说：“剪都剪了，我把拉链也弄个小包装，给你寄过去。”

他走着走着开始找路，觉得这边路灯比暑假过来的时候亮一些了，听到宁玺在电话那头说：“不用了。”

“为什么？”

“因为，”宁玺把抽完的烟头扔到地上踩了，长呼出一口气，笑了笑，“我们都要幸福啊。”

行骋听这句话时，正在看路灯，忽然想起那会儿宁玺在手机上写的备忘录，有一句话，他印象特别深刻。

“一起回家了，路上遇到好多路灯，都在看我们。”

第十七章 初雪

九月过了一半，两个人的学习双双进入正轨，行骋白天训练学习，晚上刷完题躲着跟宁玺讲几句话，一到十点半，就被宁玺催着上床去睡了。

行骋很少这么早睡觉，但是为了养成良好作息习惯，还是听宁玺的话。

后来宁玺越来越忙，白天有课要上，周末白天也有选修课，晚上也说很忙，打电话的时间越来越少。行骋偶尔会强硬地要求多说会儿话，宁玺也不拒绝，还是一句句地跟他说晚安。

“今天校队又来了两个学弟，那技术烂的，我都不知道老张为什么要收他们，结果下午跟我们一单挑，那些歪门邪道把老张气得不行！”

行骋在床上翻了个身，听宁玺问他：“然后呢？”

“开了，”行骋说，“哥，你怎么喉咙有点哑？”

宁玺吸吸鼻子，笑道：“换季了，感冒。”

行骋沉默了一阵，觉得自己的喉咙也难受起来，要是换作以往，他就翻窗户下楼去街角药店买药了，端茶递水逼着他哥吃药，而不是像现在这样，什么都做不了。

“怎么了？想跟我聊天你又不讲话，”宁玺没忍住咳嗽了一声，

“秋天了，你也要多穿衣服啊。”

“秋天大雁还得南飞……”

行骋这一句出口又后悔了，他低低地问：“你多久回来？”

“我不在你身边，你饿了要吃饭，累了休息，天凉加衣，作业要做，好好打球，还有……别打架，”宁玺在电话那头，一字一顿地继续说，“不要为别人打架。”

让行骋还没想到的是，校队里那一伙新来的小孩，总归有几个技术还不错，教练就把他们留下来了。毕竟高三毕业了一批主力，行骋他们这一批又进入了紧张的学习生活，高强度训练加高强度刷题，教练担心身体吃不消，便放低了标准，招了好些个替补进来，说培养培养，保不齐能比行骋他们这一届横一些。

对此言论，行骋不反对。他倒巴不得能多带几个牛的小学弟出来，不然以后石中在区上、市里打比赛，丢了第一的宝座，那得多丢人、丢他哥当年区里第一得分后卫的脸？

他们下午复习完就一起在球场跑战术，教一些独门秘技，那可都是行骋他们在街球场上摸爬滚打出来的本事，偶尔有高二、高一的小学弟想跟行骋搭搭话，几个人凑一块儿打兴奋了，免不了在场上吹牛。

任眉捂脸，没眼去看行骋吹牛的样子，心想，按照行骋这脑袋的机灵程度，的确是耽误行骋考清华了。

行骋天天打球风吹雨打地训练，动不动就跑几千米，还不能吃太油腻的食物，这都图个什么啊？

班主任公布高三国庆节不放假的那一瞬间，行骋愣了一秒，随即情绪低落了几分，埋着头开始收抽屉，作业本一本本地拿出来铺到桌上。

任眉看得傻了，连忙劝道：“老大，别激动。”

行骋憋着没说话，胳膊肘上还有昨天训练落下的伤疤，刚才不小心撞到桌角上，疼得他倒吸一口凉气。

他哑着嗓子，低低地骂了句。

他疼，难受……

他在忍耐他无力的现状、他狂奔而过的青春。

北京入秋了。

天高山绿，烟水霞光，落叶拂过老旧的红墙与砖瓦，驯鸽家鸟掠了重檐翘边，将这座大都市带回了时光深处。

这里的秋天美而短暂，梢头的叶还未枯黄多久，就已到了寒冷的秋末。

宁玺在寝室结交了几个朋友，大家偶尔一起吃饭，平时也都是各走各的路。地域不同观念不同，其实很难走到一块儿去，他也觉得不强求，大学不同于高中，大家为以后考虑得多了，都各自有忙碌的事情。

说到底，能说上话、能一起玩的哥们还是有，但是要论走心的，在异地还真数不出来。

夕阳落了山，大抵是因为昨日夜里有雨，空气里弥漫着一股潮湿的味道。

宁玺刚过人行天桥，要去酒吧上六点半到十一点半的班，手机一阵振动，拿起来看，是行骋说自己刚刚跳球摔了一跤。

昨天他在酒吧看到有一对恋人，边喝酒边吵架，都快要撸袖子打起来，其中一个气呼呼地走了，另一个跟朋友骂“神经病”，坐了一会儿却没坐住，跟着追出去了。

哪怕两个人吵吵闹闹也是生活啊。

宁玺顺着人潮下了天桥，又顺着人潮往街道上走，看傍晚的落霞很漂亮，便举着手机拍了两张下来，给任眉的微信发过去。

勿扰：“北京的晚霞，麻烦你给行骋看看，谢谢。”

发完之后，宁玺把头抬了起来。

宁玺一边走，一边拿着手机，在他从未断过的备忘录上，写下新的话。

高三下了晚自习，行骋没有飞奔回家，照例上了校门口公交车站驶来的公交车，找了个靠窗的位子站着，到不知名的地方去。

一个来回，够他跟宁玺打打电话。

这天晚自习翻了好几本书都看不懂，宁玺让任眉发过来的两张照片，看得行骋跟打了鸡血一样，努力让自己冷静下来，一点一点地啃书。

最近训练练得他肌肉酸痛，晚上睡觉都睡不好，翻来覆去，他又不敢跟他哥抱怨，只能自己咬牙忍着。

体育生、艺术生一点儿不好走，甚至比一些文化生更难。

任眉笑他，练这么拼命？

行骋倒不觉得丢人，特别潇洒地说："对。"

他周末训练常常通宵在区里的篮球馆里扔球、跑场，一天能和其他队友练上百次背身单打，抄截、掩护、突分和换防，全是从他哥那儿学来的，偶尔有熟悉的其他学校的人来练球，看到行骋还会说一句："骋哥，你这好像当年宁玺的招数。"

行骋只是笑，说："那可是我哥啊。"

这天教练教了一招"倒灌篮"，练得行骋手酸，但这个动作全队目前只有他一个人做得下来，教练就让他练这个场上大杀器，说等他中距离投篮再稳点，那真的在场上再也不怕谁了。

行骋性子狂，没觉得自己怕过什么，但还是脚踏实地地练。任眉周末闲来无事也跟着他闹。

训练放得晚，场内的时钟都走向十点了，队里还在罚下午偷懒被抓到的几个小子。行骋累了，找空地坐下，手上握着罐雪碧，单手打开，忽然出神。

行骋想起他在宁玺的教室门口拿易拉罐往垃圾桶里扔"三分球"，宁玺觉得他纯粹是精力旺盛找不到地方宣泄，就骂他幼稚。

他在训练的空当给宁玺打了个电话过去，那边说话的声音支支吾吾，但是又好安静，明显有室友在招呼宁玺一起吃泡面的声音，他才放下心来。

不过他还是生气："你怎么吃泡面？生活费不够？"

宁玺不知道是哪里碰着疼了，倒吸一口凉气，连忙说："够的，我就是懒得出门。"

室友在那边好像端好了开水过来，笑着招呼："宁玺！你又给你弟弟打电话啊？"

宁玺笑了笑："对啊。"

他像想起什么似的，慢慢站起身，停顿了一会儿，跟行骋说："你在训练吗？"

行骋"嗯"了一声，还是不放心，说话恶狠狠的："你别老吃泡面，回头你瘦了，我得收拾你。"

行骋刚想再说几句，教练在场内吹哨了，大着嗓门喊他："行骋！来练钩射投篮，快点！还打电话呢？你知道长途电话费有多贵吗？"

"老张脾气还这么暴，"宁玺说，"你快去吧，练完再联系我。"

行骋问："你吃完饭还出去吗？"

宁玺愣了会儿，慢慢地说："不出去了，你放心吧。"

估计是行骋每次周末打电话过来，宁玺都在外面，弟弟有点心慌了。

两个人都不肯先挂电话，宁玺咬牙，想着要上药了，心一狠，先摁了结束。

宁玺把电话扔到一边，看着室友帮忙把那盒泡面放到桌上，去拿塑料袋里的酒精和纱布过来给他换，说了句谢谢。

宁玺手臂上一道十多厘米的划伤，皮肉都翻出来了，去上班路上被摩托车划的，当场流血不止，车主下来把他送到医院才止了血。

宁玺拿着开好的药，包扎完毕，全程没喊一声疼。

想当初，行骋在身边的时候，他磕着一下腿，行骋都要替他喊疼。

宁玺向经理请了假，没去酒吧，折返回寝室里，发现室友还在，流了一胳膊的汗，又手忙脚乱地把药给换了。

但宁玺半个字都不敢跟行骋说。

教练还在那边拿着哨子吹，行骋把他的老年机宝贝似的揣进外套衣兜里，把外套折叠起来放到休息凳上，托人看好。

行骋把篮球抱起来，紧紧地抱在怀里，将自己轮廓越发有棱角的下巴垫在球上，抹了把汗水。

也不知道为什么，行骋竟然觉得怀里的篮球有些滚烫，想想又觉得应该是自己的体温高了，训练太累，他整个人都在发热。

这会儿他是真累。

他还记得，以前在公交车上坐在宁玺身边，两个人从头到尾没有说话，只是一起看着窗外的飞鸟，以及远处天边高挂的白云。

这个画面至今还留在行骋的记忆深处。

“你别挂电话！你就跟我说你到底去哪儿了？不在学校是吧？你那边怎么这么安静？你不说我让人去海淀区的酒吧挨个逮你……”

应与臣说出这句话的时候，宁玺正在寝室里写论文，另外三个室友的键盘敲得很轻，他的耳朵都快被应与臣吼疼了，不方便大声说话，便拿着手机拎了根烟，去阳台上站着。

北京深秋，夜来露重，风吹得他身形越显单薄。

宁玺酷得很，偏着头把烟点上，指尖似是被火星烫了一下，微微皱眉，“嘶”了一声，朝电话那头轻声安慰道：“我没去了，真的，我还在寝室里写论文。”

“最好是，”应与臣真的火了，“哪有大一开学就跑去兼职的，你真不怕落下学业？那边酒吧我门清！行骋不知道是吧？他知道了非得坐飞机过去……”

宁玺头都痛了：“你别跟他讲。”

“你弟你弟你弟，你就知道你弟！”

那边应与臣才从大学门口出来，跟一群朋友勾肩搭背地要去蹦迪，正寻思着哪儿玩乐比较潇洒，一听宁玺这状态就觉得他在北京过得不舒坦，作为所谓的“东道主”，应与臣心里闷闷的，更难受了。

宁玺也知道应与臣是为了他好，调整了一下语气，劝慰道：“我就是有点累，你放心。”

挂了电话宁玺又点了根烟叼上，鼻腔里弥漫着一股橘子味，国烟焦油太重，他渐渐将常抽的换成了外国烟，味道倒也还淡甜。

风吹得他浑身发冷，进屋披了件夹克出来，趴在阳台上，宁玺又去看夜里星光点点的校园，这个让无数人向往的地方。

国庆节宁玺没有回去，在北京找了几个初中补习的班，加班加点，教案都做了好高一摞，胳膊上的伤口结了痂，一动衣服料子就蹭得他有些疼。

宁玺看着屋内各自忙碌的室友，把手机摸出来，几乎是习惯性地打开航空软件，页面直接跳转到航班信息，价格仍然是那个价格，时长仍然是那个时长。

宁玺吸烟的力度很轻，好不容易燃起来的火又灭了下去，他就那么叼着它，看那端冒一缕缕的细烟。

飞机飞得这么快，都要两个多小时。

——行骋，我们这是有多远？

为了使时间过得快一些，宁玺开始让自己忙碌起来，哪怕是多看点书，多看几场NBA的球赛，也比闲下来要好。

这座城市这么大，一二三四五环，一圈圈地把他箍得好紧，在哪里都找不到归属感。

宁玺正在努力的事情有很多，比如每天晚饭多加一瓶红石榴汽水，比如去校内篮球队打打比赛争点光。

宁玺偶尔会想起毕业“喊楼”的时候，行骋站在教学楼上领着一群兄弟在那儿吼他的名字，汗水和男孩青涩的声音交织在一起，传了好远好远。

行骋祝他金榜题名，祝他锦绣前程……

那张扬恣意的模样，是那一天宁玺眼中最亮的星。

高中真好，青春也真好。

转眼北京步入了十一月。

十一月中旬的第一天是周末，宁玺起了一个大早，跑到篮球场去找了颗球。

宁玺在校园里凭着高超的球技已经领了一小队人马，说平时没课的时候大家凑一块儿，五打五、单挑、斗牛，都成，怎么猛怎么来，憋得久了，冬天就该放松放松！

宁玺手上的伤，一小片面积已落痂了，还有些地方长了些新生的肉，一捋起袖子来，本该白皙的胳膊上留了红痕，分外惹眼。

队里有那么两三个男生，看宁玺成绩又好又会打球，不免跟他搭几句话。看他不顺眼的人也有，他从来不多说什么，依照他初中、高中驰骋球场的作风，一颗球玩得队友人仰马翻，通通甘拜下风。

宁玺现在的比赛是三打三，因为不算特别高，打了最得心应手的得分后卫，在三个人一队的比赛中，同时也掌握了控球后卫的发球权。

电光石火之间，宁玺手上抄了颗球正准备突围进三秒区，不料裤兜里揣着的手机响了。他连忙跟队友说了句抱歉，要了暂停，掏出手机来看，果然是行骋。

宁玺现在早就养成了手机不离身的习惯，打球也不能放着，不然没安全感，心里发慌。

身边的队友正蹲着系鞋带，仰头笑着问他："宁玺，打球还接电话呢？"

"急事，"宁玺笑了，晃了晃手机，"家里的。"

宁玺一接起电话来，那边行骋像是早上起来出了小区正在赶去学校，说话的声音都有些喘："哥！今天几号啊？"

"你又不是没手机，"宁玺皱眉，嫌弟弟好不容易打个电话过来还讲废话，随即语气又软了下来，"十一号。"

行骋像是在跑步："哥，明天你生日怎么过？"

"别破费了，攒着。"宁玺扫了一圈周围的队友，都在等他打完这个电话。

行骋忽然蛮横起来："我给你买了礼物，你必须得收。"

宁玺问他："贵重物品？"

"对你来说，是的。"

宁玺想了一会儿，心里还是隐隐约约抱了期待，妥协道："好吧。"

宁玺将手上的篮球转了又转，补充道："你寄个保价的，丢了就可惜了。"

行骋在电话那头拿着他的小破旧老人机，笑弯了眼："丢不了。"

电话一结束，宁玺在原地愣了会儿，队友开始跑区域联防，招呼他："快，打完了就看这边！"

宁玺点头，带着球突了进去。

一场球打完，到了晚上，初冬的北京温度降到了零度左右，迎来了第一场雪。

北方的初雪，雪量并不大，再加上北京雾霾严重，漫天的小雪不但成不了皑皑雪景，反倒湿了满地，人的脚印踏上去，还化成了脏脏的雪水。

但是这里红墙砖瓦，古木参天，偶有细雪飘飘而下，连古建筑物上的重檐歇山顶边，都积上了一簇簇伶仃的白。

宁玺的室友都比较宅，四个人凑一块儿煮了羊肉粉，宁玺能吃辣的，另外三个不行，都看他一个人拿着辣椒罐往碗里倒辣椒，佩服他，牛！

"你们那边，吃辣的都这么猛？"

宁玺被辣得白净的脸颊泛了红："还行，看个人口味。"

有一个从江南来的男生伸手去拉寝室的窗帘，惊道："下雪了！初雪！"

宁玺站起身来，也侧过脸去看，又听那个江南的男生说："我得跟我女朋友说一声，看雪去！"

另一个戴眼镜的男生抱着碗坐下来，翻了个白眼："大惊小怪，你们这些南方人，雪都没见过。"

"见过，"宁玺淡淡地道，"去年家乡也下雪了。"

去年的雪特别温柔，落了他和行骋满肩，两个人跌跌撞撞地跑，没命地跑，跑得面色带红，一路都是脚印。

戴眼镜的男生三下五除二地把羊肉粉吃完了，扯过纸巾擦嘴："你那儿还下雪啊……不行，我得出去看看，我们学校的姑娘估计都出来了，我得捞一个！"

两个人都穿着羽绒服，着急地往脖子上戴围巾，另外一个倒是慢条斯理地收拾着桌上的碗，抬起眼皮问宁玺："你不去看看？"

宁玺喜欢下雪，但是行骋不在，他也没有出门的兴致，摇摇头说："不了。"

“行，我也去看看，”室友也去拎外套，揣了钥匙在兜里，“你要是去就把钥匙带好，要下楼跟我打个电话就成，我在学校里转转。”

三个人瞬间都离开了寝室，宁玺看着雪，没来由地觉得冷，添了件衣服，靠在桌边去看全英文的书，摘抄了一句下来打到手机上发给行骋。

宁玺想看看弟弟最近英文有没有进步，还“威胁”行骋不许翻书不许百度，不然回去得收拾他。

这条短信发过去，整整半小时，行骋都没有回复，宁玺看了看时间，八点，大概行骋在从教室回家的路上。

宁玺一口气看了几十页书，等隔壁陆陆续续有男生回寝室了，才想起来看时间，已经十点了。

三个室友在群里发消息，一个陪女朋友出校了，一个带女朋友去了酒吧，一个在校园湖畔边，让宁玺过去，给他带包烟。

宿舍楼下安安静静的，簇拥着下来看雪的人群都已散去，校园里路灯显得如此寂寥，偶尔有人骑着自行车路过，差点被积雪绊了一跤。

宁玺想起他们从滨江东路骑车去校门口宣誓的那一晚，街灯亮得通透，辉映着夜渚明月，过往行人。

骑到最后，行骋下了自行车，一步步地走着，一言不发。

没一会儿，宁玺的手机就振动起来了，他立即接起。

“哥，快递到了，下去拿。”

宁玺站起身，揉了揉自己凉凉的脸，低声应了句“好”。

两分钟后，宁玺穿着短袖跑下楼，天寒地冻，一张口能哈出一朵雾气。

宁玺看到，行骋站在宿舍楼下，就好像当年等他放学一样。

宁玺还听到，行骋举着电话，笑着说：“你再来晚点，快递员就要被冻死了。”

这一年京城的雪下得不大，却好像模糊了宁玺的眼，模糊了那上千公里的距离。

而行骋，穿着黑色羽绒服，终于站在这个他幻想过无数次的地方，等得连睫毛上都落了雪。

“你，”宁玺艰难地开口，“行骋……”

“我在啊。”

“行骋……”

“我在的。”

这么久没见面，或许是成天训练烈日暴晒的缘故，宁玺觉得行骋黑了些，手臂上的肌肉更明显了，个头像是又长了，浑身退去了不少稚气，那么炙热耀眼，逐渐长成一个顶天立地的男人。

可是行骋现在冲过来站定，喊他一声“哥哥”，他又觉得，行骋好像就只是去小区门口的副食店买了两瓶红石榴汽水。

他们好像，根本没有分开过。

“我来了啊，”行骋把羽绒服的帽子扣上，像在机场离别时那样看他，“我来了。”

宁玺没说话，只是看着弟弟，长长地叹了口气。

宁玺想起来自己只穿了一件短袖，遮掩地侧过身去挡住手上的伤疤。又看到行骋的额头上的汗，说：“出了汗又吹冷风，每次到了冬天你不把自己弄感冒一回就不舒坦。”

“无所谓，”行骋又笑着说，“你要上去拿东西吗？”

“拿，一起上去吧。”

宁玺的寝室干净整洁，另外三个男生的床也倒还将就，行骋抬头看到上床下桌的布局、书架上摆放书的位置、放纸巾和水杯的地方，让他下意识地想起宁玺家那间小小的卧室，每次一进去，满鼻腔都是阳光晒过的清香。

他哥去上大学之后，宁玺的后爸来过几趟，搬了些旧家电走。行骋在门口看了好几次，宁玺那间卧室的房门始终紧紧关着，谁都进不去。

去年行骋出去赚钱买的小桌子，如今就乖乖地被放在宁玺的寝室书桌的旁边，上面放了一小盆多肉。

“找什么呢？”行骋从后面把寝室门关上，走过来看他，低声道，

“哥，你又瘦了。”

宁玺边找边说：“找换洗的衣服，得带件睡衣。”

“好，我等你。”行骋靠在寝室床架边继续打量着宁玺。

宁玺正想说话，行骋眼尖，看到他的手臂上大面积的划痕，瞪着眼问：“这是怎么弄的？”

“路上被摩托车划的，小事。”

宁玺满不在乎，行骋焦急地问：“你为什么不告诉我？”

宁玺平静地看着行骋，伸出手来指指他的眉尾、眼角、下巴，乃至锁骨：“那你这里、这里、这里都有伤……你为什么不告诉我？”

“没什么好说的。”行骋说。

“走吧，去外面找个地方，”宁玺拍了拍行骋的肩膀，“在寝室说事不方便。”

行骋点头道：“行。”

目标旅馆就在学校附近的一处市场里，像那种八九十年代港剧的风格，霓虹招牌参差错落，闪着刺目的红光。

他们去旅馆的路上，旁边建设施工，来往车辆飞驰而过，扬沙阵阵。

行骋好笑地拍拍帽子，低声道：“落了我一脑门的灰，哥，你给我吹吹。”

宁玺掐行骋一把，一下一下地捋他背后的沙子：“傻。”

半夜三四点，大冬天的两个人说够了事就睡了。

外面的雪早就停了，夜里温度低，水全结成一块块的，偶尔楼上的窗户边有碎冰砸下来，敲得轻响，宁玺半睁开眼，蒙蒙胧胧地看一眼，又继续睡。

宁玺原本这一觉睡得特别安稳，被雪弄醒之后就开始有点迷迷糊糊的。

下半夜四五点，宁玺梦见行骋回去了，几乎是一瞬间惊醒，醒之前意识模糊不清，缓过劲来才发现行骋就睡在房间的另一张床上，还睡得特别踏实。

宁玺觉得两个多月未见，行骋长高了些，长大了些，身上有了些“男人的勋章”，会朝他提条件，会擅自做决定，甚至可以一个人出这么远的门。

大早上睡醒了，宁玺从裤兜里摸出一包烟点上，一边抽，一边看窗外的风景。

雪停了。

下午去学校遛弯的时候，行骋提议在未名湖边坐一会儿。

行骋看着大学生们一个个地路过他们，偶尔有男生笑着跟宁玺打招呼，宁玺点头致意，回以微笑，礼貌地说着“你好”，但是，那些面孔行骋一个都不认识，他心里的低落感又上来了。

行骋忽然觉得宁玺离他好远。

“哥，”行骋叫他，“几点了？”

宁玺掏出手机看了看，说：“快五点了，差不多了。”

“走吧，”行骋站起身来，拍了拍裤腿上的灰，“我们走。”

海淀区到机场的路说短不短，说长，也不长。

这个世界，人们成群结队地活着又要各自分开走。

少年再怎么玩、再怎么无法无天，到头来终究要与世俗讲和。

宁玺不忍心再去看行骋，便侧过脸去看车窗外渐渐显形的首都机场。

他们换了登机牌，找到安检口，买点吃的，一切都显得那么熟悉。是啊，上一次是行骋送宁玺走，这一回反过来了，望着机票上的“行骋”，只那么一瞬间，宁玺懂了那天行骋的感受。

宁玺笑笑说：“到了记得告诉我一声。”

“好，”行骋兜里揣的老人机都在发烫，他压根就没让宁玺发现这个东西，“你回学校了也告诉我。”

“别穿这么少了，不然……”行骋接着讲话，像想到什么似的，“不然我把我的外套寄给你，你穿我的衣服，会不会暖和一点？”

宁玺愣了一下，点点头，不再推拒：“好啊。”

行骋从安检到登机，硬是只留了四十分钟。他站在离安检口十多米的地方，招呼宁玺："哥，你先走！"

宁玺站在原地，挪不动脚步，说："你先走。"

两个人对峙了一会儿，终究行骋先行一步，转过背去，走到安检口，又忍不住回头去看站在原地，被围巾藏了半边脸的宁玺。

行骋想告诉宁玺，故乡今年过了一个不太冷的冬天，还没有下雪，银杏叶也还没落，等宁玺回来了估计就会下雪、落叶。

到时候，千米的长街，他们从头走到尾。

他走了四次，折返回来三次，到第四次的时候，宁玺说："快滚回去念书。"

行骋几乎是倒退着，大声问他："哥！你什么时候回来？"

宁玺也朗声回道："明天！"就好像他明天真的要回去一样。

宁玺看着行骋过了安检口，再看着手机软件上的起飞信息，才坐上机场大巴回了学校。

行骋走的第二天，宁玺在校园的篮球场边扔了个三分球，路上遇到南方的小吃就买了一份，去上课望着黑板忽然就笑出来，身上穿的白毛衣晒得很软，连宿舍里窗外吹来的风也变得温暖了。

他一步步地上楼梯，像是踩在会唱歌的琴弦上。

宁玺手里的红石榴汽水味道比以往更甜了，这还是他找了好久，在连锁店买到的。

室友都问宁玺："什么事这么开心？"

宁玺笑着把书本合上，说是家里的弟弟成绩越来越好了。

二十多年了，宁玺从未觉得孤独不好，习惯了一个人自力更生。

但是宁玺与行骋相处的这些年里，行骋这个比他小三岁的弟弟教会他开朗，教会他怎样以一种炙热的温度去拥抱这个世界，教会他如何去表达情绪。

宁玺想着行骋最后一次折返的背影，忽然发觉孤独如此难熬。

宁玺掏出手机，给行骋发了一条消息。

"你走之后，北京好像不那么冷了。"

行骋一回学校，市里的温度就开始往下掉，天气预报不断提醒着，降温加衣，记得带感冒药。

“记得带感冒药。”

一条短信给宁玺发过去，行骋恰好在填快递单子。他除了写作文，没有用这么清晰的笔迹写过字。埋着头把单子填完了，发了一会儿呆。

包裹挺重的，塞了一件黑棉服，还有两套秋衣，是行骋的妈妈让他给宁玺捎过去的。

行骋家里压根没发现这小子溜了一天，只当是训练得太晚，周末去任眉家住了，买机票、开旅店的钱都是行骋压箱底的钱，之前被他夹在一本书里，被压得整整齐齐。

行骋从机场下了飞机回来，时间很晚了，行骋的爸爸穿着睡衣来开门，看了行骋一眼，没多说别的话。

早上行骋抱着一个大塑料袋准备出门，看里面装了衣服，行骋的妈妈一看就知道他要干吗，直接回房取了两套秋衣出来，还问他：“行骋，你问问宁玺，那边的菜吃不吃得惯？寄点泡菜过去，我听说北京那边吃得特别甜。”

行骋愣了一下，没吭声，把秋衣叠平整，再塞进了袋子里，一低头去看妈妈，动了动唇，慢慢地说：“谢了，妈。”

行骋站在快递点的桌子边，握着笔，再填了自己的地址。

行骋去了一趟北京，陪宁玺过了二十一岁的生日，觉得自己好像和宁玺就没有分开过。

只是行骋在宁玺给他补课的时候睡着了，做了个好长的梦，再被叫起来，似乎下一秒宁玺就会出现在他面前，把试卷卷起来敲他的脑袋，说他不好好学习，还敢睡觉！

行骋闭了闭眼。

天气再冷一些，行骋骑车回家绕路去转了一圈大学栽种着银杏树的路，看着那些叶子还没落，放心了，又骑着车往回走。

这些树叶跟他一起，在等哥哥回家。

白天训练，晚上刷题，这样的日子反反复复，行骋已经习惯了，并不觉得刷题有多累。他干脆摆了个奥运会的纪念小相册在桌子上，一觉得累了就抬头看看，浑身瞬间充满干劲。

他是个男人了，说到就要做到，这一言，别说驷马了，就是换八头豹子都追不上。

手机上的备忘录有几天没有再更新了，宁玺在纸上抄完了几段英文，正准备伸手去翻，行骋那边明明在训练时间，却还是一个电话打过来了。

行骋将电话夹在耳朵与肩膀之间，把腰上缠的运动绷带拆了又绑，来拖延休息时间，“等你回来了，一定要多和我待会儿。”

“现在就陪着你了。”宁玺说。

行骋在弄手上的腕带，还是宁玺给他买的那一个：“什么？”

宁玺去看窗帘边被风撩起的一角，说：“起风了。”

圣诞节到了，北京的雪停了，宁玺开始试着跟室友出去玩，找室内球场打打篮球，去图书馆也不再一个人了，偶尔那个江南来的室友会领他去吃点酒酿丸子桂花糕，还特别甜。

宁玺晚上不想看书，回寝室看了一场NBA的常规赛，开了罐酒放在手边，一场比赛看下来，酒也喝了个干净。

宁玺想起初中那会儿，他喜欢的球队和行骋喜欢的球队刚好在对打，还是季后赛之间的巅峰较量。

他们一群男孩站在小区院里，探头探脑地去看门卫室叔叔的电视机上正在放直播，明明就是行骋喜欢的球队赢了，宁玺不自觉地扫了他一眼，他憋着都不敢欢呼。

比赛一结束，行骋还火上浇油地在一群男孩的讨论中间插了一句：“我觉得玺哥喜欢的那个队挺牛的,可能因为今天我们队发挥得太好！”

宁玺哥哥怎么走了？

这样的事简直不胜枚举，从小在小区里混大的孩子都知道，一个院里互相打着架长大的，什么事没干过啊？他们那小区后面长了青苔的院墙上，还插了好多朵小孩们从家里弄来的假花。

宁玺记得，那一年的春天很短，好多花还没怎么开就谢了一半，楼上各家各户栽种在阳台上的花很多，风一吹，花瓣卷着暖意往下落，他趴在窗前，一片片地数……

那会儿行骋还小，七八岁的样子，处于有点懂事又还在发蒙的年纪，观察了楼下这个好看的哥哥好久，觉得他估计是喜欢花。

小行骋迅速从小宁玺的窗前跑过去："女孩才喜欢花！"

小宁玺气得拉了窗帘！

恰好那日之后，小学手工课，老师让拿纸扎花，有些小孩犯懒，直接拿了家里的假花去充数，老师一抓一个准。小行骋是小班长，把那些假的花都收起来，带回小区，全给插到了后院的砖缝里，衬着爬山虎和青苔，竟然意外好看。

小行骋从楼上给哥哥吊字条，说去后院看看那面墙。

小宁玺没有去，那天似乎是妈妈要出门，他被反锁在家里做作业，看着小区里人来人往，没有翻窗户，倒是罕见地给小行骋回了字条："你又搞什么鬼？"

第二天他惦记着这事，但是急着去上学，那会儿也不太上心，偶然有一天得了空，在小区里面打球，篮球抛扔得过高，球滚落到了后院，他才摸进去捡。

他一抬眼，满墙的爬山虎里面插了十来朵已经被雨水冲刷过的假花，有些褪色，有些歪扭。

那年的春风还剩最后一点。

在宁玺眼里，那一面"花墙"有了比往日更甚的明艳色彩。

要说更胡闹的事……也有。

行骋十岁那年，还捉过蝉，装在瓶子里，献宝似的给他。

宁玺抱着那个玻璃瓶，心里雀跃不已，但还是表情冷淡地说："好吵啊。"

因为行骋自己就足够吵了，所以他并不觉得蝉鸣有多吵。

"那，哥，你不要吗？"

"活物不方便养，"宁玺说不出"不要"那两个字，只得说，"放了吧。"

行骋这回听了话，拎着玻璃瓶又瞬间消失在楼道里。

那天傍晚，宁玺第一次跑上楼去敲行骋的家门。

行骋云里雾里地说："我放了啊。"

宁玺无语了："你不能放远点吗？！"

有时候宁玺会想，要是有一种工具能把他和行骋的童年以电影的形式记录下来就好了，那他愿意三年不看书，就天天坐在放映室里面，去看楼上秦奶奶的盆栽落了几瓣花，楼上"讨厌"的弟弟在他看不见的地方捣了什么蛋，那只蝉最后怎么样了，为什么行骋小时候那么爱吃朱古力冰激凌，还一点儿都吃不胖……

在北京读书的日子忙碌而充实，宁玺常常忙得连轴转，心中挂念着行骋，一闲下来，那份挂念仍旧不减，反倒越来越满了。

宁玺随口提起了那个姓邢的学长，跟行骋说："其实这个世界上啊，有各种各样的人，还有各种各样的情感，不管怎么说，唯一不变的，就是真心。"

行骋知道他们偶尔一起打球，私下交集不是特别多，偶尔会多说几句，宁玺也懒得跟他计较。

"哥，我应该当你的学长，那高中迎新的就是我了。我肯定第一个就逮你，跟年级主任申请辅助学习，帮助小学弟考个省状元！"行骋那头电话杂音很重，刺刺作响。

宁玺听得费劲："你想得还挺美，还想当我的学长。"

"下次吧，下……"

行骋一下顿住了，并没有难受，就是觉得喉咙发紧。

宁玺愣神几秒，问他："下什么？"

行骋深吸一口气，握着电话，嘴上还叼着绷带，认真地回答："下次再当你的学长。"

训练场里篮球被抛掷过后，砸上篮筐的声音很大。

第十八章 夜归人

一月底，寒假。

北京大部分高校的寒假放得比高三早了半个多月，再加上妈妈催着他，宁玺便买好高铁票，提前两小时到了车站。

一个箱子，里面装了些换洗衣物、几袋特产、三本书。

这书还是宁玺在北京没事每天趴书桌上抄的，全是他高三高考总结的一些重点，强调的内容用红笔勾得鲜艳，封皮写了行骋的名字，力透纸背。

这一趟车开得很快，领着宁玺越过山川湖海、辽阔原野，好似一条南归的江河，自北方匆匆而下。

行骋仿佛化作了小舟，载着他朝家乡的方向而去。

在外念书的人，总是思乡的。从前他大概并不觉得家乡有多么好，可一旦离开了一段时间，便开始想念家门口转角卖的二两面条，初中、高中校门口一块钱一次的刮刮乐，或是一到夏秋之交，便急忙落了满地的树叶。

那里的人、那里的事，催促着成长的脚步，跑到了尽头，再消失不见。

差不多十小时后，宁玺终于到了，整个车厢都像苏醒了一般。

宁玺第一次来东站，大概因为是返程巅峰，都九点钟了，地铁站的人还是非常多，他还好，个子算高，行李也少，才得以挤上去。

行骋这臭小子，之前还骗他说不冷，明明就是早冬来了，盆地降不下雨，风往脖颈里狠命地刮，冷得干燥刺骨。

宁玺乘着地铁才过了一个站，又觉得太慢了，提着箱子跑出地铁站，打了车就往小区的方向赶去。

宁玺归心似箭，两步并作一步，只想快些。

他回到那条他熟悉的街道，没有直接回家，而是拖着箱子往石中的方向走去，行李箱的小转轮一路有些响声，下晚自习的全是高三的学生，都匆匆往家里赶，过路的行人偶有几个回头看他，他压根没注意到。

宁玺一颗心全扑到学校门口去了。

他还没走到校门口小卖部的地方，老远就在人群之中看到了比多数人都高半个脑袋的行骋。

弟弟的脑袋又剃了板寸，夏天晒黑的皮肤白回来些，校服拉链还是吊儿郎当地拉了一半，或许是因为训练辛苦而消瘦了，下颌线条有棱有角，锋利不少。

他背上背了个篮球袋，里面一颗SPALDING（篮球品牌），藏蓝色皮混着黄色，上面印了NBA雷霆队的标志。

行骋一转身，将球一甩，还不小心打到旁边的灯杆，他还跟着“嘶”了一声，低声说了句“好痛”。

行骋是爱球如命的人，那雷霆的队标要是落了漆，不知道得郁闷成什么样。

行骋从兜里掏出一部手机看了一眼，又皱着眉把手机塞回去。

看到行骋的这个动作，宁玺才想起来，他在车上睡着之后急着下车，再赶路，也没来得及回行骋的短信。

宁玺还没说话，有个短发女孩从一侧绕了过来，喊了行骋一声：“行骋！”

那女孩这么冷的天手里拿着雪糕，校服裹得暖和，双颊红扑扑的，跟在行骋身侧一步步地走，嘴里说了什么，宁玺听不见。

宁玺觉得她很眼熟，想了一会儿才记起来是之前跟行骋他们吃夜宵打了架的女孩子，校篮球啦啦队的。

宁玺正想过去喊行骋，反倒是行骋个子高视野广，跟座瞭望塔似的，脑袋四处看了看，一眼便看着了他哥，整个人都愣住。

他哥这是提前回来了？还是他产生幻觉了？

程曦雨顺着行骋的眼神望过去，喜出望外，先开口喊他："玺哥！"

行骋跑过去把宁玺手里的箱子拖好，人还是傻的。他哥不是还在北京上着课吗？

程曦雨知道这哥俩好，拖着宁玺的胳膊就求他："玺哥，你能帮我把应与臣约出来吗？"

"曦雨，我跟你说了，他欣赏传统、淑女、比他大的女生……"

行骋说完，一侧身挡住宁玺的半边脸："你找我哥出来帮忙没用，应与臣只看我哥，不看你。"

宁玺的脑子转得快，听懂了什么意思，瞪他："你不要没事找事。"

应与臣跟行骋都是混世小魔王，得亏有宁玺在中间拦着、隔着，举一把秤，不然进校队第一天敢上房揭瓦，第二天敢开瓢打架，非得成一双天敌，比谁克死谁。

说关系也还挺好，两人是哥们，但行骋爱吵嘴的性子改不掉，免不了偶尔要说几句。

行骋觉着自己身正不怕影子斜："我没说错。"

行骋伸手冰了一下宁玺的脸，没多少温度，刚想说话，又看程曦雨这丫头还戳在这儿，看样子她压根没有要走开的意思。

行骋说："曦雨，你先回去，明天我帮你约。"

一方水土养一方人，这边的女孩大多泼辣，听了这话差点跳起来，兴奋地去捏衣摆："约约约！你跟他说，明天下午四点，我等他！"

程曦雨兴高采烈地一走，宁玺就瞪着行骋："他明天跟我们约了。"

"我们？你提前跟他说你回来了？"

宁玺说："给你一个惊喜。"

宁玺特别惦记去年在北京下楼"拿快递"那一瞬间的心情，就好像天降惊喜，那满世界落的都不是雪，是飘下界的云朵，来领着他和行骋回家。

这的确是惊喜，行骋兴奋地说：“你是惊喜中的惊喜！”

行李就这么被他们暂时寄放在学校门口的小卖部里，这冬夜里风大，回家的路说长不长，说短不短，路上偶尔遇到认识的同学。

那几个哥们挎着书包吹上口哨在后面追着喊：“玺哥好！”

行骋憋着笑，悄悄对宁玺说：“以前我打比赛，一累得不行，他们就会喊你的名字。”

“我怎么没听见过？”宁玺嘴硬。

行骋没忍住勾起嘴角来，又说：“不都是在当事人不在的时候，才起哄吗？”

当初任眉天天上课揪着他，动不动就说要给宁玺打小报告，行骋像被戴了紧箍咒似的，立刻坐正，抄起笔记本写黑板上的公式。当然，他三天打渔晒一百天的网，后面专心当护草使者去了，还真影响了他的学习。

他们班主任还教育过他们：“你们高中，不好好考个大学，不学无术吊儿郎当，没个正经样子，白白浪费三年做什么？”

宁玺看到他的校服，评价了一句：“行骋，你的那只螃蟹呢？

“初中画校服后面的那只螃蟹，表示你横行霸道，现在不画了？”

“那是蝎子，寓意是你，我再强调一遍，”行骋说道。

宁玺嘀咕：“你怎么不画我的脸啊？”

行骋倒像真在思考，摸摸下巴道：“也不是不行……”

宁玺：“呃……”

看行骋真的有这打算，宁玺心里要笑死，还是严肃地说道：“你去安个 LED 屏，循环播放。”

行骋一听他哥讲这话逗自己，咬着牙说：“安，我今天就安！”

两个人几乎是摸黑跑进楼道，灯都没给一嗓子吼亮，扒在门缝边，行骋手忙脚乱地在自己的书包里掏钥匙。这钥匙是宁玺走之前留给他的，他一直带在身上，想起来了偶尔进去坐坐。

行骋插锁插得急，弄几次弄不进去，宁玺实在看不下去，一把夺过钥匙来开了门。

行骋跟着挤进来脱鞋。

去年行骋挤在这处扇自己耳光的情景历历在目，宁玺忍不住问：“你自己扇自己的耳光扇上瘾了？”

行骋倒不以为意：“你要不要再试试看我下手狠不狠？”

“行了！”宁玺推了行骋一把。

回家后，行骋从衣柜里拎了件大衣出来给宁玺披上，两人出门去小区外面的连锁超市找地方充了水电费，再添了些生活用品，另外，依旧是带着那两罐汽水，又慢悠悠地晃回家里。

宁玺回来第一晚，待两个人收拾好房间，才催着行骋回家。

晚上这一觉宁玺睡得很舒坦。

回来的第二天，宁玺一大早给妈妈打了个电话，那边接电话的是大姨，说宁玺的妈妈转院了，要去看的话，得坐公交车多少路，再换乘，下了车坐辆小三轮，五块钱就到了。

宁玺走了一学期，宁玺的妈妈很少给宁玺打电话，宁玺每周打过去她也不接，偶尔接那么一两次，也是说“都好”“都好”，便挂断了电话。

那天宁玺拿着手机在窗边站了很久，才给应与臣发短信，说这天怕是没办法赴约了，要去一趟医院，妈妈生病了。

应与臣说要一起去看，问他捎不捎上行骋。宁玺只说行骋要念书，一大早就看到行骋背着书包出门了，天都没亮，手上拿了盒奶，衣服也穿得不够，估计被冻着了。

大姨的电话一来，说是妈妈离婚了，他那个开着二手小宝马的后爸带着弟弟走了，估计下到哪个周边卫星镇，没待在市里。宁玺完全愣住了。他没听见半点风声，每个月那点生活费虽然不多，但还是照常往卡上打，妈妈得了病这事，没人跟他提，他也没想到过。

或许是那边听筒的电流声大，宁玺费劲地听着，大姨在那边拿着电话一阵吆喝，倒像丝毫不觉得患病的是自己的妹妹：“你是不晓得你妈妈，宫颈癌，之前就说身体不舒服，去检查的时候都中后期了，没活头！”

宁玺瞬间没了话语，只得生硬地问：“哪家医院？我打车去。”

大姨像是在吃饭，那边市场吵闹得过分，拿着电话也恼，但还是免不了对外甥一顿叨叨：“地址我发你微信上！宁玺，你们家出了个北大的学生，不得了啊，你妈妈收那么多红包，都不晓得拿出来治病哦。说是只能活半年了，没的治，她男人嫌，说是她私生活不检点……”

“别说了，”宁玺强硬地打断她难以入耳的话语，“我过去。”

宁玺二十一年来对“母爱”的理解太过复杂。

他眼看母亲再婚，脱离他的生活，再到有了自己的家庭，后来偶尔的关心与问候，虽然很少，但还是抓紧了他那一处敏感的神经，每每一被碰到，就好似陈年旧伤。

宁玺还记得，小时候捧了碗水果刨冰站在家门前，行骋拎着小汽车模型飞奔过去，又慢慢倒退回来，一副小大人做派，正色道：“宁玺哥哥，我妈说这个凉胃，你别吃太多！”

他当时傻在那儿，点了点头，还是埋着头吃。

这种东西对小孩的胃来说，或许确实不好，但宁玺就是忍不住想多尝几口，这是妈妈给他买的。

宁玺的心太软了，也只为他在乎的人柔软。

宁玺长这么大所接触过的人，“对他好”与“不好”，他都明明白白，但只要一扯上亲情，这个界限便变得模糊不清。

他渴望而畏惧，同时承担着这份责任。

宁玺从小身体还不错，极少去医院，家里人也没怎么操过心。

宁玺幼年印象最深的，就是那次爸爸去世，如今再次踏入医院，再找到住院部，迎面而来的是满鼻腔的消毒水味，连带着病房里全是，摆再多的鲜花也掩盖不了那股气息。

宁玺推开门，迎面撞见出来倒垃圾的大姨，没喊，目光全锁在病床上的妈妈身上。

“哎哟，宁玺来了啊，”大姨的金棕鬈发久未打理，使她看起来憔悴不已，指间还捏着颗剥好的提子，见着宁玺就要往他嘴里塞，

“你先进来，你妈妈睡着了。”

宁玺没躲得开，嘴角被塞入颗湿漉漉的提子，酸甜带涩，卡在那处就是吞咽不下去。

宁玺往前挪了几步，把提子吐在纸巾上，叠起来扔进垃圾桶，“嘭”的一声。

大姨回过头来看他，宁玺只是说：“谢谢大姨，我吃不下。”

身边的亲戚他本来就接触得少，倒是考上好大学之后，莫名其妙地多了几个来嘘寒问暖的。妈妈那边的亲戚他更是不怎么熟，从小自己咬着牙撑大的，宁玺一面对长辈，难免局促，找了个板凳坐下来。

大姨估计是闷得久了，难得有个小辈来陪她坐着，找了梨来削，边弄边说话，把病历递给宁玺。他看得费劲，大姨又挨个跟他讲……

宁玺有点觉得电话里的大姨和坐这儿的不是一个人。他也不觉得自己多招人疼，被过分关心了反而别扭，安安静静地不再讲话，手里捧个梨，等着他妈妈睡醒。

宁玺差不多坐到下午三四点，医生来换药，把床上的病人蒙了半边脸的被褥和毛线帽揭开，宁玺才看清楚，妈妈已经把头发剃了，还在睡，没醒。

宁玺忽然有一种无力感在心底涌动，经历过爸爸的离开后，他明白死亡不是简单的一瞬间的事。

宁玺打球、跑步，成绩优异，全面发展，学习要拿第一名，打球要打成MVP，是觉得爸爸把未完的生命交到了他手上，岁月不容许他浑浑噩噩，更不容许他原地踏步，他只能选择拼命地跑，去踏江河千山，去全力拥抱他的人生。

父亲的死亡并非在那一瞬间、一天，而是从头到尾，贯穿了宁玺的一生。

他突然站起身来，从兜里摸了一个纸包，趁着医生给还在沉睡的妈妈检查的时候，把那个纸包塞到她的枕头底下，又在床边站了一会儿。

宁玺把衣服的扣子扣好了，对着在嗑瓜子的女人低声说道：“大姨，我明天再来。”

宁玺几乎是跑着出住院部的，下了楼梯又在一棵树下站了一会儿。冷风呼啸而过，吹得枝头落叶飘落，他想起那句“树欲静而风不止”，下一句却再不愿意去想了。

他一边拼了命地长大，一边又没了命地失去着。

宁玺浑身发冷，想去摸兜里的烟，又想到这里是医院，便闷着头往前走，急于逃离这个地方。

直到他走了一段，望到门诊部门口站着一个人，喝牛奶喝到了一米八七，校服湛蓝，脚上一双战靴，书包都没背，正四处张望着。

宁玺一整天都好像在黑暗里摸索寻找，如今行骋突然出现，像一束光，彻底点亮了他的前方。

医院门口的人流量特别大，宁玺在人群中朝前跑了几步，站定，伸手去拍行骋的肩。

“行骋。”

“哥，你说。”

行骋听见宁玺压低了嗓音，有些犯哑，说：“我把攒下来准备在北京租房的钱，给我妈了。”

“没事，”行骋不假思索地答道，“这些事情本来就应该承担。”

行骋见宁玺埋着头不吭声，又说道：“生老病死，都逃不过。”

宁玺闷闷地说：“我也会。”

“我也会。”行骋跟着他讲，“但是，我希望你只经历前两个。”

宁玺说：“不行。”

行骋笑了笑，笑得有些勉强了，提到这种沉重的话题，劝慰般说：“那就，不求同年同月同日生，但求……”

“但求同年同日再买两瓶红石榴汽水，一起喝。”

宁玺沉着声说完，喉咙被堵得哽塞，再也说不出什么来。

坐公交车慢慢回家的路上，他们找到最后一排的位子，行骋让宁玺靠窗坐，两个人的肩膀跟着车摇摇晃晃，起起伏伏。

宁玺侧过脸去看窗外的景，发觉他的小半辈子，就这么交出去了，给了小区院墙后面的爬山虎，给了在他面前胡闹捣蛋的跟屁虫弟弟。

那天宁玺没有去问行骋是怎么找到这儿的，是不是应与臣告诉行骋他妈妈生病的，行骋是不是逃课了，是不是回去又被抓住训斥了……

或者是，他在这里等了多久？

在这种充斥着希望与绝望的地方，在冬日的凛冽寒风里，等了自己多久？

宁玺开始每天早上往妈妈那里跑，偶尔买些水果过去。大姨收了他私下给的一些钱，倒也更愿意帮忙照顾着妈妈。

母子之间的交流依旧很少，妈妈也不太爱讲话了，只是常躺在床上，闭着眼问宁玺，五楼秦家的花今年开了吗？

宁玺也乖，一遍又一遍地去掖不漏风的被角，说开了，妈妈问冬天也开吗，宁玺说也开的。

宁玺从医院回来就犯困。他还是每天都会去石中跟行骋碰个面，偶尔给行骋带点饮料，行骋会很高兴。

行骋现在胆又养肥了，说："窗户都快被我翻塌了，我当时就在想，你怎么还对我有意见？"

宁玺毫不留情地呛他："因为你傻。"

这一年的春节来得很快，大年二十九，行骋从二楼往一楼飞奔，忙着去敲宁玺的门，一打开，行骋拎着宁玺转了一圈，看上看下："今天一看就讨我爸妈喜欢！"

"怎么了？"宁玺还有点蒙，"叔叔阿姨怎么了？"

行骋在楼道里把灯吼亮了，说："我爸妈让你上楼吃团圆饭。"

"好，"宁玺一下就紧张了，"但明天才是除夕啊。"

行骋试探性地问道："明天你要去医院陪阿姨吧？"

宁玺点点头，怕行骋想跟他一起去，迅速换鞋，被拖着上了楼。

宁玺有一段时间没来行骋的家里面了，落了座就端端正正地坐在板凳上，看行骋的爸爸喝大碗茶，一五一十地回答问题，大多是关于大学生活的事。

四个人凑到圆桌边，行骋的妈妈端碗给宁玺盛米汤，笑容还是宁玺记忆里那般："你小时候就爱喝，行骋爱显摆，有点好吃的就在外面啃，招人恨！"

她说完，宁玺把米汤接过来，笑着说："行骋长大了也很优秀，令人羡慕。"

饭吃了一半，桌上宁玺帮着摆盘又夹菜的。

"啪"的一声筷子碰碗壁的响声传来，行骋的爸爸紧皱着眉，没吭声，而宁玺几乎同时间喊了声"行叔叔"。

宁玺与长辈打交道的时候屈指可数，更别说是"叔叔""阿姨"之类对他来说算是亲密的用词，他现在在乎行骋的父母的态度，落了碗筷在桌上，不敢再动那些菜盘，行骋的妈妈和行骋也停下了。

"吃不下了，"行骋的爸爸仰头干完了大碗里的茶水，站起身取下衣架上的厚棉衣，"走。"

行骋的爸爸站直了身子，一挥手道："行骋，我们带宁玺去外面吃更好的。"

席间，宁玺认了行骋的父母做干爹干娘。

冬日的夜，难得有此澄明晚景，天清如水，月亮挂上了梢头，城市的霓虹如晕染开的紫红颜料。

行骋的爸爸开的悍马 H2 平缓地驶过往日他们最爱骑车过的滨江东路，行骋偏过头去看外面，宁玺也顺着他的目光望过去，只看到河面波光粼粼，有几盏路灯不太亮。

那天去过医院后的宁玺，疲惫地回到家。

也就是大年初一一大早，行骋或许是还记得小时候干过的那些蠢事，抱了一小束花站在宁玺家门口给他。

宁玺这会儿就想把花插在行骋的头上，天天玩得翻天覆地的，他还考不考大学了？

"给你闲的。"

宁玺把花攥在手里，翻过来拿花秆往行骋的头上一敲："寒假作业做完了吗？"

这下倒是戳中了行骋的痛处，他板起一张脸，声色俱厉地道：“做题这种事看缘分，今天皇历说宜吃喝玩乐忌写试卷，那我跟它们就是有缘无分，等有缘了再写。”

“别贫！”宁玺一抬下巴，指挥他，“试卷写不了，那你写作文。”

行骋被推搡着出门，回过头来询问：“那还吃喝玩乐吗？”

行骋看着他哥闷着脸站在门口，伸手去关门了，又扒着门边哄他：“哥，我写个游记吧？玩也玩了，作业也写了。”

宁玺憋着笑想骂他。

行骋飞奔上楼，一头扎进房间里开始翻寒假作业。

其实行骋都做了一大半了，二十张试卷，还剩几张政治的，可惜他实在没有那个觉悟，做这种题纯靠编，说些瞎话，净挨老师骂。

行骋把作业找出来压平，摸了两支笔出来，想了一会儿又塞了一支回去。

行骋正纠结着，就看到妈妈站在房间门口，手里的罐里还拌着酱瓜：“儿子？你倒腾什么呢？”

她不等行骋回答，抬了抬手里的罐：“喏，给宁玺拿点去，我看他读个大学都瘦了，心疼得我……”

行骋看着他妈妈手里的罐子，皱眉问道：“这个？”

行骋妈妈把罐子一放，抽出手去推行骋一把，涂了指甲油的手朝厨房灶上的煲汤锅里指：“你想什么呢？那儿锅里的大骨头汤，我熬了一晚上，味道香得你爸半夜都起来了！快，你端下去。”

“妈，我怎么没闻到？”行骋站起来，乐得很，“您对我哥怎么这么好啊？”

她也跟着乐，眼神转着弯在儿子身上打量，嘴上也不饶了他：“你这种小孩，招人嫌，宁玺那种，就招人疼。”

“您不是老在家里念叨吗？宁玺要是我儿子就好了，行骋你看看你自己，像个什么德行！”行骋学他妈妈说话，被擀面杖敲了脑袋，边躲边笑，“这下真成你儿子了。”

本地女人说话难免带些嗲气，倒是要被儿子给气得想笑，开始一波行骋无法反驳的攻击：“你想得倒挺美。你考得上北京的学校吗？

你那个成绩，就想想吧。每周骑你的小破三轮去北大找宁玺，小心他的同学往你的箩筐里扔废品！”

“得，我说不过，走为上策。”行骋被说得头疼，半个字也不敢堵回去，抓着试卷去开家门。

妈妈把盛了骨头汤的保温碗用保鲜膜覆了，拎起袋子递过去：“你今晚还回来住吗？”

行骋一听这话，跟被幸福砸晕了头一样，傻了：“我还能不回来？”

“对，你下去睡，让宁玺上来住。”

“呃……”

大门被妈妈关上的时候，行骋听到他妈妈咬牙切齿道：“你翻窗户不是挺厉害？继续折腾，摔断腿了看你怎么考试！”

行骋虽然大冬天一早就被亲妈给关在门外守班，但心里头热乎。

昨晚除夕，奶奶回县城去了，行骋趁着这年家里就他们一家三口吃团年饭，跟爸妈说了宁玺家里的事。三个人沉默一阵，谁也没说话，行骋倒也安静，等他爸开金口。

行骋的爸爸点了根烟，往里面加上沉香，满屋子闷得熏人。

家里书架上还摆着合照，上面是小时候院里经常一起出来玩游戏的小孩们，年龄从三岁到十三岁的都有，身高差距大，行骋年纪小但蹿得高，直接抢了最中间的位置。

宁玺十岁的样子，眉眼跟如今不太像，温软许多，但表情仍是冷冷的，靠在最边上的树上，浓荫投下一层阴影，就在要按快门的时候，那会儿才七岁的行骋扭过头去，看向了那棵树。

后来爸妈问行骋为什么往后看，行骋只说是想看那棵树结果了没，叶子落了多少……

现在如若爸妈还要问起，行骋特别想说，结果了，也落叶了。

年后的时间过得很快，大年初二，行骋一大早爬起来跑去小区门口的水果店买了果篮，也没跟宁玺打招呼，到小区单元楼下等着宁玺，跟着一块儿去了医院。

行骋再次见到宁玺的妈妈，都有点记忆模糊了，似乎他记忆中那个蛮横刻薄的女人，不应该像这般躺在病榻上，戴着帽子，憔悴不已。

她连拿个苹果手都发抖，抬眼一看是行骋，眼里平静无波，只是淡淡地喊了一声："行骋来了啊。"

大年初三的晚上，宁玺被行骋看着早早就入睡，说是春节风俗，别瞪，得按规矩来。

其实宁玺心里明镜似的，他是白天在医院照顾了妈妈一天，行骋担心他太累。

初五倒是轻松了些，大姨那边过完年回来帮着照看妈妈了，宁玺破例在家里一觉睡到中午，等阳光都从窗户外进来晒屁股了，才听到行骋站在一楼的窗户边喊他，手里提了两瓶汽水。

宁玺趴到窗边，睡眼惺忪，几乎又要困得睡了。

他七点自然醒了一次，洗漱完又钻回去睡回笼觉，这下彻底醒了，但还是困倦，回来待这段时间，人都开始犯懒。

阳光洒到宁玺的睫毛上像是镀了层金。

行骋把手里的两瓶饮料举起来："哥，这牌子出了新的口味，青柠的，我一个买了一瓶，你要哪个？"

"红石榴味的。"宁玺懒懒地答。

"我也想要以前的味道，"行骋笑了，"那怎么办啊？"

宁玺半睁开眼看他，低声说："一起喝啊。"

行骋不依不饶地说："你要是喝腻了怎么办？"

喝腻了怎么办？喝腻味这事宁玺就没想过。

这么甜、这么酸，咽下去一口气往头上冲，他舍不得这味。

宁玺一下子醒了，说道："不会腻，傻子。"

后来宁玺回到房里，又偷偷在备忘录上记了一笔。

只是一个下午加傍晚，行骋就在宁玺的监督下又写完三张试卷，两个人弄得苦不堪言，偷懒睡了三小时，才又爬起来挑灯夜战。

试卷写着写着，就写到草稿本上去了，宁玺本来看行骋这漫不经心的态度想发火，又觉得算了。

宁玺心想，这些年他开朗了不少，这大概就是所谓的连带效应，他们似乎互相影响着，他能感觉到行骋的成熟与日渐稳重，也能感觉到自己慢慢地以一种平和乐观的心态对待一些人和事物。

宁玺也在学着，在别人很热情的情况下，尽量不用“嗯”或者“好”之类的单字去回复。

这一路，宁玺用尽了力气，同行骋相互搀扶着成长，前方等待的是什么，他也不想知晓。

如今身边有重要的人，锦绣前程，未来可期，总有挑战的意义。

第十九章 银杏叶

年才过了一半，石中篮球校训队又提前开班了，让一群即将在五月份参加体考的男生回到篮球馆，开始日复一日的高强度训练。

学校还没开学，行骋他们几个好苗子天天在校外训练馆累死累活，各种体能训练都来了个遍，不敢轻易偷懒也不敢动作太大，考前伤了骨头、撕裂韧带之类的惨剧不是没发生过。

训练场里面全是男生，个个人高马大，队服穿在身上露一截，大冬天穿得跟三伏天差不多，远远望去，不同的大概就是背后的号数，以及脚上踩的鞋。

但就是隔了这么远，宁玺拿了瓶水坐在观众席边，一眼就看到在投篮的行骋。

行骋背后号码是一个“1”，老远看过去还挺扎眼。

宁玺问过行骋为什么选“1”，行骋说：“谁让你老考第一名？”

没来由地，宁玺想起他跟行骋之前还在闹别扭的那一段时间，把行骋气得不行，但宁玺又何尝不是？

行骋在场上来来回回地跑，又打小前锋又去跳板抢球，一时间出尽了风头，宁玺旁边校队替补席的学弟们扯着嗓子挥毛巾，撕心裂肺地吼，差点把训练馆的顶都给掀了！

“行骋！别走神！”教练吹了哨子，手里拿着棍子去指挥篮下卡位。

结果行骋一回身勾手上篮，中了个“二加一”，扭过头来，对着他哥的方向做了个枪的手势，枪毙了一下。

他的指尖像是上了火星，猛地一点，枪毙动作结束。

宁玺愣了一会儿，回过神来，咬着牙骂：“是不能好好打球了吗？”

替补席的小男生个个不知道状况，也没想那么多，跟着一顿瞎吼：“骋哥 MVP！”

“安静！”教练要被行骋这煽动氛围的能耐劲折腾崩溃了，吹着哨子骂，“行骋，你这么能耐！选秀打 CBA 去！走什么体考啊？你这可以直接安排啦啦队了！”

行骋一边跑一边躲着被教练拿棍子追，朗声道：“不用了教练，我有啦啦队！”

这句话说完，行骋还朝他哥那边看一眼，宁玺简直无语了，把干净毛巾搭脸上，等会儿不给他送了，这臭屁样。

他们约了应与臣等会儿一起吃饭，上午宁玺才从医院熬了一个通宵回来，现在都还犯着困。

一声哨响，下半场训练结束，教练领着一堆球员开始收拾场边滚得到处都是的篮球、汗巾。宁玺也跟着站起来，去捡地上散落的矿泉水瓶子，行骋那边刚打下场，嘴里还含着口香糖，粗着嗓子喊：“你坐下！”

宁玺一愣神的工夫，旁边替补席的几个小学弟立刻起身，开始十分利落地捡地上的矿泉水瓶，伺候得他跟什么似的。

末了，还有两三个人趁行骋没注意，要了宁玺的号码，说以后学习上有问题想请教，还真……可爱。

宁玺忽然好像回到了当初他在校队当副队长的那段时光，也是这么每天带着行骋他们高一的小学弟收拾场地、外出迎战、关门苦练，篮球打破了又去拿，小学弟们也是满满的激情，从来没喊过半声累。

大概沉浸在自己的爱好中，万事艰难也能化为畅通无阻。

午饭时间，场馆内都关了，行骋收拾得慢悠悠的，拎着换下来的战靴走得也慢悠悠的，鞋带一甩一甩，坏笑，头上的汗淌下来，在暗处隐约发亮。

宁玺扯下肩膀上搭的毛巾，看准了扔过去："快点，别磨蹭。"

行骋一伸手臂就抓到了，在手里揉过去绕过来，抹了一把额间和脖颈上的汗水，咧着嘴笑："慌什么，应与臣不是说他堵车吗？"

"他堵什么车？他就是出门晚了，"宁玺套上外衣站起来，"明明还在家里，还说在路上了……"

应与臣开了点缝隙站在大门口，瞪着观众席上的两个人，头脑发蒙，乍一下听见自己的名字，还有点害羞，眼睛一闭，话都不敢说。

他害怕行骋一颗篮球砸过来，他得归西。

宁玺看着门口开了条缝，漏了光进来。行骋用自己的背把宁玺整个人挡住往外看，笑了一声："来了不打招呼？"

"应与臣，你这小兄弟们关着灯干吗呢？"

忽然一个陌生男音从应与臣的背后传来，跟着门缝边扒了个看年龄也不过就二十一二岁的男人，压着应与臣的脑袋，揪他的耳朵："你别挡着我！"

行骋一听这声音就不对劲，不是认识的人，猛地回过头看去。

宁玺下意识地想踹行骋一脚，又强忍住了，也朝那边看。

两个人对视一眼。

应与臣愣在门口，看观众席上两位兄弟已收拾完毕，贺情也在旁边大有一副看热闹不嫌事大的架势，喉头一哽："这是我同学，宁玺和行骋。"

真是大型尴尬现场。

贺情耿直得不行，眯眼一笑道："我知道。"

小孩子哪里见过这种状况，几乎三个人同时沉默了。

应与臣率先打破沉默，对着行骋和宁玺站直身子，手心朝上，对着贺情那边示意："兄弟，这是我哥的朋友贺情。"

别问贺情为什么跟着来了。因为他和应与臣的哥关系太好，也算是应与臣的半个哥了。这次估计是怀疑应与臣谈恋爱了，开着车跟了一路，没想到跟到篮球训练馆外来，停了车两个人你看看我，我看看你。

贺情最开始一脸紧张："小二，如果你谈恋爱了，问题不大，你别藏着躲着，因为我肯定会跟你哥说的……"

应与臣头都大了："我来找我哥们，两个，在训练馆打球。"

紧接着，一个疑神疑鬼，一个不走夜路不怕鬼敲门，推开训练场的门，没想到碰见他们两个。

好不容易见一次应与臣的同学，贺情自然少不了一顿八卦。得知有不少女生喜欢应与臣，但是应与臣都觉得还不错之后，忍不住叹气，这花心随了谁啊？

贺情冬天也只穿一件毛衣，脖子上围巾缠得乱糟糟的，鼻子冻得通红："应与臣，你看行骋比你年纪小，还比你高这么多，你一个北方人，丢不丢人啊？"

应与臣从出了训练馆就被说了一路，捂着脸喊："我该长的身高都长到我哥身上去了！"

贺情眼睛一瞪，一巴掌拍他的后脑勺上："你少让你哥背锅！"

"算了，你们先去吃饭，"贺情没搭理抱着头满脸委屈的应与臣，在兜里摸车钥匙。

贺情摸了半天没摸到钥匙，伸手去掏应与臣的兜，掏得应与臣激灵了一下："你跟我们去玩……"

贺情笑着摇摇头："我得回去。"

贺情的目光扫向一边站着的宁玺和行骋，眼看着这两个小朋友，忍不住感叹一句，年轻就是好。

虽然贺情这会儿完全没考虑到他明明就只大了宁玺十天而已。

贺情拿钥匙出来开了车门，行骋和宁玺就这么站在路边看着应与臣给贺情开车门、关车门，那样子乖得很。

贺情踩刹车轰油门，把窗户放下来："应与臣，哪三个地方不许单独去？"

应与臣喉咙一哽，老老实实地回道："酒吧、洗浴中心、金港赛道。"

贺情又问："去了呢？"

应与臣乖巧地答道：“我找不到对象、导航找不着路、年年挂科、月月挨骂、日日爆胎。”

“妥当！”

贺情满意了，叼上根烟，挑眉看向行骋和宁玺，眼神徘徊了一会儿，把烟散了根给行骋，没想到应与臣在旁边煞风景地插了一句：“行骋不抽，宁玺要抽。”

这两个同学，贺情略有耳闻，没想到优等生要抽烟，学习差点的反而不抽，想起自己读书那会儿作天作地，成绩又差坏习惯又多，有点无地自容。

“以后你们在北京有什么事，尽管跟应与臣说就行，”贺情去系安全带，“那我就先回去了。”

“行，谢谢，”

行骋跟着应与臣一块儿喊：“谢谢哥。”

宁玺也乖乖地跟了一句，贺情开心得很。他就觉得宁玺看着最顺眼，比应与臣和行骋两个捣蛋小孩顺眼多了！

贺情是第一次见行骋，但是听应与臣讲过好多次，估计这小子高中的违纪经验可以和当初的自己一拼高下。

油门轰鸣，应与臣看着车开远了，吊着的一口气放下来，顺了顺胸口：“吓死我了，我还说下午带你们去洗浴中心放松放松……”

“得了，我下午还得训练。”

行骋拉着宁玺，望着应与臣：“快走，等会儿来不及了。”

三个人跑校门口的饭馆狠吃了一顿，宁玺就不吭声地吃饭，听他俩一唱一和地讲他离开这半年多以来，身边发生的一些好玩的事，听得想笑，也不再像从前那般爱憋着，弯着眼笑出来，看得行骋一愣一愣的。

告别过后，下午行骋照常回队里训练，眼神时不时往观众席上瞟，但没有瞟到他想见的人。

宁玺有空就得去医院，一直忙到晚上九十点才回来，一回家又趴在窗户边写本子，就是他在北京写的那些笔记本，全是给行骋整理的高考要点。

每两页都有留言，全是加油的话。

行骋拿到这本笔记本的时候，兴奋得不行，但还是装酷地塞回家里，晚上等宁玺睡着了，再上楼挑灯夜战，一口气刷一张卷子，有什么不会的，再去对照笔记本查。

宁玺写的字很小，工工整整，留在一道历史解析题的下面："这一页看完了，再翻到第三十四页。"

行骋掐着书页去翻到第三十四页，又看到页脚小小的字："笨蛋。"

这一下子就让行骋做题看书跟冒险似的，兴趣来了，头一回这么乖地写到凌晨，趴桌上睡着，还是爸爸半夜起床看行骋屋里的灯都没关，才进来把他叫醒，洗漱完上床休息去了。

正月十五来得很快，这边有逛庙会的习惯，布置隆重的节日公园也设在市中心，行骋他们校队那天放了半天假，中午训练结束就让大家回家过节去了。

行骋最近训练得厉害，身子虚，怕冷，一出训练场就套了很厚的棉服，边跑边打电话，还没闹明白他家里今晚上怎么安排的。

一个电话过去，宁玺在那边说："我跟你爸妈在一起。"

说是行骋的爸妈买了些用品和水果，跟着宁玺一起去医院，这会儿还在那边，准备回来了。

而此时此刻，宁玺站在病房里，手藏在外套遮盖的地方，把掌心掐得通红。他太难受了。

自己妈妈的邻里关系宁玺清楚得很，如今行骋的妈妈倒是不计前嫌，把一大堆送来的东西摆在病床边，大姨欢天喜地地拆，病床上妈妈半睁地抬起胳膊，要去握宁玺的手。

他深吸一口气，慢慢走过去，蹲到病床边，回握住妈妈的手。

"宁玺算是我和行骋他妈妈看着长大的，以后我们家会帮着照顾，你就放心，安生养病。"

行骋的爸爸说话的声音很轻，又很重，重到足以振动宁玺的耳膜，又飘忽无着似的，让他觉得难以置信。

行骋的妈妈这天没怎么打扮，拢了外套在身上，手放到宁玺的双肩上，笑道："对的，你就好好养身体，身体好了比什么都重要，你儿子这么有出息，你以后还要享福的。"

病房里的气氛已经够低迷了，说再多乐观的话似乎也没有什么作用。

宁玺被夹在中间，直挺挺的，心中百感交集，一时间说不出话来。

其实他妈妈的情况怎么样，在场的人心里都很清楚，照顾了那么久，他和妈妈的话还是很少，不是因为心存芥蒂……而是因为，长大后就没怎么再参与彼此的生活。

好像从宁玺十多岁之后，就活成了一个单独的个体，直到他与行骋再次并肩走在一起后，他那一颗冰冷的心才重新又有了温度。

那天行骋没有去医院，而是先回家，按照他爸妈的吩咐把汤圆煮成四碗，老老实实地等着他爸妈把他哥带回家。

差不多到了晚上九十点，他爸妈才带着宁玺回了家。

爸爸脱下外套递给妈妈，宁玺再去接过妈妈手上的袋子和手包，挂在衣架上，取下围巾，妈妈又接过来给他叠好……

行骋的家装修偏中式，雕花灯照着亮敞，电视机也开着，正在播元宵晚会，白玉桌上四碗芝麻馅汤圆软糯香甜，汤碗还冒着热气。

行骋看着他爸他妈跟宁玺一起进饭厅的那一瞬间，觉得他们好像本来就该是一家人。

行骋的妈妈招呼着两个小孩落座，又系上围裙进厨房炒了几个菜，行骋给他爸拿了盅小酒出来斟满，三人处一堆像极了父子仨。

正式开始吃饭的时候，汤圆都快凉了，宁玺端起来一个个地加热，做得有些紧张。

宁玺装的那两碗汤圆，行骋的爸妈半个都没动，完完整整地还在碗里，行骋吃了一半发现了，抬起头来去看他爸妈。

宁玺的心思细腻成那样，他早就也发现了，一张嘴，喉咙跟被什么卡住了似的。

"宁玺。"行骋的爸爸忽然出声，打破了饭桌上令人窒息的沉默。

他已经几杯米酒下肚，手里又端着瓷杯递了过去，行骋利索地再斟了一杯。

他闭了闭眼，努力压下喉间的一声叹息，抬起头来，用一种宁玺很多年以后都无法描述清楚的目光，看向坐在他儿子身边的宁玺。

“以后，我们就是一家人了。”

行骋的爸爸话音刚落，行骋的妈妈一滴眼泪跌入汤碗里。碗内水面有波，映得饭厅的大灯都在其中摇晃。

行骋迅速抬起手，扯了纸递过去，哑着嗓子喊了一声：“妈。”

宁玺闭了闭眼，也不知是哪里来的勇气，跟着行骋叫了声“妈”。

宁玺当时根本不知道，在他又一次踏上回北京念书的旅途之后，行骋每天的生活就变成早上读书、下午训练、傍晚跑医院，晚上再熬夜刷题。

直到后来的春夏之交，临近高考的前一个月，行骋的篮球袋背在背上，手上提的水果滚落了一些在脚边，病房里没有大姨，没有医生，没有其他人，只有行骋和宁玺的妈妈。

那天窗外傍晚的落霞很漂亮，红橙黄紫，如烟交错纵横一片，掩盖着这座城市的夜幕，任由落日余晖点上最后一缕光。

病房里窗帘吹起一角，两个人都没有再多说什么。

床榻之上的女人鬓发散乱，精神好了很多，呼吸仍然微弱，眼神定定地看着他，行骋脑海里无数次浮现出幼年时对这位母亲的记忆，零碎而不堪。

第二十章 家书

元宵过后，高三正式开学。

行骋一放学就跑进小区里，还没上楼，就趴在宁玺家卧室的窗边，往里面扔东西。

宁玺正坐在那儿写字，抬眼就看到桌上扔进来一个校服钥匙扣，刚想伸脖子看看，行骋一下从窗边冒出个头来，挑眉道：“拿去拴你的钥匙。”

“这不是我们学校校服的钥匙扣吗？”宁玺拿着看了半天，还有点喜欢。

“对，要毕业了，这东西在各个学校畅销得很，每个学校都不一样，我让任眉带了两个，你拿一个。”

“无不无聊？”

宁玺嘴上这么说，还是拿了自己的钥匙出来，弄好了被行骋抢过去看，惹得他好笑。

行骋就是这样，再怎么偶尔假装沉稳，在他面前还是大男孩的模样。

宁玺忽然想起来这天行骋他们开学诊断考试，语文才考完，便多问了一句：“上午考试感觉如何？”

“这次作文标题是《从生活中发现美》，我的开头写得特别好。”

“怎么写的？”

宁玺说完，行骋看了看窗户，想撑手肘翻进来了，宁玺伸手打他：“走正门！”

行骋收了手不敢硬来，嘴上还是不停：“我哥姓宁，单名一个玺字，石中文科第一名，江湖人称靓丽小学长，穿衣显瘦，脱衣有肉，爱好篮球，更爱……”

宁玺想伸手拽行骋的头发下来塞他嘴巴里让这人闭嘴：“你真这么写的？”

他一听宁玺这么问，没说话，往四周看了一圈没有人，撩帘子翻窗户就跳了进来。

行骋把窗帘一拉，把头仰起来：“我横起来高考都敢这么写！”

宁玺算是知道他有多横：“你那文采……”

拉倒吧。

年后的时间过得很快，宁玺得因为学习项目的事情提前几天返校，火车票买好之后去把票取了再揣着，像是看着纸质票才能踏实。

他和行骋花了几个晚上的时间骑共享单车，一路从南门骑到西门，又晃晃悠悠地坐公交车回来。

两个人一起想到高中时那片粉红色的天空，一起许愿能够再次看到。

春节过后的人们忙碌起来，走在闹市区里人接踵而至，他们被挤在人潮涌动中，肩膀不断碰撞又分开。

一到夜里，滨江东路的路灯又亮了，宁玺骑着自行车飞驰而过，望着这城市道路两旁落了满地的银杏叶，数着一片两片三片四片，到了石中门口，从学弟学妹堆里找最扎眼的行骋。

宁玺走的那天早上行骋要念书，没办法去送。

那天下午的东站依旧人满为患，和宁玺来的那天一样，大家谁也不认识谁，却都在往同一个方向追赶。

宁玺手里拿着那张票，与身后来送他的行骋的爸妈告别，再刷了身份证进站。

路途遥远，窗外景色变幻，宁玺正准备翻开书包看看书，却在书包里发现一张用大红色信封装好的信，封口拿回形针别了一片银杏叶。

那是一大张 A4 的打印纸，白底黑字，没有修改过的痕迹，拿红笔做了标注和重点。

想来这应该是行骋誊抄过一遍，拿尺子比着写的，没有横线，居然也不歪歪扭扭。

行骋不是多文采斐然的人，平时总爱胡言乱语讲一通，但大多字字恳切，句句实话，全从心里说出来，并无半句假情假意。

宁玺想起来他第一次收到行骋的信时，那会儿还流行拿信笺写，粘贴纸，行骋写的是游戏王卡牌的攻略，歪歪扭扭，半个字都看不清楚。

那会儿行骋才九岁，第一句话就是“看信像看我，我真好”，宁玺黑着脸教育他，是“见信如晤，我一切安好”。

虽然长大了，但宁玺还是不指望行骋能写出“展信悦”这种开篇，但看清楚第一行字的时候，心还是跳动了一下。

宁玺把信展开了，信写得很长。

他低下头，屏住呼吸，一个字一个字地开始看。

宁玺：

见信如晤，我一切安好。

想给你写信，已经想了很久。

犹豫地下笔，删了又改，还没来得及打好草稿，你就要走了。

现在是半夜五点，这是你要走的前一晚。

所以，原谅我今天晚上没有办法和你一起睡着。

我想告诉你的话很多，这一张纸不够写，如果高考作文是《写给你》那就好了，我就不会再脑子里一片空白。

我成绩差，老打架，脾气坏，长得太帅，缺点很多。

最值得骄傲的就是被你保护着吧。

你有分寸，而我莽撞，谢谢你包容我的孩子气。

你大我三岁，我高你六厘米，一百八十七厘米了，真的。

我们哪里也没差，我们势均力敌。

和你一起，唯有生命长短可衡量。

十六年如一日。

我将永远敬畏即将与你面对的明天且感激不尽。

信写得很匆忙，前言不搭后语，逻辑混乱，语文不好，哥，你耐心点看。

我查过天气预报，说北京未来几天有雨，你记得带伞，路上小心，一定一定！

努力得来的团聚更加可贵。

所以，我，不，怕。

不说了，训练去了。

其实我不爱篮球。

行骋

3 月 7 日于楼上窗边

宁玺看完惊觉已经出了省，列车带着他进入另一个陌生的省市。

在信的页脚，行骋涂涂抹抹，又工整地留了最后一行字：宁玺，家书我会一直写给你，因为这辈子还没有结束。

第二十一章 青春无悔

春天来得很快。

当行骋渐渐脱去厚羽绒服，再换掉薄夹克，慢慢地，穿上一件长袖卫衣，又换了短袖，偶尔拿起红笔在日历上画一个圆圈，才反应过来已经四月了。市里才栽种下的黄花风铃木开了满街。

学习进入倒计时冲刺阶段，行骋每周跑医院的次数没那么勤了，平时周一、周五、周日去三次，还没进房间，就看到病床上的女人闭着眼在输液，脸挨着枕头，那下面压了一张宁玺的照片。

那照片还是她托行骋要的，行骋没有拒绝。

行骋总是轻轻推开门进去，把带来的东西放到床头柜上，去检查过输液的管子，再叫医生过来问问情况。这一来二去，时间久了，病房里后来住了别的病人，都以为行骋是她儿子。

偶尔有人夸赞，行骋垂着眼帮宁玺妈妈调试靠背的高度，明显感觉女人的肩膀一颤。行骋也不说话，只是抿着嘴笑，说麻烦多帮着看一下。

宁玺那边的大姨也不是傻的，看行骋跑得这么勤，问过好几次，旁敲侧击：“小伙子，你到底是宁玺的同学还是铁哥们啊？”

行骋没吭声，宁玺的妈妈在床上气若游丝地答：“是宁玺的弟弟。”

大姨哑了，也不吭声，眼神流连在这两人之间，啃了几口行骋送来的果子，扶着腰出去晒太阳了。

行骋偶尔带宁玺的妈妈出去晒太阳，宁玺还会打视频电话过来。

行骋等他们母子相顾无言沉默之后，把摄像头对准自己，走到一边说："哥，阿姨越来越嗜睡了。"

宁玺在那边没说话，一句谢谢都没说。

他觉得这两个字，太轻太轻。

后来的几周，行骋接连参加了好几场篮球选拔赛，国内最有名的篮球联赛还来选他们队的苗子，一眼就看中了行骋，但由于行骋的爸爸不允许儿子走职业，才给拒了。

家里人说了，考不上本科就乖乖待在这里读专科都行，不可能走体育，吃年轻饭，太消耗身体。

至于北京，他能考上就去，听天由命，自己的成绩，自己得把握好。

行骋天天翻着宁玺留给他的笔记本，成绩有长进，字也越写越好，渐渐有了些许笔锋，考试时也知道一撇一捺，不再跟着任眉胡乱画一通，全篇满江红。

他们校队有几个男生坚持不下去，让家长接回家了，这么一算下来没剩几个人，越逼近考试，其实反而越来越冷静，胜负局已定得差不多，不挣扎了。

行骋训练动作不当，弄伤了肘部，还好体检已经过了，问题也不大，强忍着痛还能继续打。

行骋从小跌打损伤惯了，就没把这伤放在眼里，平时都戴个护肘，必须要练的姿势和定点一个都不能少。

除去受伤的事，行骋最近的心情好得很，场边没有女生坐着他都要扔个三分耍个帅，队友一边吹口哨一边吼："骋哥，最近走位风骚啊！"

被喊到的人才管不着那么多，脸上的笑意根本藏不住，被教练拿毛巾抽着边跑边吼回去："怎么着？哥高兴！"

“跑断腿啊，行骋！”打中锋的男生接了控卫抛来的球，用掌心压紧了，对准行骋的方向一记快攻抛传！

“接球！”

行骋平地跃起，球衣被风撩起来露出一截腹肌，从空中接了那颗冲击力极大的球，双臂用力托举，再回勾着那球，瞄准了篮筐猛地砸扣进网！

空接灌篮！

“哇！”

“厉害啊骋哥！吊打NBA！”

板凳席处又爆发出欢呼声，毛巾、矿泉水瓶扔了一地。

行骋看着那几个高二的小学弟满脸兴奋样，不免有些得意，拿着湿巾擦擦脸上的汗，掩不住嘴角勾起的笑。

小孩子懂什么？！

五月。

体考就在后天，而这天下午是最后一天训练，行骋和任眉自告奋勇地留了下来。

在要告别的时候，行骋忽然发现这个训练场并不大，四周封闭着，快压得他喘不过气来。

很难想象，他在这么一方小场子里，挨过了那么多日日夜夜，曾汗流浃背，也曾血肉模糊。

行骋看着场地边零散在地上的废旧腕带、打坏了蜕皮的篮球、散架的打气筒和饮水机边扔着的几张卫生纸。

他和任眉一起，拖了外面的蓝色大垃圾桶进来，装得满满的，把扫帚在门边靠好，簸箕也放得整整齐齐。

这片训练场，连同校园里的操场、小区里的篮球场，构成了行骋整个放肆奔跑的十八年。

行骋站在训练场的座位上，甚至和任眉一起朝高高的篮球架敬了个礼，再并肩一起出了训练场，掏钥匙锁了铁门，再把钥匙还给保卫处的叔叔。

他告别的不仅仅是篮球场，还有他的汗水、勇敢与“莽撞”。

体考的前一天晚上，宁玺推了好几个事情，没跟室友一起去图书馆找资料，把手机摸了出来。

电话拨通了，行骋那边的声音还是嘈杂，宁玺听得很费劲，两个人便放慢了说话的速度，一遍遍地重复，惹得宁玺笑了：“我说清楚了吗？”

行骋那边喝着水在说：“你让我早点睡觉。”

“明天就考试了，还这么浪。”他听行骋还在外面，忍不住数落了一句。

那会儿的宁玺，还不知道行骋的手机是老年机，非得跑到大街上才有信号。

行骋穿着没脱的球衣，晚上八九点，一步步地走在学校附近的那几条小街上，跟宁玺讲他的篮球战绩，讲这段时间参加的比赛，哪个区、哪所学校的人特别㞞，哪些打街球的人一见着他就腿软……

宁玺爱听行骋讲事情，十句有八句不着调，但就是好玩，总会有有趣的点，吸引着宁玺去听。

行骋站在街角，看着五月的风拂过那些刚刚放学、蹬着自行车拼命往家里赶的学弟学妹，抬手碰了碰树梢枝头，落了半手的明黄痕迹。

“宁玺。”

行骋拿着电话，嗓音压得低低的，明明是洪亮的少年声音，却有了股难得的深沉感。

“今年咱家门口换了黄花风铃木，你会回来看吗？”

第二天体考遇上了好天气，行骋也算是讨了个好彩头。

他的领队来得早，身上装备都带齐了，得先去检录，然后参加考前教育。

行骋往大厅内扫了一眼，所有体育生都被分了五个组，篮球、排球、足球、乒乓球、田径，行骋他们还是第一拨。

丈量过了摸高，篮球项目并不复杂，行骋也练过好多遍，很轻松地就先完成了往返运球投篮、投篮，紧接着就是全场比赛。

全场比赛他是熟的，天天实战，场上也有其他区的人认出了他，个个如临大敌。他反而轻松，手上绑了宁玺送的那只护腕，开了医护证明，进了场内。

一切都连贯顺利，行骋拿下快攻专打小前锋，接连得了不少分，上半场还没完，就已经是场上篮板和得分最高的人。

行骋一边跑动一边回头去看计分的裁判，嘴上咬紧绷带，满头的汗，眼角都被汗糊住了，双眼半合，总觉得观众席上一定坐了个宁玺。

行骋一个背后换手运球打出去，火速配合陌生的考试队友协防，篮下卡位干拨，顺利又拿下两分！

裁判吹响哨声的那一刻，行骋低头蹭了一下他手上的护腕。

行骋伤着的是手肘，规定倘若考生轻伤只能戴一个护具入场，行骋没犹豫，咬着牙跟教练说，报手腕伤。

行骋心里很清楚，在这种高强度你死我活的比赛中，人的身体运动达到一定极限，细小伤病已微不足道，更重要的是什么能够让他坚持打完全场，并赢得这场胜利。

下午是身体素质测试，立定跳远过了就是一百米和八百米，行骋同样的训练做了许多，倒是不怯场。

天热得早，已有些考生坚持不住，操场上也能看到别人的考试情况，放眼望去，考生都累得上气不接下气，再加上心理压力，和平时训练的模样大相径庭。

行骋忽然有点庆幸，当年他比宁玺矮很多，还很执拗，天天跟在他哥屁股后面跳着学摸篮筐。宁玺总是无语地看着他，忍不住训他：“行骋！摸不到别使劲跳，脚崴了摔得你哭！”

弹跳一直是行骋的强项，每次比赛前跳球也总是拔得头筹，风光无限。从空中一抓到球，他就下意识地扭头去看慢悠悠地去卡位防守的宁玺。

那会儿行骋每次看着宁玺来防他，神情漠然，他心中都只有一个念头，那就是冲过去，狠狠地、无所顾忌地冲过去。

五月份的最后一天，石中给高三放了小半天假。

行骋手肘的伤渐渐好了，体考表现太突出，差点影响到他握笔写字，急得他妈妈快哭了。他心里又懊悔又满足，至少他的体考真的考得非常好。

行骋哄完了妈，还去卧室里拿了笔出来勾勾画画，强调他能写字，现在文化分也还行，正常发挥没大问题，让他妈妈别哭了！

但好像哄不好似的，妈妈还在哭，行骋忍不住搂了搂她，才听妈妈断断续续地说，是舍不得他要离开家去那么远的地方，一个人在外面多苦啊。

行骋的喉咙堵得难受，他只得继续哄，说也不是一个人啊，还有宁玺陪他。

没想到当妈的一听“宁玺”的名字，眼泪更多了，说宁玺这孩子命太苦了。

行骋心头一“咯噔”，他哥已经把他的位置都给占了。

行骋从家里换了一身常服出门，还是去年那件经常在学校穿的黑色短袖，白日焰火，花纹顺着衣摆烧得漂亮，篮球裤边印一个 NBA 雷霆队的 Logo，怎么看怎么帅。

今晚校队里在学校天台小聚，他赶到的时候，全在操场互相给对方的校服签上名字。行骋那狗刨的字练得好看了不少，他敢给别人写了，签过七八件，手腕都在疼。

“老大，你怎么没把你的校服拿过来？”任眉撞了他的肩膀一下。

行骋笑了笑：“我的校服？在宁玺那呢。”

“得，当我没问。”

任眉抱怨完毕，笑着把笔递给行骋：“签个好看的，同桌。”

行骋拿过笔来，捏着任眉的背把人翻了个面，龙飞凤舞地在背后写下“行骋”两个字。

他这里刚写完，学校里广播站又开始放歌了。

今年的“喊楼”被取消了，所有高二、高一的学生在教室里撕心裂肺地喊，他们高三留校还没回家的不能再往下扔纸，倒是听得开心，乱七八糟地往回喊话，教务处主任冲出来，一个二个全拦不住。

行骋想起去年这个时候，他带了一群兄弟，站在走廊上，为宁玺加油打气。

宁玺穿一身如天空般湛蓝的校服，站在漫天纷飞的纸屑之中，抬头仰望着自己，眼底情绪说不清道不明，又像要穿过他，去望到更远的地方。

学校广播站这天跟要搞事情一样，一上来就一首《送别》，长亭外古道边的，行骋听过好多次，旋律一起来，原本热闹的操场安静不少，他一偏头，就看到任眉忽然不再说话了。

平时风里来雨里去的哥们正经起来，行骋还有些不习惯，试着去安慰任眉："你一个平时听摇滚的人，听这歌还哭。"

结果行骋这"哭"字不提还好，一提任眉眼里含着的泪倒真的流出来了，惊得行骋连忙扯了纸去擦，他想劝，却发现好像自己也哽咽了，说不出话。

入了夜，他们翻墙抱了几箱啤酒进校园里，在球场上围成一圈。

整个校队的人喝得烂醉如泥，行骋的酒量算好的，扶着额都有些站不起身，意识还是清晰的。

他们飞奔上天台，手里拿了啤酒，从高处俯视那一处处篮球场，要不是行骋还拉着，怕都得往下跳。

行骋握了一瓶黑啤，坐在天台边，看他们相拥而泣，喊比赛的口号，又把手都重叠在一起往下压，说"毕业快乐"。

一年三百六十五天，行骋没有像这天这样，这么不愿意脱下身上的校服，好像这一抹蓝色是他的保护色，将他的年轻与朝气都守了起来，要是哪一年将它从柜子里翻出，还带着股操场上玉兰花的馨香味。

毕业这种事，对一部分人来说是仪式，对一部分人来说就是挥手，告别的是高中生活还是青春年华，各有不同。

行骋说不清，也道不尽，这些年对学校、对宁玺的依赖。

好像他这一走，便与那些岁月永恒告别。

几个兄弟侃天侃地插科打诨，大概是酒喝多了，行骋望着手里的酒，有了一种眩晕的幸福感，但他头脑清醒得很，很明白自己在想什么。

行骋想起这学期开学时，宁玺要走的那天晚上，他也带了酒去宁玺的卧室。

他说："哥，我们今晚多喝点，明天谁先醒谁先走。"

宁玺伸手把啤酒罐攥紧了，摇头，说想清醒一点。

不过行骋这下确定了，那种因眩晕的感觉不是假的，是真的。

"高考填试卷的时候，把名字写好看点。"

宁玺拿着电话，一遍一遍地强调："考号别写错，填机读卡的笔记得带好，你晚上早点睡觉，提前一个小时出门，这几天很堵。"

行骋被说得都有些紧张了，缓了缓气，认真地说道："你放心。"

行骋晚上不敢吃太多，灌了几肚子温水下去，这天是最后一天。他爸倒是把手机还给他了，信号通畅，连宁玺呼吸的声音都听得到，行骋舍不得挂电话，便有一搭没一搭地跟宁玺胡扯。

宁玺皱着眉道："明天早上考语文，你不打算看会儿书？"

行骋故意刺激他："都背了，你得陪我讲会儿话，不然我明早没动力，考个不及格怎么办？"

"你别乱诅咒自己，"宁玺想穿过手机屏幕暴打他了，"聊半个小时，你洗漱了去睡觉。"

"哥，那会儿你考试是不是也特紧张？"行骋都觉得自己有点紧张得不正常。

"不紧张。"宁玺歪着头想了一会儿，老实交代。

北京的夏风吹得他很舒服。

他在阳台上换了个姿势，沉声道："我毕竟是已经经历过一次高考的人了，所以心态还挺好。但是那天我从考场出来，看到你站在一群家长中间等着我……我承认那个时候我很紧张。"

宁玺说话的速度很慢。

"我怕考不好，怕你难过。

"我希望，我一直是你心中的第一名。"

行骋一直没吭声，宁玺很难得一口气憋这么长一段话，跟行骋在一起之后，他表达自己内心的方式也变得多了。

"但是那天，我冲过去看见你，我又不紧张了，就感觉什么都不重要。"

行骋低低地"嗯"了一声，笑着重复了一遍宁玺的话："看见我。"

其实拆信的那天，在北上的列车上，宁玺靠着窗只用了一只手拿着行骋写的信。

通篇书信洋洋洒洒几百字，宁玺看了三四个小时，翻来覆去，又辗转反侧。

楼下这个追着他长大的弟弟，是天赐的礼物，他又何尝不是对生活心存感激。

高考考场就设在石中本部，教室他们熟悉得很，因为学校是全市最好的文科高中，校门口情况一如往年，堵了不少电视台的媒体记者。随着新媒体的发展，也有不少网络媒体抱着手机来采访。

行骋没让他爸妈送，晚上九点睡觉，早上六点就爬起来了，走路过去根本不远，背了个包穿一件蓝色短袖，倒像个路过的学生。

行骋看着镇定，其实内心紧张得不行，一遍遍拉开书包确认文具与证件都带齐全没有，再到校门口找到同班考试的同学。

任眉虽然是个学渣，但这会儿还是拿出了考名牌大学的气势，说成绩虽差，但是气势上不能输。

门口拉着的红线被负责监管考场的工作人员一解开，人潮涌动，行骋跟着进去了。

中午十二点半，行骋背着包，又慢慢地跟着人群走出来，顺手在校门口的小卖部弄了瓶可乐，边走边喝。

冰爽的可乐入喉，激得他头脑都清醒不少。

他放松得就像某一日下午训练完补了课，顶着烈日往家里赶。

按照行骋原本的性子，考完试肯定是考完一门扔一门的书，结果他爸妈倒是惊奇地发现这孩子，考完了语文回来把书全装在盒子里封起来放好，一本都舍不得扔。

行骋知道他爸妈在想什么，默默地拿胶带把盒子捆了，这里面有不少他跟宁玺一起背书时候写的东西，乱七八糟，什么都有，哪能让他爸妈看到？

行骋出门考试没带手机，一回家把手机拿过来就看到宁玺的短信一条条地往外蹦，说什么的都有，倒是比他自己还紧张。

下午的科目依旧难熬，温度上来了难免昏昏欲睡，行骋一口气把卷子写完，再合上笔盖，利剑归鞘，信心满满。

一直到六月八日下午，行骋考完试出来，望着校门口的人群黑压压一片，总算放松了绷紧的神经。

没有考生的欢呼，没有成群结队的庆祝，没有谁哭，一切显得过分平静，好像这只是个普通的下午。

“行骋！”

在考场外找他好久的任眉叫住行骋，比较懂事地没有嘴贱互相问考得如何：“晚上有安排吗？”

行骋高度紧张了两天，松懈下来便又累又困，挑眉道：“我得先回家，休息几天再约？”

“成，还有毕业典礼，哥几个到时候等你啊！”

行骋一乐：“你们就惦记着灌我吧？”

“不灌你灌谁？以后去北京了，找不到人喝酒！”任眉留了一句欠揍的话，鞋底抹油开溜，看样子心态很不错。

以后工作了，那酒就不像学校里面跟兄弟喝得那么纯粹了，行骋重情义，对这方面的局一般都不推。

只是他喝醉了总情绪波动。

行骋看了看马路边没有停着家里的车，便闷头往家里走。

日头依旧热烈，穿过树梢金光灿灿地投下几块剪影，夏风过了，倒像极了一个人的影子。

一个相隔千里……又好像近在咫尺的影子。

在行骋高考完的那天下午，在最熟悉的校门口、最熟悉的街道上，站了他最熟悉的人。

那人一米八左右，肤色白净，薄窄双眼皮，鼻尖有一颗小痣，神情依旧酷得过分。他朝这边看来了，才多几波浅淡秋水。

那天宁玺穿了件白短袖，手里拿了两瓶红石榴汽水，站在考场的街对面，眼看着行骋步步稳健，迎着光走过马路……

很多年以后，宁玺再回想起那一个下午，仍然好似就在昨天。

那天回家的路上，行骋低着头叫他，嗓子哑得厉害：“宁玺。”

宁玺“嗯”了一声，又听行骋问：“坐飞机坐了多久？”

宁玺说：“两个半小时。”

行骋沉默，没有问哪里来的钱。

他又问：“你以前说飞机都要飞两个半小时，是得有多远，现在还觉得远吗？”

宁玺站定了脚，转身说：“不远了。”

其实一直不远。

后来的暑假，他们一起在市里拍了好多照片，骑车去了好多次滨江东路，校门口的汽水买了一瓶又一瓶，不断地上篮入网、奔跑呐喊，渴望留下这三年。

可是很多事情，只能停留在那一段时间里。

以至于七月中旬北体的录取通知书发下来的时候，行骋和宁玺要提前买票，并没有拿爸妈给坐飞机的钱，反而是去买了火车票，说想慢慢地去，再慢慢地看这一路走来的风景。

两个学校不在一个区，还是隔那么远！

话说回来，高考结束的那一晚，行骋倒是没觉得累了，跑下楼来牵着宁玺跑过几条街，冲到河边，有一种开心到要跳河的架势。

那些个路灯明明暗暗，好像将焦点又聚集在他们身上。

宁玺听见行骋说：“其实这么多年来，我在一直追着你跑，想把三岁的差距抹掉，现在，我已经追上一些了。”

宁玺看两个人的身影映在路灯下，深吸一口气，突然有了不知道哪里来的轻松感：“那我一回头，你不是就撞死了吗？”

行骋提高了音量道：“那也行，我乐意。”

两个人闲逛吹风闹到凌晨，踏上了回家的路。

路上风景还是那些，身边的人依旧没变。

好像时光只是偷走了摞成小山的试卷，而不是偷走了两个璀璨如星辰的少年。

行骋忽然想起那一年宁玺删掉的备忘录。

宁玺却像一时间心有灵犀般，掏出手机给他看。

他低声开口："其实去年我走了之后，也记了很多关于你的事，记得很清楚。"

哪怕他自己是一个连晚饭都会忘记的人。

"留不住的东西太多了，我很念旧，行骋。"

宁玺继续说："但我只会对未来的生活感到迫不及待。"

夏夜晚风过，落了一片叶在行骋的肩头。

他低着头看宁玺的手机。

现在宁玺的备忘录上，全是新的。

关于行骋：

我不爱讲话，但喜欢和他讲话（废话也讲）。

他会收敛脾气了，表扬。

下雨了，他又不带伞，来蹭我的。

每天一杯奶，强壮中国人（他好傻）！

二十一岁生日礼物，是一个自己会走路的快递。

最后几句里面，对行骋的代词，也由"他"变成了"你"。

你不可以跟别人打架。

五月的夏风，它自北南下了，抱过我，又拥住你。

你总说想要变成熟，其实，我希望你永远是那个善良又勇敢的大男孩。

"已阅。"

说完，行骋似乎想忍住眼眶里的什么。

在单元楼楼道里，在他们留下过十余年光阴的阶梯上，行骋重复了一遍："已阅。"

只要他们前路一致，那么他们的努力从来都与距离无关。

他们只想无忧无虑，只想“无法无天”。

小时候，天天拿着玩具飞机、玩具枪在小区里窜来窜去的小屁孩弟弟，同经常在窗前趴着写题的他，往往成为鲜明对比，宁玺长大了一想起来，都觉得好笑，明明就看着像两个世界的人，不知道怎么偏偏走在了一起。

十多年的时间好漫长也好短暂。

年复一年，院里楼上花开花谢，春去秋来，小孩们换了一批又一批，石中的校服也又换了颜色和标志，然而，对宁玺和行骋来说，世间变化再多，只要花还开，人还在，生活总有盼头和希望。

如果时间可以倒流，青春能再来一回，天天去给高三搬水、翻墙、为了球赛打架动粗的，还是行骋，而那个写着备忘录、补课赚钱的，也还是宁玺。

他们的纸币，一片一片，叠好珍藏，被藏在了岁月的衣兜之中。

有些事情，这辈子就那么一回，也只能在学校里做。

往后数年，行骋再想起当年在石中经历过的风风雨雨、数场“战役”、喊楼训练，以及每一块摔过的水泥地、每一张打过瞌睡的课桌……总想说一句，青春万岁，三年无悔。

其实寒假那一趟回北京之后，宁玺也给行骋回了一封信，直接寄的快递，放了一件自己的短袖，就是后来行骋穿去高考的那一件。

信很短，只有几行字。

行骋：

你知道爱屋及乌是什么意思吗？

是因为你。

所以，我才看见了自己。

虽寥寥数语，但足以表达他所有的情绪。

正如行骋书信里写的那般，唯有生命长短可衡量。

所谓的“重要”是什么感觉？从前的宁玺描述不清楚，只是觉得，行骋在篮球场上打球的时候，好像天气都要晴朗许多。

现在他能说清楚了。

时间太长，难以形容，一切只用两个人的名字概括就好。

高二（3）班，行骋；高三（4）班，宁玺。

再见啦。

第二十二章 宁玺日记

一

6月4日

我起得很早，天还没有亮。

清晨五点的时候，外面明明还是浓厚得见不了人影的雾，它们翻腾再消退，一阵阵地散去，我一时间分不清是云还是雾。

等六点太阳一出，那些浓雾就散去了。

我拿了杯酸奶坐在卧室的窗前，掀起背心把肚子晾出来，越揉越饿。我就这么傻坐了一个小时，等着太阳出来。

阳光一旦得势，整个世界也醒了。

今年的世界末日到底会不会来，我不知道。

老实说，我希望它来带走我。

可是真这么想的时候，我又会觉得舍不得。舍不得的东西有很多，比如我的家、学校，还有一些不能写在日记本上的事，因为秘密藏在心里比写在日记本上更安全。

从小到大，我一直觉得这里是个神奇的地方。

在我的记忆里，出小区院外的街道上永远有落不尽的银杏叶，平日不见踪影的蝉一到了夏天便会漫天地叫起来，附近每个学校的上课时间也好像不同。不管我什么时候起床，只要站在窗边拉开帘子，就会看到骑着自行车匆忙而过的学生。

和我自己一样。

我生活在城市里一处充满活力又陈旧的角落。

也和我自己一样。

不处在上下学时间段的老街是安静的，偶尔有迟到或者早退的学生穿着校服跑过去。我每次从卧室往外看，总能看见他们。

在我的卧室里，这是一扇窗，但我总觉得它不仅仅是一扇窗。不管白天或是夜里，每每我情绪低落时，只要我望向窗台，就会有想起的人。

刚上六年级的时候，行骋还没开始长个子，除了相貌和那种欠揍的气质，站在人群中并不起眼。每次他都在窗外站着，也不打扰我，会等我看完书抬头再讲话。

我感觉在行骋的意识里，哥哥上了初中就是大人了，没几天就得高考了。

那天，六年级的行骋才下美术课，二十四色的水彩笔被玩得只剩下十二色。他从书包里翻出一支浅蓝色的水彩笔，直接从窗户外伸手进来，抓住我的手。

他说要给我画手表。画完蓝色手表，他又低头在书包里找笔。

我问他做什么，他说找秒针。

说实话，我当时好想笑，但是看他认真的样子，还是很严肃地憋住了。他摸了根红色的笔，在蓝色的表盘上画了秒针。

我说他，这秒针的时间都不动，有点假！

行骋低下头，脑袋稍微偏了偏，眼神黏在我手腕上的手表上，像在看什么买不起的心爱礼物。

然后，行骋突然握紧我的手，我没有躲，尽管他手上全是五颜六色的颜料。

他说因为时间会永远停留在这一瞬。

那晚上行骋回家之后，我靠在窗帘边，看手腕上画得一塌糊涂的手表，竟然有那么点希望他说的是真的。

唉，世界末日还是不要来了吧？

二

7月8日

我真讨厌七月。

夏天会把衣服黏在身上，会在我打球的时候下暴雨，会吃冰棍吃到坏肚子……还会放暑假。

暑假是昨天放的。

行骋和我一起回家，远处傍晚的夕阳落入城市的怀抱里。我仰头看天空，看行骋穿着小学校服在前面没命地疯跑。

暑假一过，行骋也就念初一了。

几年前我还在上小学那时候就流行《游戏王》的卡牌，满街都是小男生匍匐在地上，瞪着眼、鼓着腮帮子，抬手去扇地上的卡牌。

我记得行骋因为扇这东西还伤过手，具体发生了什么，我没看见，只记得我听见小区院里传来一声惨叫。听着那声音熟悉，我赶紧拉开窗帘去看，行骋的惨叫变作闷哼，再像烙铁似的顺着舌尖往下艰难前行，最后被他吞咽进喉咙里。

这么几年过去了，没想到这东西还在流行。

今天我没有扫他的兴，只是抱着他汗湿的校服外套，安静地站在人群几米开外，打算等他玩够了再一起走。

行骋现在不再是小野人了，比三年级的文明许多，没有趴得一屁股都是泥和灰，倒是像个大哥哥似的蹲在那里，一瞬间成了领头羊。

他连扇牌的姿势都像是练过，因为在场所有小学生眼睛都闪闪发亮，只有我看得出他的做作。

没几分钟，行骋扭头朝我喊："哥哥！我拿到一张'死者复生'！是复活卡！我厉害吗？"

我看着他指缝间夹着的那张绿色的小卡片，毫无兴趣地点头。

"我厉害吧？"他又试探性地追问。

"厉害啊。"我终于忍不住笑了出来，也不知道在笑什么。

而所有小男生的视线一下集中到了我不同校也不同颜色的初中校服上，都因为行骋有个上初中的大哥哥而发出了"哇"的惊叹。

喔，原来行骋的目的就是炫耀。

行骋见目的达成了，颇为神气地把头转回去，又迅速投入战斗。

我还是抱着校服站在一旁，突然想给他买五毛钱两颗的可乐汽水糖。

三

7月14日

行骋上了小升初衔接班。

我们住的小区离少年宫远，他去补习班的时间长，一连好几天下来，我们都没怎么见面。

黄昏时，我正准备下楼买瓶可乐，刚好撞上兴冲冲回家的行骋。他扑过来用肩膀撞我，好哥们似的，第一句话就是："哥哥，来我家看《马达加斯加》吧？"

我思考了一会儿，摇了摇头。

行骋苦恼了："那《冰河世纪》呢？"

无奈我确实对这些不感兴趣，还是摇头。

他的书包肩带已经滑下他的臂膀了，我伸手去给他重新背好。

"要不，看《铁臂阿童木》吧？"他小心翼翼地问我。

我一下就蒙了，心想这都是多久以前的动画片了？不过我没直接拒绝他，只是说我不想看。

行骋又满怀期待地看着我，一口气说了好几个动画片名字，我却还在想怎么告诉他我已经不看动画片了。

最后，行骋像是察觉到了我的不愿意，气鼓鼓地说："你别把我当小孩。"

我心想：我不把你当小孩还能把你当什么啊？同龄人？

他把脸转过去假装看别处，余光瞟向我。

我看着他，从鼻梁看到下巴轮廓。

我这时候才发现，他已渐渐退去稚气，有了些少年人特有的青涩，我像望见雨后青山中有笋破土而出。

时间太快了，行骋在不知不觉间又长大一点。

"我没有。"我告诉他。

我还是拗不过他，便回家拿了钥匙跟着一起上二楼了。他兴奋地把光碟全拿出来铺开摆在地上，自己挑了盘《铁臂阿童木》放进碟片机，再把冰箱里的冰镇可乐拿出来招待我。

“为什么看这个？”

“我们那个年代……”

“这不重要！”

说完，行骋像是懒得同我争论，把书包里这天上课的教材翻出来，搭在手臂上对我“咚咚”开炮，眨着眼问我：“哥哥，你不喜欢看吗？虽然阿童木的喷气喷射引擎在脚上，但小时候你经常做这个动作。”

“啊……是吗？”

我一愣，因为这个动作，才想起来很小的时候的确经常看。

“对了，做这个动作是因为有手臂原子炮。”我强调。

行骋抿着嘴笑，没再说话，递给我一个抱枕。

看着看着，我开始犯困。

行骋给我调了调坐垫，从沙发上抓来空调凉被盖在我身上，低声说了句：“困了就靠着我的肩膀睡吧。”

行骋说话时有股可乐的甜味。

我正在想怎么可能靠着他？

我还没想完，行骋挪了挪屁股，坐直了腰板，把靠近我的这边肩膀稍微倾斜，拍了拍：“来。”

我没想那么多，一歪头靠上去，发现刚刚靠上，还挺舒服，耳朵里国语配音的阿童木边飞边喊了句“请等着我”。

我闭上眼睛，黑夜向我倒塌而来，眼前是橘红与灰色的光芒在交错着发亮。

嗯，我怎么有点睡不着了？

四

10月28日

世界末日来临了，因为行骋上初中的第一个学期就考了倒数。

初一年级的第一次月考比较严格，堪称入学考试，行骋拿了成绩单不敢回家，蹲在我的卧室窗外数三角梅落下的花瓣。

刚上初一的小男孩，还会因为成绩愁眉苦脸，一边委屈，一边用手死死掐着被蚊子咬过的包。我从屋内拿了紫草膏给他抹，他就那么把下巴搭在我的窗边，笑得眉毛和眼睛弯弯的。

前阵子，刚过去一场雨季。

不知道是行骋跑热了还是空气太潮湿，水滴顺着他的脖颈往下滑，滑到一半，水滴被他抬起的臂弯抹不见了。

行骋拎了冰冻过的甜豆浆给我喝。

“哥，快趁热喝吧，我上去回家要是被我爸打死，就没机会给你买豆浆了。”行骋说。

我嫌他嬉皮笑脸的，说：“这是凉的。”

“不会啊，我焐热了。”他答。

“傻。”我骂他。

“我确实是……”他不否认，侧过头，把脸枕在手背上，就这么看我喝。

他正看着我，忽然头顶有快落在机场的民航飞机飞过，他兴奋地赶紧抬头看，还会和其他小男孩一样张开嘴巴：“哇——”

我无语，继续看他的成绩单。

数学从初一就没救的小孩很少，行骋就是其中一个，但我想想办法应该还救得回来；语文扣了很多分，作文差不多快没分了；英语就更不用说了。

我决定问他语文作文是不是抄歌词去了。

“作文怎么就这么点分？上次给你的写作教辅书没看吗？”

“看了。”

“怎么回事？”

“题目是让写友情，我写的你。”

我没有听懂什么意思：“我？”

“嗯，老师非要说我写的是兄弟情，说哥哥不能算朋友，说我跑题了。”行骋气鼓鼓的，趁机猛地灌了一大口冰饮料，又拆了一包不知道哪里拿出来的小矮人冰棍，数了数有七个，分了五个给我。

“噢……”我含着冰棍，有点想笑他，“你没说你和哥哥没有血缘关系？”

行骋皱起眉头，把下巴放在手背上：“没有。”

天气热得不行，我把窗户又敞开了不少，扯过纸巾擦掉汗水。

我擦完脸，追问他：“为什么？”

他的眼睛亮亮的，反应很快，语气郑重：“因为你比亲哥还亲！”

这时候，我忽然感觉耳旁有一阵凉风吹过。

我蓦然一抬头，看见行骋在拿成绩单给我扇风。

——日记·四则

作者：15 岁的宁玺

图书在版编目（CIP）数据

差三岁 / 罗再说著 .— 武汉 : 长江出版社，
2022.9
ISBN 978-7-5492-8504-4

Ⅰ. ①差… Ⅱ. ①罗… Ⅲ. ①长篇小说 - 中国 - 当代
Ⅳ. ① I247.5

中国版本图书馆 CIP 数据核字 (2022) 第 169745 号

差三岁　/ 罗再说 著

出　　版	长江出版社 （武汉市解放大道 1863 号）
出版统筹	曾英姿
选题策划	黄　欢
市场发行	长江出版社发行部
网　　址	http://www.cjpress.com.cn
责任编辑	陈　辉
印　　刷	湖南天闻新华印务有限公司
版　　次	2022 年 9 月第 1 版
印　　次	2022 年 11 月第 1 次印刷
开　　本	880mm×1230mm　1/32
印　　张	9
字　　数	262 千字
书　　号	ISBN 978-7-5492-8504-4
定　　价	49.80 元